光のない海

白石一文

集英社文庫

光のない海

1

社長室のキャビネットを新しくすることになり、数日かけて中身を整理した。いままで使ってきたスチール製のもので充分だと思っていたのだが、総務部長がせっかくだから替えましょう、社長室の分はサービスすると業者も言ってくれてるんです、と熱心に勧めてきた。

震災のあとから、社内のロッカーやキャビネット、机や椅子といった什器《じゅうき》のたぐいの入れ替えを行っている。本社ビルは十年ほど前に建て替えたので耐震面の不安はなかったが、事務機器や収納用品などは古びたものをそのまま使っていた。それらを安全性と強度に優れた製品に順次交換してきたのだ。

今回、総務・人事部門や社長室のある七階フロアのテーブル、キャビネット、ロッカーなどを新調すれば、とりあえず計画は完了ということになる。

長引く不景気のなか、備品交換といっても決して軽い負担ではない。数年を要したのもそれだけ現在の会社に余裕がなくなっているためだ。

キャビネットから名刺ホルダーが何冊も出て来たので処分することにした。十年も二十年も昔に貰《もら》った名刺に価値はない。ここ数年については、必要なものは日を置かずにパソコンの住所録に打ち込んでいる。入力が済めば捨ててもいいが、やはり人の名前が記された紙片をシュレッダーにかけるのは気が咎《とが》めて、結果、今に至るまでホルダーがキャビネットの中で増殖を重ねてきた。

それを思い切って破棄すると決めた。

決めたものの、実際にやるとなると案外に面倒だった。ビニールのホルダーから一枚一枚抜き出して、とりあえず段ボール箱に放り込む。ある程度溜《た》まったところでシュレッダーにかける。その繰り返しだが、何しろ三十年分の名刺の束とあって量が半端ではなかった。

秘書役の源田《げんだ》君に手伝わせてもいいのだが、若い頃の馴染《なじ》みの店の名刺なども混じっているからあまり大っぴらにしたくない。となると、時間を見つけて、ひとりで少しずつ作業を進めていくほかなかった。

総務から小さなシュレッダーを借りてきて机の脇に据え、一枚か二枚かずつ名刺を断裁していく。ジリジリメリメリと特有の音を立てながらいろんな人たちの名前が投入口に吸い込まれていく。一々懐旧に浸るほど暇ではないが、それでもやはり申し訳ないような気分にさせられる。

結局、新しいキャビネットが入ったあとも一週間近く、名刺の処分は続いた。

そのあいだに一つ気づいたことがある。

そういえば、他人様《ひとさま》の名前を傷つけるのは心苦しいのに、自身の名前を切り刻むのはまったく後ろめたくない。

郵便物にしろ、古い自分の名刺にしろ、要らなくなったら細切れにして捨ててきた。

――高梨修一郎《たかなししゅういちろう》
という名前がシュレッダーで粉砕されるのがむしろ快感だった。鋏《はさみ》を握り自分の手で細切れにする場合もあるが、そんなときは、

「この、この」

と口の中で呟《つぶや》いている。その「この」は「この野郎」の「この」だろうし、大袈裟《おおげさ》に言えば、「死ね、死ね」にかなり近い「この、この」なのだった。

――この野郎、死ね！　この野郎、死んじまえ！

という感じで、私は自分の名前をずたずたにする。

長年の習慣とあって、そうした意識自体がすっかり飛んでいた。今回、大勢の人々の名前を切り刻む機会を得て、無意識に呟いていた「この、この」の含意にあらためて気づかされたのだった。

やっぱり、と思う。

私は「高梨修一郎」という男がつくづく嫌いなのだろう。

その名刺を見つけたのは、名刺ホルダーが最後の一冊になったときだ。

最初は年代順に名刺を取り出していたのだが、そうするとついつい懐かしい名前に目を留めてしまう。能率を優先し、途中から順不同でホルダーを選び、機械的に手を動かすように変えた。

最後の一冊は二年前のものだった。さすがに名刺を抜き取るスピードも速くなっていた。ぱっと抜いて、足もとの段ボール箱にぱっぱっと放っていく。一枚一枚に目を遣《や》ることもなくなっていた。

だから、それを見つけたのはシュレッダーにかける寸前だった。もし裏返しだったら気づかないままだったろう。

右手の親指と人差し指で端をつまみ、投入口にすうっと差し入れようとした一瞬、ふと名刺の文字に目がいった。

――琉球尚古堂《りゅうきゅうしょうこどう》　筒見花江《つつみはなえ》
あっと思って手を止めていた。

名刺を貰った記憶はなかったが、筒見花江という名前を見た途端に、そうだった、この人からあれを買ったのだと思い出したのだ。

手もとに引き寄せてじっくりと見入る。

「琉球尚古堂」の所在地は大阪市都島《みやこじま》区となっており、「筒見花江」の頭には「販売員」という肩書が小さく入っている。

裏に携帯番号が記されていた。手書きの文字を眺めているうちに、名刺を受け取ったときの情景がありありと甦《よみがえ》ってきた。

会社の番号に掛けるか花江の携帯にするかで迷いはなかった。

「割れたり、味が変わらなかったりしたらいつでも交換するので、遠慮なくこの番号に掛けてくださいね。私、全国回ってるんで携帯じゃないとつかまらないから」

二年前、彼女はボールペンで番号を書きつけながらはっきりとそう言った。

背広のポケットからアイフォーンを取り出して、花江の番号をタッチした。

数回呼び出し音が鳴ったあと女性の声が耳に届く。

「はい」

という一言は不審げな色合いを帯びている。

「突然、電話してすみません。私、二年前の春頃に新宿の日鉄デパートで筒見さんから陶製の水入れを買った高梨という者なんですが……」

二年も前の客が連絡してくるのも珍しいだろうし、そもそも「高梨」と名乗られても誰のことだか分かるはずもない。

「きっと憶《おぼ》えてはおられないと思うのですが」

と付け足した。

「はいはい」

しかし、筒見花江は合点がいったという声になる。

「水道橋の会社の社長さんですよね」

びっくりするようなことを言った。

「そうです」

とりあえず返事をしながら急いで記憶をたぐる。名刺を受け取り、私も彼女に自分の名刺を渡したのではなかったか。それにしてもよく憶えているものだ。

「実は、あのときの水入れが割れてしまったので、新しいものが欲しいんですが……」

名刺の存在を忘れていたとも言いづらく、割ったのは二ヵ月前であることは告げない。

「ごめんなさい」

花江が言った。

「あそこ去年潰れちゃったんですよ」

「潰れた？」

「そうなんです。私は事情があって、販売の仕事はもうあんまりやってないんですけど、昔の仕事仲間に訊《き》いたら、半年くらい前に倒産したみたいなんですよ。だから、あの商品はどこにも置いていないと思うんです」

「そうだったんですか」

「ほんとにごめんなさい」

花江はまた謝った。

水入れが割れた直後、パソコンを使って同じものを探したのだが、どうりで見つからなかったはずだ。とあるネットショップに類似のボトルが出ていたので注文してみたが、届いた品は残念ながら大きく期待外れだった。

「じゃあ、この琉球尚古堂という大阪の会社はもうないんですね」

名刺の住所を見ながら呟く。

「そうみたい。私はあのボトルの実演販売をデパートから請け負ってただけだから、そこがどんな会社だったかは全然分からないんだけど」

じゃあ、最初から彼女はこの「琉球尚古堂」の一員ではなかったというわけか。

なんだ、そういうことだったのか……。

「日鉄の担当の人とは知り合いだから、ちょっと連絡取ってみましょうか？」

私の気持ちを察したように彼女が言った。

「もし、まだ在庫が残っているようだったら社長さんのところへ彼から電話するように言っておきます」

二リットルの水を保存できる変哲もない陶製のボトルだが、価格は二万円近くした。定価は三万円を超していたはずで、デパートで売っているのだからと信用して衝動買いしてしまったのだ。

二年前の五月連休明け、義母であった美千代《みちよ》を見送ってまだ幾日と過ぎていない頃だった。そういう意味で思い入れのある品でもあった。

去年の暮れ、水道水を詰め終えて、横が丸く膨らんだ四角のボトルをキッチンペーパーで拭っているときに手が滑ってしまった。底の一角が台所の床にぶつかって派手な音が立ち、呆気《あつけ》ないほど簡単にボトルは真っ二つに割れた。

内側に焼き付けた特殊な鉱石の力で、全国どこの水道水でもたった半日でびっくりするほど美味《おい》しくてまろやかな味に変わる。

「ウィスキーだって焼酎だってこの水で割ったら、サントリーの角がオールドじゃないよ、オールドパー、いいちこが吉四六《きつちよむ》じゃないよ、百年の孤独にあっという間に早変わり」

という花江の売り言葉につい足を止め、勧められるままに飲み比べをさせられた。目の前でボトルの水で割った「いいちこ」と市販のミネラルウォーターで割った「中々」を順番に飲んだ。たしかにいいちこの味が中々に負けず劣らずまろやかになっているのに驚いた。

自宅で焼酎やウィスキーを飲むのが唯一のたのしみといった生活が長々と続いている。半分騙《だま》されたつもりで買い求めたのだが、実際にその陶製のボトルに詰めた水を使ってみると試飲の際と同様に明らかに酒の味が変わった。

水割りにしろ、コーヒーや紅茶にしろ、必ずその水を使うようになった。

そして、水の効用は風味だけではなかったのだ。

以前より寝つきがよくなり、目覚めたあとの鬱々《うつうつ》とした気分も軽くなっていったのである。

妻と別れて以来、不眠と午前中の不調はさながら第二の天性のようで、たまに睡眠薬や安定剤を使って上手に付き合っていくしかないと割り切っていただけに、半月も経《た》たぬうちに体調が改善したのには驚いた。狐《きつね》につままれたような心地だったが、どう考えても水のおかげとしか思えなかった。

「そこまでして貰ってもいいんでしょうか？」

手に入れられるものなら是非にという欲が前に出る。デパートの担当者に照会してくれるというのであれば、厚かましさを承知でお願いしたい。

「もちろん、もちろん。あの水甕《みずがめ》ボトル、たしかに評判よかったのよ。私、すっごいたくさん売ったんだから」

お安い御用という雰囲気で花江は答える。

「じゃあ、そのデパートの方に連絡していただきたいです。私もずっと使いつづけてすっかり気に入っていたので、割ってしまったときはかなりショックで」

「そうなんだあ。在庫、あるといいなあ」

あくまでも気さくな感じだった。

「お手数ですが、何卒《なにとぞ》よろしくお願い致します。私の連絡先はお分かりですか?」

「もちろんもちろん。お客さんから貰った名刺はちゃんととってあるから」

「そうですか」

「もし在庫がないっていう話だったら諦めて下さい。そのときは電話はしないことにしますんで」

「了解しました。あまり期待せずに待たせていただきます」

「はい。それじゃあ」

そう言って花江の方から電話は切れた。

2

社長室で定例役員会のための資料整理をしていると卓上の電話が鳴った。時刻は午前九時を回ったばかりだ。

「おはようございます」

はきはきした声は受付の島田富士子《しまだふじこ》だった。もう十年以上、派遣の女性たちを束ねて受付を守ってくれている。私とは入社年次も近く、歳《とし》も彼女が一つ上なだけだった。

「お約束ではないそうですが、ツツミ様が社長にお渡ししたいものがあるとのことで、こちらにいらしておられます」

「ツツミさん？」

「はい、女性の方です」

そのとき、電話口の向こうから、「いいです、いいです。これだけ渡して貰えれば分かるから」という慌てたような声が響いてきた。ツツミが筒見花江だとようやく思い当たる。

あれからすでに三日。日鉄デパートから連絡はなく、半ば諦めていたところだった。しかし、なぜ花江がわざわざ訪ねてきてくれたのか？

「じゃあ、筒見さんを七階までご案内して下さい」

「承知いたしました」

返事を聞いて受話器を置く。

うちの社に秘書室はない。秘書役の源田君がスケジュール管理などをしてくれているが、専属というわけではなく、彼は総務部の一員だった。義母の美千代が会長だった頃は会長秘書の女性を一人置いていた。業界団体での活動や対外活動のたぐいは美千代が一手に引き受けてくれていた。目下は会長職は空席で、業界内のあれこれの付き合いも私が顔を出すようにしている。ただ、そうはいっても、建材の市況は相変わらず冷え込んでいて、どこも自社の業績維持を図るだけで精一杯だった。業界全体の繁栄など考えているゆとりは誰にもない。

ことに我が社のような中堅どころは、厳しい淘汰《とうた》の波をもろにかぶる立場だから、毎年の決算が近づくたびに胃に穴があくほどの呻吟《しんぎん》を繰り返している。社長になって十年。ほっと一息つけた年などただの一度もない。

ドアがノックされ、「失礼いたします」と言って受付の若い子が入ってくる。

制服姿のすらりとした彼女の後ろに小柄な女性が立っていた。ダウンジャケットに分厚いズボン、頭には毛糸の帽子をかぶっていていささか着ぶくれ気味の風情だ。今年は例年にない厳冬で、二月に入って二度も大雪が降った。二度目の雪からちょうど一週間だが、まだ路面には残雪があるし、今朝の冷え込みはこの冬一番だとニュースで言っていた。

私は椅子から立ち上がり、部屋の中央に置かれた応接セットの方へと歩く。

「それでは失礼いたします」

同じセリフを口にして受付の子は出て行った。

一人残された花江はどうしたらいいのか分からない様子で、閉まってしまったドアの前に突っ立っている。

「お久しぶりです」

そう言って「さあ、どうぞ」とソファの方へと促した。

「これだけ置いて帰るつもりだったんだけど……」

花江は提げていた白いレジ袋を胸前に持ち上げる。中の新聞紙が透けて見える。

「お急ぎですか？」

出勤途中なのかもしれない。だとすればあまり引き止めるわけにもいくまい。

「今日は昼前に事務所に行けばいいから、そういうわけじゃないけど」

「だったらお茶でも飲んで行って下さい。僕も昼に会議が一本入っているだけなんです」

私はもう一度着席を促した。

「上着もどうぞ」

おずおずと花江は応接セットに近づき、レジ袋をソファに置いたあと帽子を取り、ダウンジャケットを脱いだ。丸めたそれらと交換にまたレジ袋を持ち上げ、膝に抱えるようにして四人掛けのソファの真ん中に腰を下ろす。

「いまあったかいものを淹《い》れますから。コーヒーがいいですか？　それとも紅茶？　普通のお茶もありますけど」

社長室の隅にはミニキッチンがある。私は自分でお茶やコーヒーを淹れて来客に振舞うのを常としている。

「えっと、じゃあ、コーヒーで」

キッチンに入ってドリップ用のケトルで湯を沸かす。ケトルは注ぎ口の細いハリオ製を愛用している。二ヵ月前まではあの水を使っていた。一晩寝かせたものをペットボトルに詰め替えて持参していた。いまは水道水を浄水器に通している。

ソファに戻って、

「お湯が沸くまでちょっと待ってて下さい」

と言った。

花江はもの珍しそうに部屋の中を見回していたが、

「あのあと日鉄の担当さんに電話したけどなかなかつかまらなくて。昨日の夕方やっと連絡がきたんだけど、やっぱり在庫はないんですって」

私が正面に座るとそう言った。

「それで、実はうちにも一本あったから持ってきてみたの」

手にしていたレジ袋をこちらに突き出してくる。

「人が使ったのじゃ嫌かと思ったんだけど、といっても水を入れるだけのボトルだし。別に使い古しになってるわけじゃないから」

私は袋を受け取る。たぶんこれを見つけてきてくれたのだろうとは思ったが、まさか花江自身の持ち物だとは思ってもみなかった。

中身を取り出して新聞紙を開くと、懐かしい陶製のボトルが出てきた。

「それでよかったら使ってください」

「そういうわけにはいきませんよ」

「どうして？」

花江が不思議そうな顔をした。二年前の五月に一度会ったきりの相手だが、名刺の文字を見た瞬間に顔ははっきりと思い出していた。ただ、実際にこうして面と向かってみると記憶よりも小柄だし、年齢もずっと若そうだ。まだ二十代の後半くらいではないのか。

「これを僕が受け取ってしまったら筒見さんが困るじゃないですか」

「それは全然いいんです」

花江はあっさり言う。

「もともと試供品で貰ったものだし、最近はあんまり使ってなかったから」

「そうは言っても」

と口にしたところでお湯が沸く音がした。

「ちょっとすみません」

私は席を立った。

豆は近所の「神田珈琲」というコーヒーショップで一週間おきに買っている。出社すると真っ先にやるのはその豆を挽《ひ》くことだった。横ハンドル式の大きなコーヒーミルを仕事机の上に据え、一日分の豆を入れてハンドルを回す。会社にいるあいだに五杯は飲む。それに来客用が三杯分。結構な量の豆をゆっくりと挽いていく。

今週はマンデリンだった。

二つのカップにそれぞれ一杯分用のドリッパーとペーパーフィルターをのせ、粉は多めにする。ドリップケトルのお湯を交互に少量ずつ注いでいく。深煎りの豆の濃厚な香りが漂い始める。

その香りと共に二つのカップを持ってソファに戻った。

「どうぞ」

と一つを彼女の前に置く。

「わあ、いい香り」

花江がカップを持ち上げて笑顔になった。

「ほんとうに譲って貰えるんですか？」

コーヒーを淹れながら考えていた。

購入不可となればこういう形で入手する以外に方法はない。この水入れは私にとって特別な品だった。これを使わなくなって二ヵ月足らずだが、いまのところ体調にさほどの変化はない。ただ、じきに以前のような不眠や鬱状態が舞い戻ってきそうな不安を抱えているのも事実だ。だとすれば、多少のわがままは許されるのかもしれない。

「もちろん。そのために持ってきたんだもん」

一口すすって言う。

「それで、ちょっと考えたんですが……」

私はドリップしながら思いついたことを言葉にする。

「私がこのボトルをお預かりして筒見さんの家で使う分の水も作りますから、それをときどき送らせて貰うというのでどうでしょう。引き続き在庫品は探しますし、見つかったときはその新しいものをお渡しします。預かっている間の料金も負担させて下さい。月額三千円、とりあえず今日は一年分の三万六千円を前払いさせていただく形にしたいのですが……」

花江は私の提案を聞き終わってもしばらく何も言わなかった。

コーヒーをもう一口飲んでカップを戻し、

「社長さん、私のこと馬鹿にしてます？」

いきなり訊いてきた。私は彼女が何を言っているのか分からない。

「私は、使わなくなったのが家に一本あったから、もしそんなんでもいいならと思って持って来ただけなんです。別に水なんて送ってくれなくていいし、お金貰おうなんて気は端《はな》っからゼロだし。それなのに、社長さん。もしかして、私が押し売りに来たとでも思ってるんですか？」

今度は私が無言で花江の顔を見る。

「この数分の態度や話しぶりを見ていて、僕が筒見さんを馬鹿にしてるとか押し売りに来たんだろうとか思ってるように、ほんとに見えましたか？」

間を置いて私は言った。

「そりゃ筒見さんにとっては大した水入れじゃないのかもしれないですが、僕にとってはびっくりするほど大事なものだったんですよ。この水入れを使うようになってから、それまでの不眠症がずいぶん改善したし、朝起きて午前中いっぱい続いていた鬱々とした気分もだいぶ軽くなった。この前は言いませんでしたが、割ったのは去年の暮れのことで、ネットで探しても見つからないし、仕方なく類似の商品を取り寄せて使ってみたんです。全然味が違うんですよ。三日前、名刺を整理していたらたまたま筒見さんのを見つけて、それで、藁《わら》にもすがるような気持ちで電話したんです。そしたら、デパートの人に連絡してくれるという。二年も前に一度きり相手をしただけの客に対して何て親切なんだろうと思いましたよ。あげく今朝は、こうして自分の分を持ってわざわざ訪ねて下さった。僕にしてみれば、どうやってお礼をすればいいのか分からないような話なんですよ」

私の話を聞き終えると、

「ごめんなさい」

花江がぺこりと頭を下げた。

「私、口の利き方、知らないんで」

と言う。

「だけど、これ、うちじゃあ全然使ってなかったし、昨日の夜、念のために台所の物入れの奥を探したら出てきただけなんですよ。お礼なんていらないし、二年前と言ったって二万円もする高額商品を買ってくれた大事なお客様ですもん。モノが壊れて新しいのを探してるんだったら、できるだけのことをするのが私ら販売人の仕事だからね。別に社長さんがそんなに感謝する筋合いの話なんかじゃありません」

花江の言葉に私は内心で苦笑いしていた。「口の利き方、知らない」というのは言い得て妙だった。三日前に電話でやりとりしたときから若干の違和感を禁じ得ないでいる。何というのだろう、独特の節回し、口上で商品を勧める実演販売の口調がそのまま日常会話に持ち込まれている印象なのだ。

「おいしいですね、このコーヒー」

ふたたびカップを持ち上げ、一口すすって笑みを浮かべる。

「じゃあ、遠慮なくこれは頂戴します。しかし、何もお礼をしないというのも落ち着かないので、だったら食事でもご馳走《ちそう》させて下さい」

私は、ひとまず考えを切り替えることにした。

「いいですよ、そんなの」

花江は慌てて手を振った。

「まあそう言わないで。僕みたいな男と二人きりが嫌なら、どなたかお友達を連れて来てくださっても構いませんから」

「そういう意味じゃないです、全然」

花江が真面目な顔で答える。

「いつにしますか？　今日でも明日でもいいんですが」

「ほんとにいいんですか？」

少し乗り気になってきたようだった。

「もちろんです」

「なんだか悪いなあ」

「そんなことありません。筒見さん、何か食べたいものはありますか？」

「好き嫌いないんで何でもいいですけど、でも、かしこまったところは勘弁って感じです」

「じゃあ、この近所に美味しいイタリア料理の店があるので、そこでいいですか？　シェフが一人で料理を作っている小さな店ですが、味は保証します」

「イタリアンかあ。いいですね」

花江はさらにそそられた感じだ。

「明日はお忙しいですか」

「明日も事務所に顔出すだけだから大丈夫だけど」

「事務所はどちらですか」

事務所というのは何だろうと思いながら訊《たず》ねる。

「秋葉原です」

秋葉原なら水道橋まで総武線で二駅だ。

「だったら明日の午後六時くらいにここの受付の前で待ち合わせということにしましょう」

「ほんとにいいんですか？」

花江はさっきと同じことを言う。

「はい。都合がつかなくなったり、遅れそうなときは携帯に電話を下さい」

私は彼女のカップを覗《のぞ》き、

「コーヒー、もう一杯淹れましょうか?」

と付け加えた。

3

「海蛇の血?」

トリッパを取り分けながら訊き返した。

「ほんとかどうか知らないけど、貰った効能書きにはそう書いてあったの。でも、幾ら沖縄の陶器だからって海蛇の血を混ぜた土で焼いてるなんて言ったら、逆にお客さんが引きそうじゃないですか。それで、実演のときは触れないことにしたの」

「だからボトルに白い蛇の文様が入っているんですね」

水入れ全体は深い群青だったが真ん中にS字状に身をくねらせた白蛇が描かれていた。

「たぶんそうだと思うよ」

花江は思い出すような表情になって言った。

夕方、花江からの着信が入ったときはてっきりキャンセルだと思った。約束はしたものの、昨日の今日でいきなり親子ほども歳の離れた男と食事をするのは気がすすまない

だろう。ぎりぎりで断ってきたに違いない……。だが、電話に出てみると、

「ごめんなさい、もう着いちゃった」

まだ五時半だった。

急いでパソコンを閉じ、身支度をして一階に降りると受付の前に立っていた。

「最近、事務所ヒマで」

照れくさそうな笑みを浮かべている。

私たちはそのまま外に出て神保町《じんぼうちょう》方向に歩き始めた。

目指す店は白山《はくさん》通りを下って神保町交差点の一つ手前の路地を左に入った場所にある。私の会社「徳本《とくもと》産業」からだと十分もかからない距離だった。

名前は「ロベルト」。もともとは取引先の坂崎《さかざき》工務店の坂崎社長に教えて貰ったレストランだ。味がよく、値段はそれほど高くないこともあって、数年来、接待や社員との懇親会でよく使っていた。

予約より三十分以上も早く着いてしまったが、店のドアを引くと馴染みのシェフがカウンターの向こうから笑顔で迎えてくれる。

女性のスタッフに奥のテーブル席へ案内され、差し向かいで座った。

花江はいける口のようなので赤ワインを一本抜いて貰う。スズキのカルパッチョと鶏《とり》のコンフィとキャベツのサラダが届いたところでまずは乾杯した。

それからしばらく、互いの仕事の話などをしているうちにトマトソースのトリッパが運ばれてきた。ここはトリッパが名物だった。

「このトリッパって何ですか？」

花江に訊かれて、

「ハチノスって分かりますか。牛の胃袋なんですが、その煮込みをトリッパって言うんです」

「モツ煮みたいなもの？」

「そうそう」

そこで不意に、花江が「海蛇の血」の話を持ち出してきたのだった。

「不眠症がよくなったとか言ってましたよね」

私の手からトリッパの皿を受け取りながら花江は言った。

「あと、鬱も軽くなったとか」

「ええ」

私は濃厚な味のトリッパを口に放り込みながら頷《うなず》く。

「ていうことは、社長さんは鬱病なわけ？」

花江は当たり前の顔で訊いてきた。

「まあそうですね。仕事を休むほどではないんですけど」

「どのくらい？」

「さあ。もう十年くらいでしょうか」

妻の淳子《じゅんこ》と別れたのがちょうど十年前だ。私が四十歳。八つ下の淳子はまだ三十二歳だった。

「結構長いんだ」

花江はぽつりと呟き、トリッパを口に入れて、

「おいしい」

と言った。

「海蛇の血が効いたのかもしれないなあ」

私が冗談っぽく言うと、

「蛇って生命力のかたまりだもんね」

花江が頷く。

「海蛇は特にそんな気がしますね」

「空を飛ぶ蛇もいるんだよ」

「空を飛ぶ？」

「そう。このあいだテレビでやってたけど、その蛇は樹《き》の上に住んでいて、樹から樹へと飛び移るの」

「どうやって？」

「それが凄《すご》くって、細い体を帯みたいにひらぺったくして、身をひゅんひゅんくねらせながら竹とんぼみたいに飛ぶの」

「ムササビみたいな感じ？」

「そうそう」

「それは観《み》てみたいなあ」

「YouTube とか探せば出てくるかも」

「そうですね」

花江は話しながら美味しそうに料理を平らげていく。実演販売を仕事にしているだけあって口と手の協働に長《た》けている気がした。私に向かって話しかけつつ器用にフォークを使っている。

トリッパを食べ終えたところで、ベーコンとブロッコリーのアンチョビソースを追加した。ここの自家製ベーコンも絶品なのだ。

「ワイン、もう一本どうですか？」

勧めると、

「ワインはもう満足。それより生ビールの方がいいかな」

ボトル半分ずつくらい飲んだのだが顔色一つ変わっていない。かなり強いのだろう。

もとは下戸《げこ》だった私もいまでは酒豪の部類だった。

　私は楽しかった。

　こんなふうに仕事を忘れて若い女性と食事をすることなど絶えてなかった。

「実は、うちのばあちゃんも鬱なんですよね」

　生ビールが二つ届いたところで花江が幾分声を落として言う。

「といっても最近のことなんだけど」

「さっき言ってた骨折のあとから？」

「そう。二ヵ月間くらい歩けなかったし。やっとよくなったと思ったら、ときどき塞《ふさ》ぎ込むようになっちゃって」

「だったら、やっぱりあの水を送りますよ」

　私は昨日の話を蒸し返してみる。

「間違いなくあの水のおかげで僕は症状が改善したんですから」

「そんなのいいよ。ばあちゃん、ちゃんと薬も飲んでるし、塞ぎ込むっていってもたまにだし。それに、あの水はきっと社長さんに特別効くんだと思う」

　滅相もないという顔で花江は両手を振る。

　彼女は実演販売の仕事で全国のデパートや商店街を巡っていたが、一昨年の夏に祖母が自宅の階段から落ちて腰の骨を折ってしまい、それを機に巡業生活から足を洗ったのだという。いまは所属している事務所の手伝いをしながら、ごくたまに都内のショッピングセンターやデパートで実演販売を行っているのだそうだ。

「事務所というのは何をするところなんですか？」

訊いてみると、

「要するに私たち実演販売士はタレントみたいなもんなんです。事務所が仕事を取ってきて私たちに回してくれるわけ」

実演販売をする人間のことを「実演販売士」と呼ぶのだそうだ。

「なるほど。じゃあ、筒見さんはそこに籍を置いてるってことなんですね」

「そうそう。私の師匠が始めたんです、その事務所」

「師匠？」

「一条《いちじょう》龍《りゅう》鳳斎《ほうさい》って知ってます？」

私が首を傾《かし》げると、

「チャーリー一条は？　テレビショッピングとかに出るときはその名前なんだけど」

「テレビはあんまり観ないもんですから」

「もう還暦過ぎてるんだけど、この業界じゃあ神様のような存在。で、私は、その龍鳳斎の最後の弟子ってわけなんです」

「最後の弟子？」

「そう。高校中退してグレてた私を拾って、みっちり技を仕込んでくれたの」

てっきり二十代と思っていたが、花江は今年で三十二歳になるのだという。

「親は二人とも死んじゃってていまはばあちゃんと二人暮らし。この七月で三十二歳になる独身。もちろん結婚歴なし」

乾杯するとすぐに彼女は「最初に自己紹介しときますね」と前置きして言ったのだった。

店を出たのは九時過ぎだった。

昨日はこの冬一番の冷え込みだったというのに、今日は日中から春のようなあたたかさが続いている。

「ごちそうさまでした」

今夜の彼女はジーンズにカシミアのセーター、それに青いトレンチコートを羽織っている。コートを脱いで正面に座った姿は痩《や》せているくらいだった。首や腕は細く、しかし胸がかなり豊かなので、ややしもぶくれの顔と相まって厚着だった昨日は丸っこく見えてしまったのかもしれない。

「お腹《なか》いっぱいになっちゃった」

白山通りへと先に立ってすいすい歩いていく。

「今日はあったかいですね」

私は星のない空を見上げて言った。

結局、ビールを一杯ずつ飲んだあと今度は白ワインを一本空けてしまったのでほろ酔い加減だ。花江の方もさすがに頬が赤く染まっている。

「ほんと」

花江も顔を上に向け、腕を広げて思い切り夜気を吸い込んでいる。

「こういう気分のまま死んでしまえたらいいのになあ」

と彼女は呟いた。

「私、いま急にこの心臓が止まってくれたら凄い嬉《うれ》しいかも」

こちらに振り返って自分の胸のあたりを押さえながら言う。

「何事もそんなにうまい具合にはいかないんですよ」

私は笑った。

「そうかなあ」

また呟いて花江は背中を向けた。

4

ミニキッチンでコーヒーを淹れているとヘリコプターの音が聞こえてきた。一機遠ざかったと思うとまた一機。バラバラというローターの回転音が鳴りやまない。ずいぶん低空を、それも何機もが飛び交っているようだった。

今朝二杯目のコーヒーを手にして私は窓辺に寄った。窓を開けて上空に目をやる。機影は見えなかったがローターの音はさらに大きく聞こえてきた。

火事か事件でも起きたのだろうか？

時刻は午前九時を回ったところだ。

ちょうど秘書役の源田君が入ってきた。

「ヘリがたくさん集まってるみたいだけど何か事件でも起きたの？」

地裁や高裁で社会を騒がした大事件の判決が下る日なども報道各社のヘリが上空を飛び交うことがある。

源田君は首を傾げてみせ、

「どうしたんでしょうね。ちょっと下に降りて見てきましょうか？」

月曜日恒例のスケジュール確認の時刻だが、別に急ぐものでもない。

「そうだね」

源田君は部屋を出て行った。こういうフットワークの軽さが彼の身上だ。

十分ほどで戻ってきた。

「どうやら火事みたいですね。神保町のあたりに消防車や救急車がたくさん集まってるようです」

ヘリの音を耳にしたときからかすかに予感めいたものはあった。

「場所はどこらへんなの」

「専大前の交差点の近くみたいです」

サイレンの音は聞こえなかった。各車両は靖国通り経由で駆けつけたのかもしれない。

「スケジュール表はあとでチェックしておくからコピーを一部、机の上に置いておいてくれないか。僕はちょっと出かけてくるから」

私の言葉に源田君は要領を得ない感じになった。いままでそういうことをしたことがなかったからだ。私はあらかじめ決めたことは厳格なくらいに遵守するようにしてきた。五百人を超す従業員を抱える企業の経営者として、それは当然のことだ。

「どちらに行かれるのですか？」

源田君が訊いてくる。

「決まってるだろう、火事がどうなってるのかを見てくるんだよ」

コートハンガーに近づきながら言う。

「じゃあ、コピーの件、頼んだよ」

急いでコートを羽織ってマフラーを首に巻くと、きょとんとした顔の源田君を尻目に見てさっさと社長室を出た。

会社はJR水道橋駅の東口を抜けて神保町方向へ二百メートルほど進んだ白山通り沿いにある。三崎町《みさきちょう》交差点のすぐ手前で、住所は三崎町二丁目。白山通りをはさんだ対面は日大経済学部の建物だった。

日大は私の母校だ。と言っても、私の場合は会社に入ってから法学部の二部に通ったのだったが。

外に出てみるとヘリコプターの音は聞こえなくなっていた。

信号を渡って神保町の交差点方向へと進んでいく。

先週の金曜日、道路を挟んだ向かいの歩道を花江と二人で歩いた。

「ロベルト」を出て、この白山通りに来たところで花江に住所を訊ねた。私の住むマンションは両国にあるが、まずは彼女をタクシーで家まで送るつもりだった。

「私んちはすぐそこだから、ここで解散でいいです」

そのときになって花江は言ったのだ。

「すぐそこ？」

「専大前の交差点に城南信金があるでしょ」

「はい」

「その裏あたり」

「じゃあ、集英社の隣ですか」

「そうそう。昔、ばあちゃんがクリーニング屋やってたんです。とっくに閉めちゃったんだけど、私たちは店の二階にいまも住んでるの。もちろん借家なんですけど」

「そうだったんですか」

まさかそんなに近くだとは思いもよらなかったので呆気にとられた気分だった。

「秋葉原の事務所への行き帰りに水道橋の駅使ってるし、徳本産業の前を通ることもよくあったから、名刺貰ったときびっくりしたんですよね」

そこで花江はちょっと照れくさそうな顔になった。

「ほんとのこと言うと、あれから社長さんのことも駅で何度か見かけたことありました」

「だから僕のことを憶えてくれていたんですね」

彼女が気軽に会社を訪ねてきたのはそれでだったのか。

「というか、こっちが名刺出しても、自分の名刺くれるお客さんなんて滅多にいないんです。律儀《りちぎ》な人だなあって思って。その人があの会社の社長さんだったから、いやでも印象に残っちゃったんです」

「なるほど」

結局、金曜日はその場で別れ、私は水道橋から電車で両国に帰った。むろん次の約束などしなかった。花江とはそれきりでもおかしくなかったが、私はなぜか彼女とはこの先も付き合いが続いていくような気がしていた。

「専大前」の交差点まで来てみるとものものしい雰囲気になっている。

焦げ臭いにおいが立ち込め警察や消防の車が城南信金側に居並んで、片側の車線は封鎖されていた。たくさんの人々が雉子橋《きじばし》通りの反対側から火事現場の方を眺めているが、炎や煙は上がっていない。私は割り込むようにして、人々の視線の先にある信金と左の集英社のビルとのあいだの狭い路地へと目をやった。細い道の入口付近に何台も赤い消防車がとまっている。右側には古い家屋が並んでいて、手前の二階屋が真っ黒になっていた。対面のビル壁も黒く煤《すす》けているからおそらくは二階屋が火元なのだろう。軒を接するように建っている左右の家屋にも火や水が回ったに違いなかった。

もう放水は行われていない。鎮火したのだろう。

城南信金の裏で集英社の隣となれば、その路地しかなかった。

ということは、筒見花江が住んでいる元クリーニング屋は火の粉や水をかぶった何軒かの一つということになる。黒くなっている二階屋には「お好み焼き」の看板がかかっているから花江の家が火元ではなかったようだ。

私は大勢の野次馬たちの話し声に耳を澄ます。

「シミズヤのおばあちゃんが救急車で運ばれたらしいわよ。モリミは店員さんもみんな逃げて大丈夫だったたって」

背後でやり取りしている女性たちの声が聞こえた。

「すみません」

私は振り返って、その中年の二人組に話しかける。

「シミズヤのおばあちゃんって、クリーニング屋をやってた筒見さんのことですか？」

と訊いてみた。

「ええ。火を出したモリミの方は無事だったみたいなんだけど、お隣の筒見のおばあちゃんが卒倒しちゃったみたいなんですよ」

「おばあちゃん、たしかお孫さんと二人暮らしでしたよね」

あてずっぽうだったが、どうやら勘が働いたようだ。

「そうそう。花江ちゃんが一緒に救急車に乗ってったわよ」

「どこの病院に行ったんでしょうか？」

「さあ、それは分かんないけどねえ」

彼女たちは首を傾げてみせた。

私は人だかりから離れ、雉子橋通りを一区画下り、交差点を渡った。

古いうなぎ屋の建物の前に立っている制服姿の若い警官に声をかける。その先は立ち入り禁止だ。

「すみません、知り合いの者なんですが、救急車で運ばれたシミズヤのおばあちゃんはどこの病院に行ったんでしょうか？」

　腰を低くして訊ねてみた。

「たぶん南大だと思うんですが、詳しくは病院の方で確認してみてください」

「南大って駿河台《するがだい》の南邦大ですか？」

　警官は「そうだと思います」と言った。

　礼を述べて再び交差点を渡った。空は薄曇りだが、気温はさほど低くなさそうだ。風も凪《な》いでいるので寒くはなかった。アイフォーンを出して、駿河台南邦大病院の電話番号を調べる。見つけた総合受付の番号に電話した。

「さきほどの神保町の火事で焼け出された筒見さんが、そちらに搬送されたと聞いたのですが……」

「失礼ですが、どういうご関係の方ですか？」

　搬送先は南大病院で間違いなさそうだった。

「筒見さんのお孫さんの花江さんの友人なんです。彼女が付き添ってると聞いたものですから」

　そこまで言うと向こうは警戒心を解いた気配だった。

「筒見さんは入院されていますよ」

「そうですか。ありがとうございます。助かりました」

私は電話を切った。

部屋番号や面会の可否については実際に病院に足を運んでから確かめればいい。

私は交差点から少し離れたところで手を挙げ、通りかかったタクシーを止めた。

5

筒見絹江《きぬえ》の病室は六階内科病棟の一番奥にあった。四人部屋で、私が入っていったときは鎮静剤を打たれて彼女は眠っていた。ベッドの脇の丸椅子には疲れ切った様子の花江が座っている。

花江は私の姿を認めてもさして驚いたふうではなかった。というよりも、ようやく待ち人が現れたような安堵《あんど》の表情を浮かべた。

「おばあちゃん、大丈夫ですか?」

小声で言うと、

「外に出て、消防車のサイレンが聞こえたと思ったら急に気を失っちゃったの」

さすがに沈んだ声になっている。

「検査は?」

「ここに来てすぐに脳のCTを撮って貰ったんだけど、異常はないって。きっと火事で動転して失神したんでしょうって」

「そうですか」

病室ではしっかり話せないので、十分ほどで私たちは病院の外に出た。

御茶ノ水の駅方向に歩く。時刻は十一時になるところだった。

お好み焼き屋「森三」から火が出たのは八時頃だったそうだ。突然、ドアを叩《たた》く激しい音がして、二階で眠っていた花江は飛び起きたのだという。

「ばあちゃんはいっつも昼近くまで寝てるし、私も、昨日は午前三時過ぎまで起きてたから。びっくりして階段下りてドアを開けたら、森三のご主人が、ガスコンロの火がカーテンに移って店が燃えてて大変だから早く逃げてくれって血相変えてるの。慌てて上に戻ってばあちゃんを起こして、着せられるだけのものを着せて、お位牌《いはい》さんと通帳と印鑑をカバンに突っ込んで家を飛び出したの。玄関出て隣を見たら、窓から炎が噴き出して真っ黒な煙がもうもうと上がってるんだもん。私だって腰を抜かしそうになっちゃった」

ようやく花江がいつもの口調になった。

「だけど、二人とも怪我《けが》をしなくてよかった」

「でも、うちも半焼なの。消防の人が、泊まるところがなければ都営アパートとか紹介してくれるって言ってたけど、それにしても何日かはホテルですかねえ、だって。こんな着の身着のままで一体どうすりゃいいんだろう」

さすがに途方に暮れた様子だ。

「お腹は空《す》いてませんか？」

線路沿いに並ぶ建物群が見えてきたところで訊いた。

「空いてないけど、でも、何か口に入れとかないとねえ」

ぼそぼそと花江は言う。

突き当たりには、つけ麺屋、ラーメン屋、沖縄料理店が並んでいた。

「あのどれかにしませんか？」

「何でもいいよ」

沖縄料理店だけ二階だったので、そこに入ることにした。開店したばかりの時間帯だから二階の店なら空いているだろう。

狭い階段を上り、上半分がガラスの引き戸を引いて中に入ると店内は意外に広かった。客は誰もいない。若い店員が出てきて、窓側の四人席に案内された。渡されたランチメニューから、宮古そばを二つと、ゴーヤチャンプルーを一皿注文する。

「ビールでもどうですか？」

訊くと、

「病院に戻るから」

花江は首を横に振る。

「社長さん、飲みたいなら飲んでよ」

こうやって会うのも三度目を数え、火事の興奮と疲れとがないまぜになっているのだろう、花江の口調はこれまで以上に砕けた感じに変わっていた。

私は首を振り、

「絹江さんは新しい住まいが決まるまで入院できるんですか？」

店員がいなくなったところで訊いてみた。

「それは何とかなると思うけど、ばあちゃん、大の病院嫌いだからね。二、三日でちゃんとしたねぐらを探さないと」

私には病院に向かうタクシーの中で考えていたことがあった。

「うちの社員寮が浅草橋にあるんですが、そこだったら今日からでも住めますよ」

「社員寮？」

「はい。まあ、古くて小さな団地みたいなもんですが、三年前に内装はリニューアルしてあるので割かし快適です」

「だけど、私、徳本産業の従業員じゃないけど」

「それは気にしないで下さい。幾つか空きがあるはずですから。困ったときはお互いさまでです」

　そこまで話したところで宮古そばが届いた。

「チャンプルーもすぐできますから」

　そう言って店員が離れていく。かつおだしの香りが鼻腔《びこう》をくすぐり、自分が空腹だったことに気づく。

「今日はどこか泊まるあてはあるんですか？」

　不躾《ぶしつけ》だとは思ったが訊いてみた。

　花江の方は箸を割ってさっそくそばに取りかかっていた。麺を一口すすって、

「あるよ」

　と顔を上げる。

「だけど、ばあちゃんのこと考えるとね……」

　表情が渋くなった。

　花江ひとりなら転がり込める友人宅や恋人の部屋くらいありそうだが、祖母と一緒となるとやはり、アパートなりマンションなり新しい住まいを用意しなくてはならないだろう。半焼のあげく水浸しとなった神保町の家に彼女たちがふたたび戻れるとも思えない。

　そもそも寝具や衣類、箪笥《たんす》から家電のたぐいまで生活必需品のあれこれを早急に揃《そろ》え

る必要がある。今年八十一になるという祖母を抱えて焼け出されてしまった花江のこの先の苦労は並大抵でない気がした。

「どうですか。うちの社宅の空き部屋を使いませんか。箪笥やクローゼットもあるし、冷蔵庫や洗濯機、テレビなんかも備え付けなので、とりあえず住むにはうってつけかもしれないですよ」

場所も浅草橋だから花江の事務所がある秋葉原とは隣同士だった。

「ねえ」

箸を止めて花江が私の顔を覗き込むようにした。

「どうしてそんなに親切にしてくれるの？」

見透かすような瞳になっている。淳子と一緒に暮らしているあいだも、いつもこういう目で見られていた気がする。

「そんなに親切と言われるほどの親切でもないですが」

「だって、わざわざ病院に来てくれたのだって不思議だし。私、金曜日に一度ご飯を食べただけだよ。それに社長さん、いまだって本当は仕事があるんじゃないの？」

「三日前にご飯を食べたばかりの人の家が焼けてしまったんですよ。誰だって気になりますし、まして、筒見さんとは浅からぬご縁のような気がしていますからね」

「何、その浅からぬご縁って？」

「あの海蛇の水入れを一度ならず二度までも届けてくれた方ですから」

水入れを使い始めて四日目だが、明らかに眠りが深くなっていた。〃驚くべき効能〃が単なる思い込みでなかったことを私は改めて実感していた。

「最初の水甕ボトルは売りつけたものだし、この前持って行ったのだって試供品だよ。私は何にもしてないよ」

ゴーヤチャンプルーがちょうど届いたので、

「その話はあとにして、先に食べちゃいましょう」

私はやり取りを中断した。

花江も素直に頷いた。

「それもそうね」

食事を済ませると私たちは店を出た。時刻はまだ十二時前だった。「聖橋《ひじりばし》」の交差点に出てタクシーを拾う。浅草橋の社員寮までここからだと十分もかからない距離だった。

「別に僕のことを警戒する必要はないですよ」

店を出る前に言ったことを私は車の中で繰り返した。

「下心なんてこれっぽっちもないんです。さっきも言ったように僕は女性には興味がないので」

タクシーは本郷通りを右折して外堀通りに入った。昌平橋《しょうへいばし》、万世橋《まんせいばし》、秋葉原駅前を経て道なりに神田川沿いを走れば、じきに浅草橋だった。

女性に興味がないと言えば、おおかたの人はそっちだと思うに違いない。あけっぴろげな花江なら、「てことは、社長さん、男が好きなの？」とでも訊いてくるかと思ったが、

「へぇー、そうなの」

店でも薄い反応を見せただけだった。

「とにかく百聞は一見にしかずです。いまから社員寮を見に行きましょう」

私は半ば強引に花江を誘ったのだ。

江戸通り沿いの浅草橋駅東口の前でタクシーを降りた。久月や秀月、吉徳といった有名な人形屋が本店を構えるこの通りを下ると、シモジマ浅草橋5号館の大きなビルが建っている。そのビルのちょうど真裏に徳本産業の社員寮はあった。

先々代の社長、徳本京介《きょうすけ》が買った幾つかのビルの一つだ。

それらは、建材の納入先として懇意にしていた建設会社やディベロッパーから頼まれて手に入れた物件がほとんどで、バブル経済が弾《はじ》けると一気に不良資産化してしまった。京介の死後、後を継いだ妻の美千代が市況を見ながら時間をかけて売却を繰り返し、現在残っているのはこの浅草橋の社員寮一つきりである。

五階建て、築三十五年のマンションだが、最初から社員寮として使われている。三年

前に全面的な改装を行ったのは耐震補強が目的ではなく、独身者向けと家族向けの部屋が各階半数ずつという部屋割りが時節に合わなくなったためだった。

総武線を使えば水道橋まで三駅という便利さもあるし、浅草界隈《かいわい》に歩いて行ける地の利も魅力的なはずなのだが、ずいぶん前から一家で入居する社員がほとんどいなくなっていた。独身社員からの入居希望は常に定員オーバーの状態で、組合からも家族向けの部屋をつぶして独身者用の部屋を増やすべきだと再三求められていた。

建築から三十年を過ぎ、そろそろ配管や内装のリフォームも必要だったことから、思い切って全面改装に踏み切ったのだ。

十年前、淳子と離婚した直後に私自身も入寮した経験があった。

ほぼ同時期に取締役から社長に昇格し、さすがに社員寮住まいというわけにもいかず、一年足らずで現在の両国のマンションに引越したが、本当はずっとこの浅草橋に住んでいたかった。

淳子や舜一《しゆんいち》と暮らした千駄ヶ谷《せんだがや》とはまるきり違うたたずまいだったが、幼少期をずっと川崎の競馬場近くで過ごした私にとっては馴染みやすく居心地のいい町だった。

いきなり社長を任されて前を向くしかなかったことと、浅草橋という下町の匂いの残る土地で新しい暮らしを始められたことが、当時の弱り切った自分を何とか下支えしてくれたのだと思っている。

シモジマの手前にある左の道に入り、蕎麦屋《そばや》の角を右折する。百メートル足らずで左手に社員寮の建物が見えてきた。

「あそこです」

私が指差すと、

「まじ、駅から近い」

花江が感心したような声を出す。

「その右の大きなビルがさっき大通り沿いに見えたシモジマなんで、日当たりはそこそこですけどね。でも日中はちゃんと光は入ります」

「社長さん、さすがに詳しいんだ」

「私も十年前に、ここに住んでたんですよ」

「そうなの？」

「はい」

そうこうしているうちに寮のエントランスに到着した。外壁も改装時に明るいクリーム色に塗りなおし、窓枠やベランダフェンスも新しいものと交換しているから、外観はなかなか洒落《しゃれ》た印象になっている。

「へぇー」

建物を見上げて花江はふたたび感心したような声を上げた。

「さあ、行きましょう」

先に立って、私は玄関のガラス扉を引いた。

6

花江を浅草橋に案内した翌々日、二月二十六日の水曜日。

午後一時からの常務会を終え、社長室に戻ったところで携帯が鳴った。「坂崎社長」という表示を見て、通話ボタンにタッチした。

坂崎さんとは二週間ほど前に「日本建設業協会」の新年会で顔を合わせたばかりだった。

「もしもし、高梨さん？　坂崎です」

もともとせっかちな人だが、今日はまたさらに息せき切った感じがある。

「こんにちは」

「ねえ、大至急会えないかな」

挨拶も抜きに言ってきた。

「どうしたんですか」

「どうしたもこうしたも、急いで高梨さんに知らせた方がいいと思って」

それにしても、今日の坂崎さんはいつになく興奮気味だった。

「知らせるって何をですか？」

「電話では詳しく言えないんだけど、セラールが経営危機に陥ってるって知ってた？」

「まさか」

「ほんとなのよ。私もたったいま、やまとの担当から聞き出したばかりなんだけど、もうびっくり仰天」

「うそでしょう」

「うそじゃないわよ」

「坂崎さん、どちらですか？」

「会社、会社」

「すぐにそちらに行きます」

「分かった。待ってるわ」

私は電話を切ると急いでコートを羽織った。

坂崎悦子《えつこ》はいまたしかに「セラールが経営危機」と口にした。せっかちな人ではあるが、そういうことを軽はずみに言う人ではないし、経営者として十二分に信用のおける人だった。

父親だった先代の後を継ぎ、この厳しい不況のさなかに中堅ゼネコンの坂崎工務店を着実に発展させてきた。業界ではめずらしいMBA留学組の一人で、アメリカから帰国後しばらくは都銀に勤めていたという。三十歳を過ぎて坂崎入りし、十年前、先代の急逝を受けて社長に就任した。

お互い似通った時期に会社を任される立場となったこともあり、私とは格別に親しい間柄でもある。坂崎工務店は、徳本産業にとって古くからの上得意の一社でもあった。

会社の車を回して、三十分後には日本橋にある坂崎工務店本社の玄関をくぐっていた。受付に顔を出すと、すでに秘書室の女性が一人待機していた。彼女に先導されて十六階にある社長応接室に入る。

ソファに座ったと同時に奥のドアが開いて、グレーのスーツ姿の坂崎悦子が現れた。年齢は私より三つ下だから今年四十七歳。だが見かけは四十そこそこにしか見えない。十年前、三十七歳で社長に就任したときはその若さと美貌でずいぶん騒がれたものだった。

私の斜向《はすむ》かいのソファに座ると、彼女はいきなり顔を近づけてきた。いつものことなので驚かないが、初対面のときはぎょっとしたのを憶えている。親しくなってから理由を訊いてみると、

「もともとひどい近視で、高校までコンタクトレンズも使ってなかったから、いつの間にか癖になっちゃったのよ」

と笑っていた。

「メガネは？」

問い返すと、

「あんなもの顔につけてたら気持ち悪くてどうにかなっちゃうでしょ」

いかにも彼女らしい答えが返ってきたものだ。

「さっきまでやまとの担当が来てたのよ。その彼が、ぽろっと洩《も》らしたのね。セラールが相当やばいみたいですって」

私は黙って彼女の大きな瞳を覗く。

「あなた、それどういうこと？　ってもちろん詰め寄ったわけ。そしたらね、絶対に内緒ですよって言っていろいろ教えてくれたのよ」

外見と中身がこれほど違う人もめずらしいと私はいつも思う。

セラールは坂崎工務店と同じ中堅のゼネコンだった。とはいえ、そこの経営危機が直接坂崎工務店に影響を及ぼすわけではない。それもあってやまと銀行の担当者は、業界内の噂《うわさばなし》話でもするような軽い気持ちでつい口を滑らせてしまったのだろう。

しかし、建材会社である我が社にとって、セラールの経営危機がもたらす影響は計り知れないものがある。だからこそ友達のよしみで坂崎悦子は真っ先に連絡してきてくれたのだ。

「経営危機ってどういうことなんですか？」

まずはその内容が問題だった。過去三年間、セラールは増収増益を重ねてきている。今年の決算予想も上々だったはずだ。株価も右肩上がりを続けている。そんな好調な企業が経営危機に陥るとすれば、危ないマネーゲームに手を出して巨額の損失を蒙《こうむ》ったくらいしか理由が考えられない。

「粉飾よ」

坂崎悦子は吐き捨てるように言った。

「粉飾？」

「そう。監査法人をまるごと抱き込んでめちゃくちゃな経理操作をしてたのよ。三年前の黒字化のときから、実際の帳簿は真っ赤っ赤だったらしいわ」

私は唖然《あぜん》としてしまう。

セラールほどの会社が粉飾で数字を作るような真似《まね》をするとはおよそ考えられない。

「ヤマト・リファインの買収、あれがやっぱり大失敗だったのよ」

「そんな馬鹿な」

思わず声が出ていた。

「うちからの仕入れも年々倍々ゲームで増えているし、世羅《せら》さんに会うたびにリファインが好調で笑いが止まらないみたいな話ばかりですよ」

私は言葉を付け足す。

「だから、現実はその正反対なのよ」

自分の顔から血の気が引いていくのが分かる。

「セラールからの支払いは滞《とどこお》っていない?」

心配げな表情で坂崎悦子が言った。

五年前、ヤマト建設の住宅リフォーム部門である「ヤマト・リファイン」を世羅建設が買収したときは世間をあっと言わせたものだった。中堅ゼネコンが別の中堅ゼネコンの一部門を買い取るというのも異例だったが、その相手が大手都銀やまと銀行系列のヤマト建設だったことが内外の注目を一気に集めた。

独立系の世羅建設が財閥系のヤマト建設の一部を呑《の》み込む。まさに小が大を食う下剋《げこく》上《じよう》を絵に描いたようなこの買収劇は、まだ三十半ばに過ぎなかった四代目社長、世羅純也《じゆんや》を一躍スターダムに押し上げるほどの出来事だったのだ。

ヤマト・リファインの買収を機に世羅建設は「セラール」と社名変更した。

いまや世羅純也は、建材のネット通販事業で一気にのし上がってきた宇崎《うざき》隆司《りゆうじ》などと並んで建設、建材業界の風雲児と呼ばれていた。

「もともとうまくいっていなかったヤマト建設のリフォーム部門を買い取って、それをたった二年で優良部門に仕立てるなんて、よくよく考えてみたらまるで手品よね。やまとの担当の話だと莫大《ばくだい》な宣伝費をかけたおかげで受注件数は大幅に増やしたらしいけど、値引きも凄いし、納期遅れの経費負担も半端じゃなくて、利益は全然出ないどころか実際は大赤字だったらしいわ」

ヤマト建設の親会社でもあるやまと銀行の人間が話している以上、情報の信憑性《しんぴょうせい》は非常に高いと言わざるを得ない。

「粉飾って、どの程度なんですか？」

額によってはセラールの破綻《はたん》も現実のものになってくる。そうなれば私の会社にとって最悪の事態だ。

「二百億は超えるだろうって」

「二百億！」

私はふたたび声を上げてしまった。粉飾が露見し、一気に二百億円の特別損失が明るみに出ればいまのセラールはとてもじゃないが立っていられない。株価の暴落も必至だ。そうなるとセラールの増資を率先して引き受けてきた我が社の損害もまた莫大なものになる。

まして会社更生法を申請されて納入建材の代金が丸ごと債権放棄の対象にされてしまえば、それこそこちらが倒産の瀬戸際に追い込まれかねない。

世羅建設と徳本産業は古くからの付き合いだった。先々代の徳本京介が会社を興したとき一番世話になったのが世羅建設だったという。以来、世羅とは親戚付き合いに近い関係が続いてきた。私が社長になってすぐに催された純也の結婚披露宴では、会長の美千代が来賓の一人として乾杯の音頭を取った。純也は美千代のことをいつも「徳本のおかあさん」と呼んでいたのだ。

私が黙り込んでしまったので、ますます坂崎悦子は案ずる様子になった。

「とにかく、やまとの人に内々で相談した方がいいと思うの。去年、やまとから派遣された役員が粉飾をつきとめて報告を上げたみたいだし、やまとはずいぶん前からセラールの数字を疑問視してたんだと思う」

私の会社のメインバンクも坂崎工務店同様、やまと銀行だった。そもそもゼネコンの粉飾はほとんど発覚しない。内部の人間の告発でもなければ幾らでも経理操作ができるはずだ。

「しかし、セラールが破綻すればうちは大変なことになります」

悦子もさすがに否定しない。これまでいろいろな相談に乗り合ってきた仲だけに、互いの会社の内情は知り尽くしているのだ。

「セラールの実質的なメインは恐らくやまとだから、最終的にはやまとが引き受けるしかないんじゃないかしら」

「たしかに」

世羅建設がヤマト・リファイン買収のために調達した資金の大半が、やまと銀行からの借り入れだったという噂は以前からある。要するに五年前の買収劇自体がやまとの自作自演で、若い世羅純也はその筋書きにまんまと乗っただけとの臆測もあるのだ。去年のやまとからの役員派遣もその線で見ていくと納得できる話ではあった。

「手放してしまったリファインがバンバン稼ぎだして、やまとも惜しくなってるんですよ。改めて一枚噛《か》ませてほしいと言うんで、まあ、役員一人くらいならいいかなと思って受け入れたんですけどね」

去年の秋、久々に世羅純也とゴルフをしたとき、彼は自信満々にそう語っていた。あれがすべて虚勢だったというのか。

「どうもありがとうございました」

私は頭を下げてソファから立ち上がった。坂崎悦子も一緒に立ち上がる。

「一ヵ月以内には正式に公表するみたい。それまでにやまとも再建のスキームを準備すると思うの。あそこは私がむかし勤めていたところとは違って、簡単に取引先を切るようなあこぎな真似はしないから、経営陣の総退陣と世羅一族の資産供出くらいで何とかセラール存続を図るんじゃないかしら」

悦子は慰めるような口調になっている。

7

北上した低気圧が日本列島の真ん中に居座って、二月最終週のあたたかさを思い切り吹き飛ばしてしまったようだ。三月に入ると身を切るような冷たい風の吹く日々がふたたび舞い戻ってきている。

セラールの一件はいまひとつすっきりしないまま、今後の推移を見守っていくほかない状況だった。

坂崎悦子の話を聞いた当日、私は会社に戻るとすぐにやまと銀行の近藤昭人《こんどうあきひと》常務に連絡をとった。近藤常務は長年、徳本産業を担当してきた人で、現在は本社の常務執行役員になっているが、私ともかねて昵懇《じっこん》の間柄だった。

大きな融資案件や投資の相談などはいまでも直接常務に持ち込んでいるし、三ヵ月に一度は情報交換もかねた会食の席を持つように心がけていた。

その近藤さんがこの日の私の電話には出なかった。

取り次いだ秘書に、「常務はただいま面談中でして、お急ぎでなければ明日あらためてお電話いただけないかと申しております」と言われたときは背筋を冷たいものが流れた。これまでそういう応対をされたことはなかったのだ。

翌日、八時過ぎに出社すると、さすがに常務の方から電話があった。昨日の水臭い態度もあったので、私は単刀直入にセラールの件を切り出した。

「いや、その話かもしれないと思ってね。それで昨日はちょっと電話に出るのを躊躇《ちゅうちょ》してしまったんだよ」

いつもの率直さで常務は言った。

私は午前中の予定を全部キャンセルしてすぐに大手町のやまと銀行本店に向かった。

「心配しないでよ。徳本産業がどうにかなるような話じゃないんだ。これはもとはと言えばうちの不始末みたいなもんだし、やまととしても応分の責任は取らせて貰うつもりなんだから」

セラールの経営危機についてはあっさり認めたものの、それ以上の話は幾ら訊いてもなかなか口を割らなかった。

「御社にご迷惑がかかるようなことはしませんよ。それは私が保証します」

常務は改まった口調でそう繰り返すばかりだったのだ。

「セラールを破綻処理するようなことはありませんね?」

そこだけはこちらも執拗《しつよう》に確認した。

「もちろん。あそこを潰すなんてあり得ないから」

何とかその言質《げんち》を取ったところで、私はやまと本店を引きあげざるを得なかった。

銀行というのは信用できない。

長年そう思ってきた。銀行で働く人間は、私たちとは価値観も倫理観もまったく違っている。どこがどう違うとうまく表現するのは難しいが、その相手の人柄、人間性、趣味嗜好《しこう》などとは無縁のところで、とにかく彼らと私たちとはどうしようもなく肌合いが異なる。卑近な例を持ち出すなら、大家と店子《たなこ》との違い、医師と患者との違い、持てる者と持たざる者との違い、要するに富者と貧者との違いのようなものだ。

持てる者は持たざる者から惜しみなく奪う。持たざる者は持てる者から、結局は何一つ奪い返すことはできない。

企業はなるだけ銀行と関わらないに越したことはない。個人が金貸しに近づかない方が無難なのと同じだ。だが、企業はどうしても銀行を必要としている。商売には、その種類や性質を問わず、必ず投機性、賭博性が伴ってくるからだった。

金融機関とは、要するに博打《ばくち》の胴元と似たようなものだ。博打の元手を借りるのだから、油断をしていると法外な寺銭をむしり取られるし、いつなんどき場外で儲《もう》けを引ったくられるか知れたものではない。

近藤常務とはすでに四半世紀を超える付き合いだが、私は彼のことを本気で信用したことは一度もなかった。

三月五日は日中、冷たい雨が降り続き、夜になると止《や》んだものの一晩中強い風が窓を叩いていた。

翌六日は朝から久方ぶりの晴天になった。ただ、風は相変わらず強く、陽射《ひざ》しに騙されて薄着で出歩くと身がすくむほどの寒さに泡を食いそうな気配だった。

いつものように午前八時前に出社して、コーヒーを片手に窓外の景色を眺める。白山通り沿いの街路樹の枝が風に揺れていた。

筒見花江はどうしているのだろう？

新居を見つけ、祖母と二人で暮らしをちゃんと立て直すことはできたのだろうか？

十日前、浅草橋の社員寮に案内したときは心動かされた様子だった。一階に住んでいる管理人の堀越《ほりこし》さん夫婦にも紹介し、その場で事情を告げて、花江たちの世話を重々依頼しておいた。

空いていたのは四階と五階の部屋だった。ともに2LDKと広さは十分で、ことに五階の一室は角部屋で日当たりもよかった。エレベーターもあるし、祖母と一緒に住むにはもってこいのように思われた。

家賃は社員に準じて月額二万五千円。花江にすればまたとない話だったはずだ。

帰り際には、「どうぞよろしくお願いします」と彼女も堀越さん夫婦に丁寧に頭を下げていた。

しかし、次の日、さらに次の日と堀越さんに電話してみたが、花江からは何の連絡もないという。その直後にセラールの件でそれどころではなくなり、三度目の電話は週末、三月二日の日曜日に掛けた。「何にも言ってきませんねえ」と堀越さんも怪訝《けげん》そうだった。電話を切ったあと駿河台南大病院に問い合わせてみた。

「筒見絹江さんはまだ入院されていますか？」

内科のナースステーションに回してもらい、病室番号を告げて訊ねると、

「筒見さんは昨日の午前中、退院されましたよ」

と言われた。

絹江に何か異変が起きたというわけではなさそうだった。

花江に直接訊いてみるしかないだろう。

そう思って何度か彼女の携帯に電話を入れたのだが反応がなかった。留守番電話に切り替わらないのでメッセージは残せなかったが、それでも着信履歴には目が留まるはずだった。電源が切れていたわけではない。毎回呼び出し音は鳴っているのに出ないのだ。月曜日も幾度か掛けたが出ないので、これは明らかに私のことを忌避しているのだろうと感じた。

または、絹江に浅草橋の社員寮の件を伝えたところ拒絶にあって返事のしようがなくなっているのかもしれない。ただ、花江のあの率直さからして、ここそこ逃げ回るような真似をするとも思えなかったが。

理由は何であれ、向こうにその気がないのであればいかんともしがたい。

昨日、一昨日は電話を入れなかった。

ただ、花江たちはにわかに火事で焼け出されてしまったのだから、このまま音信不通で事を済ませるというわけにもいかない。

ここ数日の寒さを思えば、ちゃんとした住居を見つけられたかどうかだけでも確かめておきたかった。

コーヒーを飲み終え、カップをミニキッチンで洗ってから席に戻る。時刻は九時を回ったところだ。アイフォーンを取り出して三日ぶりに花江の携帯番号を呼び出した。

三度ほどコールしたところで電話が繋《つな》がった。

「もしもし」

花江の声だ。寝起きという感じでもない。

「もしもし。おはようございます。高梨ですが」

「おはよう」

「お元気ですか?」

「うん。何度か電話貰ってたのに出られなくてごめんね」

口調は相変わらずだが、花江はきまりが悪そうな声を出した。

「それはいいんです。あれからどうしたのかと気になってまして」

「悪かったね、心配かけたきりで全然連絡しなくて」

「新しい部屋は見つかったんですね。おばあちゃんも無事に退院されたんでしょうか」

「うん。ばあちゃんも私も元気だよ」

「そうですか。それはよかった」

「社長さんにはせっかく社員寮を紹介して貰ったのにごめんなさい」

「そんなことは気にしないで下さい。あくまで参考にと思っただけなんで。僕の方こそいささか出過ぎた真似をしたと反省していたところでした」

そこで花江がしばらく黙り込んだ。

「すみません。お休み中でしたか」

そうとも思えなかったが、こちらから言葉を繰り出してみる。

「そうじゃないけど」

鼻が詰まったような声になっていた。

実は困った事情でも抱えているのではないかとにわかに心配になってくる。

「足りないものとかないですか？　ご迷惑でなければせめて何か入用の物をお届けしたいんですが」

足りないも何も、身一つに近い状態で家を出ているのだからあらゆるものが不足しているに決まっている。家電から細々とした日用品までちゃんと調《ととの》えられたのか？　火を出した「森三」というお好み焼き屋から急ぎの見舞金くらいは受け取ることができたのだろうか?

「大体何でもあるから心配しなくて大丈夫」

かすれた声になっている。

「どうしたんですか。風邪でも引いてるんですか?」

「そうじゃないけど、なんか花粉症」

今度は鼻をすする。そういえば三月に入った途端、私も外出するたびに目がしぱしぱするようになった。

「で、いまはどこに?」

「事務所の近くにいいアパートがあったから」

「なるほどそうだったんですか」

「うん」

「冷蔵庫とか洗濯機とかエアコンとか、ちゃんと揃えられましたか?」

「もともと事務所の後輩が住んでた部屋だから」

「そうなんですか」

その後輩が部屋を出て、花江たちを入れてくれたのだろうか? それとも借りっぱなしにしていた空室に入ったのか? 案外、後輩というのが彼女の恋人で、ひとまず彼の部屋に祖母と二人で転がり込んだのかもしれない。

どことなく花江の受け答えは歯切れが悪い。花粉症とはいえ声音にも精彩がなかった。

「今日にでも、一度行っていいですか？」

「えっ、どうして」

焦った口調になる。

「そこの部屋も見たいですし、足りないものがあれば一緒に買いに行きましょう。秋葉原なら何でもあるでしょうから」

「いいよ、そんなの」

「ご迷惑ですか？」

「迷惑ってわけじゃないけど」

「だったら住所を教えて下さい。午後にでも一度顔を出そうと思います」

花江はためらうふうだったが、渋々という感じで所番地を口にした。

「近くに着いたら一度電話ちょうだい」

と念を押すので、

「分かりました」

と答え、私は自分から電話を切った。

8

秋葉原駅の昭和通り口改札を出た。

外は相変わらず冷え込んでいるが、平日にもかかわらず改札の周辺は大勢の人で賑《にぎ》わっている。電気街口とは反対にあるこの出口は、九年ほど前にヨドバシカメラ秋葉原店が進出するまではいつも閑散としていた。それが、デパート並みの規模を誇る超大型店の出店で様相は一変する。倉庫跡の広大な敷地に突如出現した巨大店舗の吸引力によって人の流れはまたたく間に変わり、電気街に建ち並んでいた各店舗は軒並み客足を奪われていったのだった。

私が浅草橋の社員寮に住んでいたのは、その「ヨドバシＡｋｉｂａ」の開業前の時期で、休みの日はしばしば建設途中の建物を覗きにこの辺りまで足を延ばしていた。

思えば当時の私はまだまだ若かった。淳子との離婚を機に美千代から社長職を引き継ぎ、冷水と熱湯を交互に浴びるような熾烈《しれつ》な日々だったが、それでも好奇心は旺盛だったし、心身は極度に疲労しているにもかかわらず、身内に不思議なエネルギーが満ちているのを感じていた。

どん底には底があること、峠には折り返しがあること、逆境とは一つの境地に過ぎないということを、私は心のどこかで察知していた気がする……。

改札を抜けると人の波に逆行して総武線の高架下を浅草橋方向へと進んだ。

秋葉原の交差点を渡り、昭和通りの対岸、神田佐久間町《さくまちょう》二丁目に入る。花江が教えてくれた住所は神田和泉町《いずみちょう》だったから、ここから上野方面に通りを一本越えればすぐのはずだった。

その「佐久間学校通り」という二車線の道路を渡り切ると目の前のビルの住居表示は「神田和泉町1番地7の21」となっていた。左手、昭和通りの真上を走る首都高速一号上野線の先にはヨドバシカメラの白い大きな建物が見える。

会社にある地図で確認してきたのだが、神田和泉町は昭和通りと清洲橋《きよすばし》通りに挟まれた長方形の町で、「丁目」はないようだった。清洲橋通り側の半分ほどは和泉小学校、和泉公園、凸版印刷本社、三井記念病院、ライフ神田和泉町店などで占められ、昭和通り側のあとの半分には小さなビルやマンション、アパートが寄り集まっている。

ビルの角から細い道に入った。

花江のアパートは「1の8の19」だからもう目と鼻の先だろう。

ちょうど昼餉《ひるげ》時とあって背広姿の男性や制服姿の女性が三々五々行き交っている。陽射しはあるが路地裏を冷たい風が吹き過ぎていく。男たちは背広の襟を立て、女たちは背中を丸めながら歩いていた。

道は狭く、新旧の建物が混在する典型的な都心の密集地だ。歩いているとぽつぽつと飲食店ののれんや赤ちょうちんがぶら下がっている。花江の住んでいた神保町界隈とも雰囲気は似通っているが、こちらの方がずっと立て込んでいた。

左右の家並みのあいだを縫うようにまっすぐに六、七十メートル進むとやや広い通りに出た。ここまでが「1の7」だから、向かいの一角が「1の8」に違いない。そのまま直進してさらにすぼまった路地に足を踏み入れる。

左の建物が「1の8の18」、右の建物が「1の8の17」と住居表示されている。ということはその先の左右どちらかの建物が「1の8の19」なのだろう。しかし、見回してもマンションやアパートのたぐいはどこにもなかった。

左側は四階建てのクリーム色のビルで比較的新しく見える。「有村インキ」という立派な看板が二階部分に取り付けられていた。右側はそれとは対照的にひどく古ぼけた木造モルタルの大きな二階屋だった。かつての文化住宅風で、続きの棟に四つの玄関が等間隔で並んでいる。臙脂色《えんじいろ》に彩色された壁はひび割れ、ところどころ剝げ落ちてしまっていた。

それぞれの入口には「矢口印刷」という看板や「ゴアル」「セルーダ」といった何をやっているのか分からない社名の看板が掲げられている。一番奥は、二階から「妙見煎茶」という年代物の看板が突き出していた。

この路地はどん詰まりで、クリーム色のビルと二階屋の先は背の高いマンションの側壁で完全に塞がれてしまっている。住宅街であればこういう行き止まりもたまに見るが、神田界隈に通り抜けのできないこんな路地があるというのはさすがに驚きだった。

左の雑居ビルの壁に「1の8の20」という表示板がはまっている。

ということは、右のモルタルの建物が「1の8の19」ということになる。

しかし、建物全体、一階、二階と眺め渡してみてもおよそ人が住めるような雰囲気はなかった。ガタのきた感じの二階の窓はどれも磨《す》りガラスだし、ベランダや物干しのたぐいもない。といって裏手にベランダがあるとも思えなかった。そちらにも別の大きなマンションがほとんど軒を接するように建っているのだ。

私は奥まで歩いて四つの玄関をざっと検分した。四軒目の「妙見煎茶」と一番手前の「矢口印刷」は明らかに廃業している。ドアは煤け、郵便受けも錆《さび》だらけで、人の気配は皆無だった。真ん中の二つ、「株式会社ゴアル」と「セルーダ通商」は営業しているようだが、二階はどちらも磨りガラスの窓越しに段ボール箱の山が見える。

もう一度、目を凝らしてそれぞれの窓を眺めた。

「矢口印刷」の二階の窓がかすかに明るくなっているような気がする。

花江たちはあそこにいるのだろうか？

彼女が口にした住所が誤りや偽りでなければ、そういうことになる。

だが、あの二階に一体全体どうやって上がればいいのか。

私は矢口印刷の木製ドアに近づき、汚れた丸いドアノブを回してみた。鍵がかかっていて開かない。

どこか他に入口があるのか。

大きなマンションと境を接する裏手に回ってみる。

首をのばすようにして二つの建物の隙間を覗き込むと、驚いたことに錆《さ》びついた細長い外階段が二階屋の真ん中あたりに付設されていた。

もとは非常階段だったのか？ マンションはかなり新しいから、それまではこの階段を使って二階のそれぞれの部屋に出入りできたのかもしれない。ならば、この建物は一階は貸事務所で、二階はアパートとして建てられた可能性もある。

壁と壁とのあいだの一メートルにも満たない細い隙間を伝って私は外階段のたもとまでたどり着いた。見上げると階段の先には古びたドアがある。

赤錆の浮いた急な階段をゆっくりと上った。

近くまで来たら電話してくれと花江は言っていたが、そういう気にもなれない。

それより、私は自分が久しぶりに憤りを覚えているのに気づいていた。どうしてだか分からないが無性に腹立たしい気分だった。

二階に着き、ぺらぺらの色褪《いろあ》せたドアを引いて建物の中に入る。

薄暗かった。目が慣れてくるとだんだんと内部の様子が知れてくる。

やはりここはアパートのようだ。天井にはいまどき珍しい裸電球がぶらさがっている。正面にドアが四つ並び、左の一つだけ、その隙間から光が滲《にじ》んでいた。歩くと木の床がミシミシと鳴る。右の突き当たりにトイレがあった。「便所」というプレートが合板の扉に貼り付けてある。左の突き当たりには小さな冷蔵庫とガスコンロの置かれた台所があり、その横に蛇口が二つ付いたタイル張りの流し台が据えられていた。

それにしてもこうまで古色蒼然《こしょくそうぜん》としたアパートを見るのは何十年ぶりだろう。私の育った川崎のぼろアパートでもこれよりはずっとましだった気がする。だいいち、大きな地震でもくれば、こんな建物はひとたまりもないだろう。

光の洩れているドアの前に立ってノックした。

「はい」

不審げな声がして、足音が近づいてくる。

「高梨です」

「え」

喉に詰まったような声が聞こえ、そしてドアが開いた。

青いフリースを着た花江が姿をあらわす。

小さな靴脱ぎ場の向こうは何の間仕切りもなく畳の部屋だった。炬燵《こたつ》が置かれ、その右辺に絹江がちょこんと座って訝《いぶか》しげにこちらを見ていた。目覚めている姿を見るのは初めてだったが顔色は悪くなさそうだ。私は彼女に向かって花江の肩越しに小さく会釈した。

「ちょっと早かったですかね」

いきなり訪ねたことには触れず、そう言った。

花江は「別にいいよ」と口にしながらも、幾らか戸惑ったふうになっている。

「狭いけど、入って」

そっけなく言う。

部屋は一つきりで八畳間だった。一間幅の押入れがあり、エアコンはついている。あとは茶簞笥とテレビと炬燵しかなかった。ひどく殺風景で、磨りガラスの窓だから閉塞感がきつい。天井の明かりはシーリングライトではなく和風のペンダントライトだ。昼間から全灯だったが、消せば真っ暗になりそうだ。

炬燵板の上にはコンビニのおにぎりとカップラーメンが二人分載っている。どうやらいまから昼食だったらしい。

花江がそれらを急いで茶簞笥に片付け、湯呑《つ》みを一つ出してきて私の前に置いた。やはり茶簞笥から出したペットボトルのお茶を注いでくれる。

「ありがとうございます」

と言ったあと、

「初めまして。僕は花江さんの知り合いで高梨と申します。お昼時にお邪魔してしまって申し訳ありません」

正座して絹江にあらためて低頭した。

「花江から聞いています。お見舞いもたくさんいただいて、ありがとうございます」

意外なほどしっかりとした口調で絹江は言った。

駿河台南大病院を訪ねた折、用意してきた見舞金を病室で差し出した。固辞していた花江も最後はいやいやながらも受け取ってくれたのだった。

「それにしてもたいへんでしたねえ。お身体《からだ》は大丈夫ですか」

「ええ、おかげさまで。少し前に腰を痛めてしまってそれまでみたいにはいかないんですけど、でも、あとは幸い頑丈にできてるんで」

「そうですか……」

相槌《あいづち》を打って、私は狭い部屋を見回した。

「おばあちゃん、私の会社の社員寮の話は花江さんからお聞きになりましたよね」

私は花江の方へは目もくれず、絹江に向かって話す。

「はい」

絹江は頷いた。

「どうですか。そっちに引越しませんか。ここよりはずっと住み心地はいいですよ。もし、おばあちゃんがうんと言って下されば、あとは私の方で全部やらせて貰いますから」

話しながら、自分が何に憤っているのかがだんだん分かってきた。あの社員寮を見学しておきながら、こんなところに鬱病の祖母を連れ込んだ花江に対して私はいまひどく立腹しているのだ。

「ええ」

絹江は曖昧な表情になる。彼女の方が二の足を踏んだのではないかと案じていたが、どうやらそういうわけではないらしい。

私はそこで初めて隣に座っている花江に身体を向けた。

「結局、僕のことがどうしても信用できないというわけですね」

ずっと無言だった花江が上目づかいに私を見る。

「そんなんじゃないんだけど……」

ふてくされたような言い方だった。

「この部屋とあの社員寮では比べものにならないじゃないですか。筒見さんは電話でいいアパートが見つかったって言っていましたが、ここのどこがいいアパートなんですか」

花江は何も答えない。

「お風呂もありませんよね」

「近くに事務所があるから、そこのシャワーが借りられるのよ」

「じゃあ、おばあちゃんもそのシャワーを使ってるんですか」

絹江の方を向くと気まずそうな顔で小さく首を縦に振る。

「こんなに寒いのに、湯上りに風邪でも引いたらどうするんですか」

絹江は八十一歳だと聞いている。事務所がどのあたりかは知らないが、厳冬に外風呂に通えるような年齢ではあるまい。

「とにかく、いまから浅草橋に行きましょう。堀越さんを呼びますから荷物は彼に運んで貰うことにします」

「もうほっといてくんないかなあ」

うんざりした声が花江の口をついて出る。

だが、そのくらいで怯《ひる》むほどこちらも若くはなかった。こうすると決めたらその通りに事を進める。それが長年、私がやってきたことだ。

「社長さんの親切はありがたいけど、こっちにも事情ってものがあるんだから」

「どんな事情ですか？」

「ここはね、師匠が融通してくれたの。若い弟子が住んでたんだけど、彼をわざわざ追い出して私たちのために空けてくれたんだよ」

「お師匠さんには、うちの社員寮の話はしたんですか？」

「そんなの喋《しゃべ》れるわけないじゃない。あの日、あれから事務所に顔を出してみたら、師匠がここを用意しといたからって言うんだもん。昼のニュースかなんかで火事のことを知って、すぐにそう決めたらしくって」

「筒見さん」

私は花江を見据える。

「あなたにとっては大切な師匠でしょうから、こんなぼろアパートでも師匠が都合をつけてくれたのなら我慢して住むというのも分からなくはない。だけどね、その義理立てに付き合わされてる絹江さんの方はたまったもんじゃありませんよ。これじゃあ、大きな地震でも来たら金輪際助かりっこない。それでなくても、風呂もない、お勝手もろくに使えない、トイレは共同、おまけに、ここに住んでいるのはどうやらお二人だけという有様じゃないですか。食事だってコンビニのおにぎりとカップラーメンでは話になりません。どうしてもここに居続けたいのなら、どうぞ一人で住んでください。絹江さんは私があの社員寮に連れて行きます。放っておけと言われたって黙って見過ごすわけにはいきません。堀越さんに頼んで、絹江さんのお世話はちゃんとさせて貰います。私も三日に一度は必ず顔を出すようにします。私の家は両国ですから、そのくらい造作もない。とにもかくにも、ここはとても八十過ぎのお年寄りが住める家じゃありません。それくらいの判断もつかないんじゃあ、あなた、ほんとにどうかしていますよ」

一気にまくしたてた。

花江は無言でこちらを見返してきた。心なしか、その瞳が濡《ぬ》れているように見える。十日前、駿河台の病院を訪ねた折も、そういえばこういう目で彼女は私を見上げたのではなかったか。

9

一条龍鳳斎の笑顔には吸い込まれるような引力があった。

「これはまた、えらいところの社長さんだ」

私が差し出した名刺を一目見てそう言うと、彼は満面の笑みを浮かべた。その笑顔に触れた瞬間、すーっと気持ちが持っていかれそうになる。

そんな感覚に見舞われるのは一体、何年振りだろう。

龍鳳斎は、とても六十五歳とは思えぬ若々しさだった。髪は黒々としているし、顔もつやつやしている。仕立てのよさそうなグレーの背広に身を包んでいるが、体型はすっきりと細く、なのに肩幅だけがやけに広かった。

たった一度、まだ病気で倒れる前の長嶋茂雄《ながしましげお》と会食したことがある。あのときの長嶋にも通ずるような一種独特の輝きを龍鳳斎は目の前で発している。

昨日、二人を浅草橋に連れて行ったあと、事務所の番号を花江に聞いて龍鳳斎に連絡した。

自分は絹江さんの古い知り合いで、火事見舞いに来てみると絹江さんがいろいろと不自由そうにしている。そこで、今日からとりあえず経営する会社の社員寮に引き取ることにした――そのように伝えると、龍鳳斎は面食らった気配だった。

「花江は何と言ってるんですか?」

真っ先にそう口にした。

「もちろん、絹江さんと一緒にこのまま社員寮で生活するそうです」

「そうですか……」

龍鳳斎はそこで言葉を一旦区切り、

「花江はいますか?」

と訊いてきた。そばにいる花江に目で合図すると、彼女は大きく首を振った。

「いまちょっと買い物に出てるんですが、あとで電話させましょうか」

「そうして下さい」

龍鳳斎はいかにも心外そうな声つきになっていた。

結局、花江に電話をさせるのはやめ、今日、私が秋葉原の事務所を直接訪ねて、龍鳳斎の了解を得ることにしたのだった。

事務所は花江たちのアパートから七、八分の場所にあった。建物全体が青く塗られた三階建ての古いビルだった。一階は鉄骨の柱と筋交いだけの駐車スペースで、テナントは二階、三階に入っているようだ。階段横の壁には「明峰ビル」と記された案内板がはまっていた。

「ナイフホール・コーポレーション」は304号室と305号室に入居している。花江によると龍鳳斎のオフィスは305の方らしかった。

インターホンも何もないので、そのまま階段を上った。

305号室の前に立ち、チャイムを押す。時刻は十時半ちょうど。

龍鳳斎はいつも午前九時には事務所にやって来て、午前中いっぱいはこの部屋で過ごすのだという。

「毎日、何をやっているんですか?」

昨日、花江に訊いてみると、

「テレビショッピングのためのリハか、あとは新商品のアイデアを練ってるかなんだと思うけど、でも、最近はあんまり社長室に行かないから、師匠が何をしているのかよく分かんないなあ」

と言っていた。

ナイフホール・コーポレーションという社名は、龍鳳斎がそれで一世を風靡《ふうび》したという〝穴あき包丁の実演販売〟に由来しているのだそうだ。

「師匠には、アキハバラデパートで穴あき包丁を一日に千本売ったっていう伝説があるのよ」

穴あき包丁＝ナイフホールというわけだ。

昨日、一条龍鳳斎についてはネットでざっと調べてみた。花江の解説通り、実演販売の第一人者で、いまでも「チャーリー一条」という名前で通販番組の常連の一人らしい。二十年以上も前に実演販売士を束ねる会社を創業し、一方でさまざまなアイデア商品の企画立案や開発にも携わってきたようだった。

画像を検索するとＰＣ画面上にずらりと写真が並んだが、たしかに、私もその顔には見覚えがあった。

龍鳳斎は突然の来訪にもさほど驚いたふうは見せず、こちらが名乗ると「ああ、昨日の」と言って気さくに部屋の中へ招き入れてくれた。

そして、立ったまま私の名刺を受け取ると、感じ入ったような野太い声を出して満面の笑みを浮かべたのだった。

社長室はかなり広かった。私の部屋とさほど変わらないだろう。

窓を背負って大きな机が据えられ、その前に主客八人は掛けられるソファセットが置かれている。左右の壁際に並ぶキャビネットには数々のトロフィーや表彰盾、たくさんの商品が並べられていた。

玩具や文房具、健康グッズ、調理器具、掃除用品のたぐいが所狭しと陳列されている。中には私の目にも懐かしい品が幾種類か混じっている。

壁には立派な額に入った金色の穴あき包丁が飾られていた。

それに目を留めていると、

「純金製なんですよ」

龍鳳斎が言う。

「洒落と違いますよ。穴あき包丁を日本で一番売ったのは僕なんです。で、メーカーがわざわざ作ってプレゼントしてくれたんですよ」

「花江さんから聞いています。一条さんはあの包丁を一日千本も売ったことがあるんだとか」

「まさか」

龍鳳斎が大声で笑う。

「幾らなんでも一人で千本は無理ですよ」

笑いながら、「さあ、どうぞ」とソファセットへ私を促した。彼はデスクの方に行って名刺入れを取って戻ってくる。私はローテーブルとソファの間で佇立《ちょりつ》していた。

「これと……」

まずは普通サイズより一回り大きな名刺を渡してきた。

一条龍鳳斎

チャーリー一条

二つの名前が並んでいる。

「それからこれ……」

さらにもう一枚差し出してくる。

ナイフホール・コーポレーション株式会社

代表取締役社長

花岡　誠

そう記されている。

「花岡さんというのがご本名なんですか？」

一条が小卓を挟んだ向かいのソファに座るのを視認してから、私も腰を下ろした。

「そうなんです。僕はもともと秋田の出でして、実家は角館《かくのだて》で小さな旅館をやっていたんです」

「そうだったんですか」

「高梨さん、ご出身は？」

「僕はずっと川崎です。川崎競馬場の近所で生まれ育ちました」

「川崎は、若い頃、仕事でよく行きましたよ」

「そうなんですか」

「ええ。競馬場もたまに覗いたりしてました」

「そうでしたか」

そこで私は居住まいを正した。

「昨日はお電話だけで誠に失礼しました」

まずは深く低頭する。

「いえいえ」

龍鳳斎が鷹揚《おうよう》に頷いた。

「実は……」

私は絹江と自分との間柄から話を始めた。もちろん昨日のうちに花江たちと相談ずくでこしらえた作り話だ。

本来、焼け出された彼女たちはどこに住んでもよさそうなものだが、実演販売士の世界では師匠の言葉は絶対で、まして龍鳳斎ほどの大物が融通してくれた部屋となると勝手に出ていくなどあり得ないのだという。

「ばあちゃんが慣れるまで、ほんのしばらくのあいだ一緒に暮らすってことなら師匠もおめこぼししてくれるかもしんない。とにかく、社長さんはあくまでばあちゃんの古くからの知り合いってことにしてちょうだいね」

それにしたって直接仁義は切っとかないとヤバいよなあ、と花江がぶつぶつ言うので、私は龍鳳斎に事情説明に赴くことにしたのだ。

「結構細かいし、猜疑心《さいぎしん》も強いんだよね、うちの師匠」

花江は浮かない顔で言っていた。

ずいぶん昔、千駄木《せんだぎ》で絹江が食堂をやっている時分に、自分はしばらくそこで働かせて貰っていたのだと龍鳳斎に告げた。

「高校を出てぶらぶらしてた頃でね、二親とも死んでしまって、言ってみれば絹江さんが当時は僕の親代わりだったんです。本当に親切にして貰いました……」

絹江がかつて食堂をやっていたのは事実だったし、私が高校を出てすぐに拾われたのも事実だった。拾ってくれたのはむろん絹江ではなく徳本美千代だったが。

私が喋っているあいだ、龍鳳斎は一言も口を挟まずに黙って聞いていた。

「まあ、そういうことなら花江もそちらでご厄介にならせて下さい。おばあちゃんひとり置いてこっちに戻ってくるのも気がかりでしょうからね」

「一条さんにそう言っていただけるとありがたいです」

私は頭を下げながら、相変わらずかすかな違和感を禁じ得なかった。

花江は彼の経営する事務所に所属するフリーの実演販売士のはずだ。いまは主に事務所の手伝いをやっているようだが、それにしたって一従業員というに過ぎない。

だが、龍鳳斎の態度からすると、花江はまるで彼の使用人のようだった。

花江の彼への気の遣いようにも同じ匂いがある。幾ら師匠と弟子と言っても、すでに販売士として独立している彼女は、住み込みの内弟子などとはわけが違うのではないか。

ただ、自らの経験に照らせば、龍鳳斎と花江とのそういういわく言い難い関係も分からないではなかった。

私だって十六の歳に徳本美千代と出会い、以来三十有余年、ずっと美千代の庇護《ひご》と影響の下で生きさせられてきた。

徳本産業に奉職し、二部とはいえ大学にも通わせて貰い、命じられるままに淳子と結婚し、離婚すると同時に後継者として会社を託された。二年前に死別してのちも、私はこうして彼女の残した遺産に縛りつけられたまま生きている。

話が一段落したところで、一条の机に置かれたデジタル時計を見た。

ちょうど十一時だ。

昨日もほとんど仕事を棒に振った。今朝も営業本部の面々との打ち合わせをすっぽかしてやって来たのだ。

こうした不規則な行動を繰り返せば不審に思うのは源田君だけで済まなくなるだろう。

セラールの一件は役員たちにも話していない。坂崎悦子には近藤常務とのやり取りを打ち明けたが、

「やまとの動きは要注意ね。私もなるだけ探ってみるわ」

悦子も常務の言葉を鵜呑《うの》みにするのは危険だと判断しているようだった。

ただ、現場レベルの人間の耳にも早晩、セラールの経営危機の噂は伝わるに違いない。人の口に戸は立てられない。そうなったときいまのような態度は社員たちにあらぬ誤解を招く恐れがある。

セラール破綻で社長がすっかり厭戦《えんせん》気分になっている、などと受け止められればそれこそ会社にとって致命的だ。

だが、その一方で、もうそんなことはどうでもいいじゃないかという思いが胸に芽生えているのも事実なのだった。

坂崎社長からセラールの話を聞き、翌日、やまと銀行本店に近藤常務を訪ねて会社へ

と戻る車中で、

——会社なんてどうなろうと構わないさ……。

私は何度も自分自身に言い聞かせていた。

しきりに脳裏に浮かんできたのはセラールの社長、世羅純也の顔だった。

純也のことは昔からよく知っていた。初めて会ったのは三十年余り前だろう。まだ純也は小学生だった。彼はしばしば徳本家に遊びに来ていた。休日に美千代に呼び出され、彼の世話を頼まれることがたまにあった。そういうときは、一緒にキャッチボールをしたり、遊園地や動物園に連れて行った。一度だけだが、美千代や淳子も交えてディズニーランドに出かけたこともあった。

純也と淳子は一つ違いで仲が良さそうだった。

「淳子が一つ上だけど、純也は気が弱いところもあるし、案外、姉さん女房の方がいいかもしれないね」

たまに本人たちの前でも美千代はそんなことを言っていた。

ゆくゆくは世羅建設の御曹司《おんぞうし》である純也と、徳本家の一人娘である淳子を一緒にさせたいと彼女は考えていたようだった。

その目算通りに事が運んでいれば、私が淳子と結婚することもなかったし、世羅純也も四代続いた家業を倒産の憂き目にあわせることもなかったろう……。

背後の時計に目をやったのに気づいたのか、龍鳳斎が自分の腕時計を覗いた。

「どうですか、昼飯でも一緒に食べませんか？」

持ち前の笑顔になっている。

「いいですね。だったらぜひご馳走させてください」

私は、なぜか気持ちとは裏腹な返事を口にしていたのだった。

10

篤子《あつこ》は小学校二年のときに徳本京介の乗っている車にはねられた。

一九七六年（昭和五十一年）一月一日の朝のことだ。

私たちが住んでいた川崎競馬場近くのアパートは、交通量の多い第一京浜から脇道に入ってすぐの場所に建っていた。二階の部屋から鉄製の外階段を降りると、歩道らしい歩道もなく、もう目の前が一方通行の細い道路だった。第一京浜の渋滞時には急ぎのトラックや営業車がしばしば進入してくるので、母も私も篤子には十分に注意するようい つも言い聞かせていた。

が、その日は元日とあって篤子のみならず私たちも油断していた。

早くに目覚めて年賀状をチェックし、出しそびれた友達への返信をとっくに書き終え

ていた篤子が、

「ちょっとこれ、出してくるね」

と賀状の束を見せたとき、ようやく起きたばかりの私たちは、なんとなく一人で彼女を行かせてしまったのだった。郵便ポストはアパート前の道路を渡って裁判所の方角へ五十メートルも歩けばあった。

薄っぺらなドアが閉まり、数秒もしないうちに、どんっという鈍い音と車が急停車するブレーキ音が同時に聞こえてきた。

あのときのことはいまでも鮮明に憶えている。

音を聞いた瞬間に、二人とも篤子の身に何が起きたかを察知した。総身から血の気が失《う》せていくのを私は生まれて初めて体験した。

母はパジャマ姿のまま無言で部屋を飛び出していった。私もすぐにあとを追った。やけにあったかな朝だな、と外気に触れた途端に感じたのを忘れない。

篤子は道の端に倒れ、スーツ姿の大柄な男が横にひざまずくようにしていた。黒塗りの立派な車が二メートルほど手前に停車している。

「篤子！」

母が叫んで錆の浮いた階段を音立てて駆け下りていく。

男はその声に慌てたように振り向き、ゆっくりと立ち上がった。

私たちが篤子のそばに駆け寄ったときは、すでに運転手が近くの公衆電話に救急車を呼びに走ったあとだった。

篤子の意識はしっかりしていたが、右足のつけ根が痛いらしかった。母の顔を見た瞬間に顔をくしゃくしゃにして泣いたが、泣きじゃくるわけではなかった。

私たちは救急車に同乗し、徳本の車はその後ろを追尾してきた。

病院に着くと、彼は一切の弁解をしなかったし、車を運転していた青年にも何も言わせなかった。

「大切なお嬢さんに取り返しのつかないことをしてしまい、お詫《わ》びの仕様もありません」

ただひたすら平身低頭し、謝罪の言葉を私たちの前で繰り返した。

篤子の怪我は本人の元気さよりは深刻で、右の股関節が複雑骨折していた。手術の必要があるが、多少の後遺症が残るかもしれないと医師に告げられ、母はかなり動揺していた。すでに父は失踪《しっそう》していたので、そういう説明には私も立ち会った。当時十一歳、あと数ヵ月で六年生だった。

「先生、よろしくお願いします」

最初に頭を下げたのは私だったと思う。

この日、京介の妻、美千代もほどなく病院に駆けつけたというが、母の死後、不意に訪ねて来た彼女にそう言われても、私には思い出すことができなかった。あのときは、妹の突然の交通事故に、やはり気が動転していたのだろう。

元日の手術と半年後の二度目の手術を経て篤子の傷は癒えたが、右足をわずかに引きずる後遺症は残った。前方からだと気づかないのだが、背後からや横から歩く姿を見ると右足に障害があるのが誰の目にも分かった。

徳本産業の顧問弁護士とのあいだで示談の交渉が進められた。そういうやりとりにはさすがに小学生の私が口を挟めるはずもなかったが、徳本家が提示した賠償金額は破格のものだったようだ。

その二年前、従業員の若い女性を連れて父が姿を消してしまったあとも、母は市役所近くで小さな喫茶店を守っていた。だが、客の入りは悪くなる一方で、とても満足な収入は得られなくなってきていた。家計は逼迫《ひっぱく》し、父が出て行った半年後にはそれまで住んでいた賃貸マンションを引き払い、競馬場の脇に建つ古びたアパートに引越すことになった。

母が喫茶店を畳んだのは、篤子の二度目の手術が終わって二ヵ月ほど経ったときだ。かつかつとはいえ日銭の入っていた店を閉めて、この先どうやって母子三人の暮らしを立てていくというのか？

「お金、大丈夫なの？」

私の問いかけに、

「徳本さんがびっくりするほど払ってくれたのよ」

複雑な表情になって母はぽつりと言った。

事故から一年余りが過ぎた一九七七年の一月半ば、母は川崎駅東口の商店街「銀座街」の外れに「まんぷく」という名の小さな食堂を開いた。

この「まんぷく」もさして繁盛したわけではなかった。ぼろアパート住まいに依然変わりはなかったし、贅沢《ぜいたく》なんてこれっぽっちもできなかった。それでも、父がいなくなってから三年ほどの、いつ奈落の底に落ちても不思議ではない暮らしぶりからはようやく抜け出せた気がしていた。

開店した年の春に私は中学に上がり、学校から帰るとすぐに店に入って裏方の仕事を手伝うようになった。篤子も下校すると倉庫代わりに借りていた店の二階の三畳間で閉店まで過ごし、手伝いの合間をぬって私が彼女の面倒を見た。

いまにして思えば、あの頃が親子水入らずで一番楽しかった気がする。

あれが、私の人生において最もあたたかな季節だったのだろう。

高校に入った年の春、母の胃がんが見つかった。発見したときにはすでに末期で、母は一年足らずで死んでしまった。まだ四十五歳だった。

私は十六歳。篤子は十三歳。身を寄せる場所もなければ、私たちの暮らしを助けてくれる身寄りも皆無だった。通夜に顔を出した親戚でさえ一人もいなかった。

そんなところへ、どこで聞きつけたのか葬儀からほどなくして徳本美千代が私たちのアパートを訪ねてきたのだった。

美千代の夫、徳本京介はその二年前に亡くなり、彼女が徳本産業の経営を引き継いでいた。

「徳本から、篤子ちゃんの面倒は一生見るようにと遺言されているの」

美千代は言った。すでに私たちの事情はすべて調べをつけているようだった。

「あなたたちを引き取ろうかとも考えたんだけど、うちには淳子という一人娘もいるし、さいわい修一郎君はとってもしっかりしてるみたいだから、とりあえず、ここで二人で暮らしなさい。その代わり、今後は私があなたたちの後見人になります。お金のことも含めて何か困ったことがあればすべて相談してちょうだい。もちろん私の方からもちょくちょく会いに来るつもりだから」

美千代は有無を言わせぬ口調で言った。

そして、私たちの通う学校にも出向き、それぞれの担任とも話し合い、あっという間に正式な後見人となったのである。

彼女は、納骨と四十九日の法要も取り仕切ってくれたし、「まんぷく」の整理もさっさと終え、母が遺《のこ》してくれたわずかばかりの預貯金ではとても成り立たない暮らしを、その後ずっと支えてくれた。

「事故については示談のときにちゃんと金銭的な賠償をしているから、これ以上、徳本家があなたたちにお金を支払ういわれはないの。だから、今後の生活費はあなたたちが働くようになったらきちんと返済して貰います。二人とも、ちゃんと勉強して、たくさんお金を稼げる人間になりなさい」

美千代は、生活に追われつづけた母とは正反対の印象の人だった。

活力にあふれ、若々しく、そして美しかった。そもそも彼女は、徳本産業で働いているときに創業者の徳本京介にその美貌と仕事ぶりを見込まれて妻となった人だった。京介が六十歳で死んだとき、美千代はまだ三十九だった。

私たちの暮らしは平穏に続いていった。

篤子は足のこともあって走るのは苦手だったが、その分、水泳に打ち込むようになった。

最初はリハビリも兼ねて市民プールに通っていたのだが、小学校高学年になるとスイミングクラブに所属して本格的に泳ぎ始めた。バタフライの選手として活躍し、母が生きているときもよく一緒に競技会に応援に行ったし、私一人になってからもしばしば会場に足を運んだ。

高校を出ると私は大学進学は諦め、就職の道を選んだ。

「早く働いてお金を返したいんです」

美千代に言うと、

「それがいいわね。だったらうちで雇ってあげるわ。大学には働きながら通いなさい。社内留学制度を使えば学費は会社負担で済むわ。もちろん、あなたが有望な社員だと認定されればの話だけどね」

彼女は、このときもまるで決定事項のように徳本産業への就職を勧めてきた。私は迷うことなく彼女に従った。

篤子の方は中高でも水泳に精励し、高三のときは女子部のキャプテンも務めた。短大入学とともに彼女は川崎のアパートを出た。学校のある三鷹《みたか》に部屋を借り、私の仕送りとアルバイトで自活を始めた。短大入学の諸費用は美千代が出してくれた。

入社四年目を迎えていた私も、同じ年に日大の二部に入った。数ヵ月は川崎から通っていたが、さすがに学業と両立させるとなると遠かった。秋口には飯田橋の古いアパートを見つけて引越したのだった。

休日もお互い勉強やアルバイトに追われてなかなか会うのは難しかったが、それでも月に最低一度は一緒に晩御飯を食べていた。

篤子は水泳には見切りをつけ、英語コースを専攻したこともあって語学の勉強に集中するようになった。

容姿は十人並みだったけれど、明るくて頑張り屋の性格はいつもたくさんの友達を引き寄せ、高校時代から彼氏に不自由することもなかったようだった。

卒業後、彼女は竹橋に本社のある総合商社に就職した。

職場も近くなり、私たちは神楽坂にマンションを借りて再び一緒に暮らし始めた。

同居して四年目の夏、篤子は会社の仲間に誘われて初めて海外旅行に出かけた。目的地はバリ島。バリの海でシュノーケリングをするのを楽しみにしていた。

そのシュノーケリング中に篤子は行方不明になった。

最後に彼女を見た同僚の話によれば、篤子はシュノーケリングに熱中し、どんどんどんどん沖合へと泳いでいったようだ。

「ねえ、道がある。ずっとずっと遠くまで道があるよ」

興奮気味にそう言っているのを聞いた同僚もいた。

行方不明のまま一年が過ぎ、ようやく遺体が見つかった。すっかり腐乱し、身に着けていたはずのウェットスーツは跡形もなくなっていたが、歯型の照合で篤子だと判明した。遺体には毛髪がほんの少し残っているだけだった。鑑定が出された日を命日とすれば享年二十五。行方不明になった日を最期とすれば二十四年の短い生涯だった。

私は篤子がバリに行く前の年に大学を卒業していた。遺体が見つかった年、二十八歳になった。

バリに出発する前日、神楽坂の行きつけの店で二人で食事をした。

そのとき篤子が不思議な話をしたのをよく憶えている。

「ときどきだけどね、プールの水が光って見えるの」

バリの海の話をしている最中、ふと彼女は言った。

「そんなの当たり前だろう」

私は笑った。

「そうじゃなくって、何かの明かりを反射してるわけじゃなくてね、水そのものが発光しているっていうか、水が光そのものになったように感じることがあるの。いつもってわけじゃないんだけど、そんなときはね、水の中にいると全身が光に包まれているみたいで、もう二度とこの水の中から出たくないって本気で思うの」

「なんだそれ」

何となく篤子の雰囲気にただならないものを感じて、私は茶化すように言った。

「水はね、お兄ちゃん、生きてるんだよ。その水のいのちの光がね、きっと私には見えるときがあるんだよ」

篤子はうっとりするような表情になって、そう言ったのだ。

11

坂崎工務店の坂崎社長からセラールの一件を聞かされたのが二月二十六日。翌二十七日にはやまと銀行の近藤常務を訪ね、セラールが数年にわたって粉飾を行ってきたことを確認している。

悦子の最初の話では、一ヵ月以内に事実が公表されるはずだった。近藤もその点については、

「いずれマスコミにも嗅《か》ぎつけられるだろうしね。あんまり時間的な猶予はないね」

と話していた。

だが、一ヵ月をとうに過ぎてもセラールからの発表はなく、新聞各紙が「セラール破綻」の一報を打ってくることもなかった。

「やまとと世羅社長の間でずいぶん駆け引きがあるみたい。うちの担当も最近はすっかり貝になっちゃって、何を訊いても『知りません』の一点張りなのよね」

先日も電話で悦子は言っていた。

「だけど、長引いているってことはさ、やまとはセラールを潰す気はないってことだと思うのよ。大方、世羅家に提供させる私財の範囲や金額で綱引きしてるんじゃないの。

徳本産業にとっては決して悪い話じゃないわよ。新聞はやまとががっちり抑えこんでるんでしょうね、きっと」

と楽観的でもあった。

確かに、我が社としてはセラールが破綻処理さえ免れれば、ある程度の損失は出しても深手を負うまではいかない。その点では悦子の言うように事態の収拾が長引いているのは悪い兆候とは言えなかった。

ただ、一方で私なりの失望があった。

セラールの経営危機の話を耳にしたときから、それが現実になってくれないかとひそかに願っているもう一人の自分がいた。セラールが破綻し、徳本産業が倒産寸前まで追い込まれれば、私は否応《いやおう》なく引責辞任せざるを得なくなるだろう。セラールの経営実態を正確に把握する努力を怠り、代金回収の見込みのない建築資材の納入を行ってきたばかりか、度重なる出資にも応じてきた経営者としての不明は糊塗《こと》しようがない。即刻退陣は不可避であろう。

仮にそのような事態に発展すれば、私は、三十年以上にわたって自らの人生を拘束してきた徳本産業と、亡き徳本美千代の呪縛から解放される。

恐らくはこれが唯一にして最後のチャンスなのだろう。そんな気がしていた。

毎週一度か二度は浅草橋の社員寮を訪ねている。

少なくとも金曜日は必ず絹江を両国界隈の行きつけの店に案内し、夕食を共にするようにしていた。

四月十一日金曜日。

桜もすっかり散ったというのに、東京は花冷えの日々が続いていた。それも、夏日になったかと思えば翌朝の気温が五度を下回るといったあんばいで、コートを出したりしまったりを繰り返している。

先週は、絹江が風邪気味だったので管理人の堀越さん夫妻を絹江の部屋に招いて、出前の寿司《すし》で夕食にした。

花江がいなくなってからは、堀越夫妻がしっかりと彼女の面倒を見てくれている。

今夜も二人を誘って四人で浅草橋の小料理屋に行くつもりで社員寮を訪ねた。だが、管理人室の窓明かりは消え、あいにく堀越さんたちは出かけているようだった。

いつものように非常階段を使って五階まで上がった。

非常用扉を開けて廊下に出ると、エレベーターホールを通り過ぎ、突き当たりまでまっすぐに進む。そこが絹江の住む508号室だ。

呼び鈴を鳴らすと足音がして、じきにドアが開いた。

「こんにちは」

私が笑顔を向けると、絹江も嬉しそうな笑みを浮かべる。何度も会っているうちにお互い打ち解けてきた。八十一歳だが、彼女は心身ともにとてもしっかりしている。腰の骨を折る大怪我で歩行に難があるように花江は言っていたし、以来、鬱の症状も出ているとの話だったが、私の見るところどちらもさほど危惧《きぐ》するようなものではなかった。火事に見舞われた神保町の家は二階屋で、その階段で転んでしまったことが絹江を必要以上に細心で臆病にしていたようだった。

会社を出る前に電話を入れておいたので、すでに外出の支度を整えていた。ニットの帽子をかぶり右手にはステッキを握っている。ニット帽は、春夏秋冬、外歩きには欠かさないのだという。

「年寄りが一番怖いのは転んで頭を打つことですからね。薄物とはいえ、こうして年がら年中帽子をかぶっていれば、いざというときに少しは役に立とうってものじゃないですか」

一度理由を訊ねてみると、彼女は明快に答えた。

「じゃあ、行きましょうか」

私の一声に、さっさと靴を履く。

エレベーターで下に降り、浅草橋の駅方向に連れ立って歩いた。目指す店は高架沿いの反対側にあった。まだ社員寮に住んでいた頃からの馴染みなので、かれこれ十年は通っている計算になる。私と同い年の女将《おかみ》と三つ年上の旦那で切り盛りしていて、旦那の方は長年築地の割烹《かっぽう》で修業していただけあって魚料理の腕は確かだった。

十分ばかり歩いて店の引き戸を引く。

手前がL字形のカウンターで、その左にテーブル席が四つ。さらに奥に座敷が二つある。いつもながら今夜も満席だった。予約を入れてあるので、右側の座敷が用意されていた。女将が案内に立ちながら、

「もしかしてお母さま?」

と訊ねてくる。

「いやいや。昔、お世話になった人」

とりあえずそう答えておいた。

もし母が生きていれば、今年で八十くらいだろう。なるほど、絹江は死んだ母と同じくらいの年回りということになる。

私はそのことに初めて気づかされた。

掘りごたつ式のテーブルに差し向かいで腰を落ち着ける。絹江は物珍しそうな顔で座敷の中を見回していた。

彼女も花江同様にいける口で、ビール二本くらいなら顔色も変えずに飲み干してしまう。

料理はおまかせにして、まずはグラスビールで乾杯した。

「花江さんは今日は戻って来ないんですか?」

そう訊くと、ビールを一口すすったあと、絹江は首を傾げてみせる。

「この三日ばかり電話も来ないんですよ」

花江が社員寮を出て、あの神田和泉町のアパートに戻ったのは、先月二十日のことだった。結局、彼女はたった二週間で一条のそばに帰ったというわけだ。

「ばあちゃんが慣れるまで、ほんのしばらくのあいだ一緒に暮らすってことなら師匠もおめこぼししてくれるかも……」

と言ってはいたものの、まさか本当に祖母を置いて、しかもあんなおんぼろアパートに取って返すとは思ってもみなかった。

絹江はグラスを置くと、突き出しのホタルイカの沖漬に箸を入れる。

「先週は帰ってきたんですよね」

「はい」

おいしそうに沖漬をつまみ、ふたたびグラスを持ち上げた。

「土曜は泊まっていってくれたんだけど」

「ですよね」

私も箸を取って沖漬を口に放り込む。塩加減が絶妙で、いかわたとみりんの混ざり合った独特の香りが口内に広がった。

刺身の盛り合わせとこの店の名物でもあるカニ身のたっぷり入った出汁巻《だしまき》が届く。

小皿に醬油《しょうゆ》を垂らしながら、

「だけど、花江さんはそんなにあの師匠のことが怖いんですかね？」

一度、訊いてみたかったことを私は口にした。

一ヵ月ほど前、二人で昼食をとったときの一条龍鳳斎のいかにも精力的な面貌が脳裏によみがえってくる。

「さあ、どうなんでしょう……」

呟くようにして、残りのビールを絹江は喉に流し込む。

「次は日本酒にしますか？」

と訊くと、絹江は肯《うなず》いた。女将を呼んで熱燗《あつかん》を二合徳利《とっくり》で注文する。

「絹江さんは師匠とは会ったことがあるんですか？」

まだまだしゃきしゃきしている絹江を「おばあちゃん」と呼ぶのは不適当なので、私は、だいぶ前から「絹江さん」に切り替えていた。

「いっぺんだけね」

刺身を口に運んだあと箸を箸置きに揃えて絹江は言った。

「花江の父親が死んだときでしたけど」

「それは、いつ頃のことですか？」

「まだ花江が二十歳ちょっとだったから、もう十年くらい前かしら」

十年前なら、私が淳子と離婚した時期と重なる。

「じゃあ、そのときは、花江さんはご両親と一緒に暮らしてたんですか？」

花江とロベルトで食事をしたとき、「親は二人とも死んじゃってていまはばあちゃんと二人暮らし」と言っていたのを思い出していた。

「いえ、もう神保町の家でした」

「はあ……」

ちょうどそこへ徳利が届いた。盃《さかずき》を籠から選び、まずは私が徳利を手にする。遠慮抜きで絹江は酌を受ける。そういうさっぱりとした感じがよかった。

週に一度、絹江とこうして酒を共にするのが、私にとって次第に楽しみになってきている。

男と女の匂いが漂い始めると身が竦《すく》んでしまうが、だからといって男同士だと落ち着けるというわけでもない。一緒に食事をしたり、酒を酌み交わすならやっぱり相手は女性がいい。

ロベルトで花江と会ったときもそうだったし、こうして母親ほども年齢差のある絹江と差し向かいで飲んでいるのも、私には楽しかった。

それとも……。

二年前に七十二歳で死んだ徳本美千代の顔が頭の片隅をよぎる。目の前の絹江と美千代とでは似ても似つかないが、それでも私は絹江に美千代の面影を知らず重ねてしまっているのだろうか？

「じゃあ、当時は花江さんのお母さんも神保町にいたんですか？」

「まさか」

絹江はまるで吐き捨てるように言った。花江の母親は彼女の実の娘のはずだ。

「うちの娘、名前はお月さまの月に江戸の江で月江《つきえ》っていうんだけど、月江は、小学生だった花江を捨てて男と出奔しちまったんですよ。もっとも、父親の方はその何年も前に月江と花江を置いて愛人と駆け落ちしちまったんですけどね」

そう口にして、小さなため息をつく。

「花江は、小さい頃から本当に不憫《ふびん》な子でねえ……」

盃を一息で飲み干したあと、ぽつりと絹江は言った。

12

絹江をタクシーで社員寮まで送り、そのまま両国のマンションに帰った。すぐに入浴し、部屋着に着替えてから濡れた髪を乾かし、キッチンで焼酎の水割りを作ってリビングルームに入る。今日は佐藤の黒にした。水はもちろんあの水甕ボトルの水だった。

グラス片手に愛用のソファに腰を落ち着ける。

絹江とは、生ビールを一杯と二合徳利を一本空けただけだ。

近頃は土日に予定を入れないようにしているので、今夜はゆっくり独り酒に浸ることができる。

時刻は十時を回ったばかり。これからの数時間が、私が一週間で最も寛《くつろ》げる時間帯だった。普段はめったに観ないテレビをつけてお笑い番組を眺めたり、たまにはネットで注文しておいたＤＶＤで映画を観ることもある。好きな小説を読んだり、タブレットでYouTube の動画を楽しむこともあった。

とにかく、金曜日の夜だけは仕事のことも自分自身のことも極力考えないようにする。社長になってしばらく経ってから、そんなふうに決めた。

水割りをすすり、グラスをソファの肘掛けに置く。

背もたれに身を預けて大きく一つ息を吐いた。

目を閉じて、意識を鎮めていく。「何も考えない」ということを薄《う》っすらと考えるようにする。肩や首の力を抜いて自分の呼吸のリズムを感じ、たったいま口にした水割りが全身に静かにしみわたっていくのをイメージする。

そうやってしばらくじっとしていた。

目を開け、顔を上げる。テレビ台の引き出しにしまってあるタブレットを取りに行き、ソファに戻った。

YouTubeを呼び出して、「空を飛ぶ蛇」と入れて検索をかける。たくさんの画像が画面上に並び、それらしいものを選んでは開いてみた。二、三度試みたところで、「Real Flying Snake ─ The Physics Of Snakes That Fly」という動画を見つけた。

英語のナレーションを聴きながら、四分足らずの動画を観る。

「へぇー」

誰もいない部屋で思わず声が出た。

何度か観ているうちに英語の意味も次第に摑《つか》めるようになってくる。

〈For all their prowess as hunters, jungle snakes have enemies too. ──どんなに有能なハンターにも、必ず天敵はいる。熱帯雨林のヘビもまた同様だ。〉

という厳《おごそ》かな声のナレーションで始まるこの動画は、おそらくは教育用のビデオクリップかネイチャー系のテレビ番組の一部なのだろう。パラダイス・ツリー・スネーク

(The paradise tree snake) と呼ばれる東南アジアの森に住む蛇が、木々のあいだを見事に滑空する様子が撮影され、スーパースローモーションとアニメーションを駆使してその飛行の仕組みが念入りに解析されていた。

高い樹上からダイブする瞬間を、ジェームズ・ボンドの「飛び出すシート」(James Bond's ejector seat) さながらの〝発射〟だとナレーターは感嘆の声と共に解説していたが、たしかにパラダイス・ツリー・スネークが飛び立つさまは、とても蛇とは思えぬ素早さだった。

そして、この蛇は空中をかなりの時間にわたって飛行し、天敵のいない別の樹の枝へと器用に取りつくことができるのだった。

水甕ボトルは、海蛇の血を混ぜた陶土を焼成したものだという。

その海蛇の力で長年の不眠や鬱が改善したのかもしれないと私が言うと、花江は「蛇って生命力のかたまりだもんね」と言ったあと、

「空を飛ぶ蛇もいるんだよ」

と付け加えた。

「樹の上に住んでいて、樹から樹へと飛び移るの。細い体を帯みたいにひらぺったくして、身をひゅんひゅんくねらせながら竹とんぼみたいに飛ぶの」

テレビで観たという、蛇が空を飛ぶ場面をそんなふうに話してくれた。

確かに彼女の言うとおりだった。

パラダイス・ツリー・スネークは、冒頭のナレーションにある通り、天敵のトカゲと遭遇するや否や、枝からひょいと身体を持ち上げ、いともあっさりと飛んだ。〈身体をリボンのように平らにし——The body flattens down to about a ribbon.〉、「竹とんぼみたい」というよりは、むしろ海蛇が海中で泳いでいるときのように全身をくねらせ、別の樹へと飛び移っていった。飛行姿勢に入ると、消化管をすぼめて肋骨《ろっこつ》をU字型の羽になるように広げ、空気抵抗を増やすために身体のサイズを大きくすることができるのだという。

ナレーションによれば、そうやって九十メートル余りも滑空する能力がこのパラダイス・ツリー・スネークにはあるらしい。

動画の後半では、リボンというよりそれこそ太いベルトのような姿になったパラダイス・ツリー・スネークが、すいすいと空中を飛行する姿がスローモーションで克明にとらえられている。

私はその後半の映像を全画面表示にし、何度も再生を繰り返した。

なんと美しいのだろう……。

それはおよそ想像もつかない現象を目撃したときの驚きと一体になって、こちらの視覚に強く訴えかけてくるものだった。

空を飛ぶ蛇とは、まさしく昇龍《のぼりりゅう》そのものではなかろうか。

海中を優美な姿で泳ぐ海蛇にも神秘的な魅力があるが、それでいうならばパラダイス・ツリー・スネークの神秘性は海蛇の更に上をいっている。

仮に、この蛇の血を混ぜた陶土で水甕を作れば、手元にある水甕ボトルを凌《しの》ぐ霊験があるやもしれぬ。そのボトルに溜めた水を飲めば、私の心に巣食っている深い絶望も一瞬で蒸発してくれるのではないだろうか。

森の中を見事に滑空する蛇の姿を見つめていると、どんな不可能事も実は不可能ではないような気がしてくる。

酔いが徐々に全身に回ってきているせいもあるが、「空飛ぶ蛇」の映像は私にとってそれくらいに感動的なものだった。

「花江は、小さい頃から本当に不憫な子でねえ……」

絹江の何気ない呟きが脳裏によみがえってくる。

親は二人とも死んだと花江は言っていたが、「月江」という名の母親は死んだのではなくいまも行方不明なのだと絹江は語っていた。

月江が、当時働いていたスナックで知り合った若い男と出奔したとき、花江は小学校六年生だったそうだ。父親が家を出たのはその二年前、花江が小四のときのことらしい。

「月江はできのいい子でねえ。成績もよかったし、気立てもよかった。旦那の彰宏《あきひろ》さんとは友達の紹介で知り合ったんだけど、その彰宏さんというのが滅法いい男で、月江は一目惚《ひとめぼ》れしちゃったんだねえ。色男ってのはそんなもんだろうけど、案の定、彰宏さんには生活力なんてからっきしなくて、いまでいうフリーターっていうのかね、定職につかずにふらふらしてばかり。月江が一人で働いて、花江を産んで、暮らしを支えていたんですよ。そうやって尽くすだけ尽くしてた彰宏さんがアルバイト先の女とできてしまって、しばらくすったもんだあったんだけど、最後は、二人して突然、姿をくらましちまったんです。そりゃあもう、月江は半狂乱でねえ。あんな甲斐性《かいしょう》なしのどこがいいんだか、あの子は彰宏さんに惚れて惚れて惚れ抜いてたんでしょうね。旦那がいなくなったらすっかり人が変わってしまって、花江の面倒なんて全然見なくなっちまった」

見るに見かねて、絹江が花江を神保町のクリーニング屋に引き取ったのは、まだ月江が西大島の団地で花江と一緒に暮らしていた時分のことだったようだ。母親を気遣って別居を渋る花江を無理やりのように連れて来たのだという。

「ご飯も何も作らないしね、そのうち月江は勤めを辞めて錦糸町《きんしちょう》のスナックで働くようになって、私がいっぺん訪ねて行ったら、花江ひとりぽつんと部屋にいて、何時になっても帰ってこない。明け方に戻ってきたと思ったらべろんべろんで、おまけに若い男を連れてるんですよ。それでもう、花江をこんなところに置いておくわけにはいかないって腹をくくるしかなかった。月江の頬を一発張って、そのまま花江だけ連れて出たんです。花江に訊いたら、男を引っ張り込むのはしょっちゅうで、二人がベッドでいちゃついてるのを横目に、暗いうちから家を出て、学校が始まるまで何時間も外を歩き回ってたって言う。

お母さんがかわいそうだって泣いてる花江を説得して、転校もさせてね、手元に置くことにしたんです。そしたら月江ったら、迎えに来るどころか電話一本寄越《よこ》さないんだもの」

それから数ヵ月後、月江は絹江にも花江にも何一つ告げず、勝手に団地の部屋を引き払ってどことも知れず姿を消してしまったのだという。

スナックの同僚たちの話から、どうやら店の客の一人と一緒に逃げたらしいと分かったが、その後は花江が中学を卒業する頃に一度きり、五万円の入った現金書留が送られてきただけだったそうだ。消印は三重県の津となっていたが、

「どうせ旅先からでも出したんだと思いますよ。封筒の筆跡は間違いなく月江のものだったけど、手紙一枚入ってなかったから」

絹江は言っていた。

さきほど絹江がしてくれた話を反芻《はんすう》しながら、私は、一ヵ月余り前に一度だけ会った一条龍鳳斎から聞かされた話と絹江の話とを突き合わせてみる。

あの日、一条は馴染みにしているという秋葉原駅前のイタリア料理店に電話を掛け、

わざわざ個室を予約して、私をもてなしてくれた。店では、こちらが支払う隙をまったく与えてくれなかったが、かといって相手を値踏みするような気配は皆無だった。彼は、実に愉快そうに花江との出会いからいままでの経緯を話してくれた。

すっかりご馳走になって会社に戻ると、源田君を呼んで一条宛ての礼品の手配をさせた。ここ数年、会社関係にしろ個人的な謝礼にしろ、私はすべてカタログギフトにしている。三越、伊勢丹、髙島屋の三店を順番に使っているが、大事な取引先や面倒な相手には三越と決めていた。

五万円前後のギフトを三越から送るように源田君に依頼した。

13

一九九八年の冬、一条龍鳳斎に拾われたとき、花江はまだ十六歳だった。

ちなみにその年の七月に、私は徳本美千代の一人娘、淳子と結婚している。

花江は入学した高校を半年足らずで中退し、当時は友達の家を泊まり歩いていたようだ。

「ま、私たち古い世代の言葉で言えばフーテンですよ。パッと見で、まともな暮らしをしてる娘じゃないと分かりましたね。この先、この子がどうなっていくかもよおく見えました。そういう娘を何人も知っていましたからね」

龍鳳斎は言っていた。

絹江の方は、

「父親からも母親からも見捨てられて、中学に上がった途端、花江がグレてしまったのはある意味しょうがなかったと思うんですよ。あの子にすれば、心に溜めこんだ怒りや絶望をそんなふうにでもしないと発散することができなかったんでしょう。学校に行っているんだかいないんだかさっぱり分からないし、担任の先生も中一が終わる頃にはすっかり見放してました。夜中に警察から連絡を受けて、何度、補導されたあの子を迎えに行ったか分かりゃしません。でもね、そうやって家に連れ帰ると、私の作ったごはんをちゃんと食べてくれるんですよ。ちゃんと食べて、茶碗《ちゃわん》や皿やお箸をきちんと流しで洗って、そしてまたどっかに行っちゃう。中二になるとほとんどうちには寄り付かなくなった。といってお金をせびりに来るわけでもないし、一体あの子がどんな暮らしをしているのか見当もつきませんでした」

と言っていた。

中三のときの担任がベテランの男性教師で、彼の熱心な勧めもあって、花江は何とか高校入試だけは受けたらしい。といっても名前さえ書けば入れるような私立で、学費は絹江が工面したという。だが、結局、花江はろくすっぽ通うこともなく、あっさりと学校を辞めてしまった。

絹江の話を重ね合わせて推測するに、彼女が龍鳳斎と出会ったのは、高校を中退して二、三ヵ月後のことだったようだ。

その頃、龍鳳斎はアキハバラデパートで週に三日は実演販売をやっていた。二〇〇六年いっぱいで閉店したアキハバラデパートは実演販売のメッカとして知られ、のちに有名になる実演販売士が数多くこの舞台から巣立っている。一条龍鳳斎はその草分け的な存在の一人でもあった。

「僕が卓を打ってると、しょっちゅう花江がやって来るんですよ。一番前に陣取ってじっと僕の口上を聞いて、もちろん何にも買わずに黙って帰っていく。見るからにフーテン娘なんで、二、三度見かけたらすぐに見分けがつくようになった。多いときは一日に三度も四度も見に来る。まあ、地方を回ったりすると、そういう客もたまにいるんです。ただ、花江みたいな年端もいかない娘ってのは滅多にいなかったね」

卓を打つというのは実演販売を指す業界用語らしい。

花江は龍鳳斎に拾ってもらったような言い方をしていたが、彼女から弟子入りを志願してきたのだという。

「その日、最後の卓を打ち終わって売台の片づけをしていたら、いきなり弟子にしてくれって言ってきてね。お前、幾つだ？　って訊いたら二十歳だって言う。なわけないいんで、俺は嘘《うそ》つきは弟子にしない主義だって言ってやったんです。そしたら、あいつ、絶対嘘じゃないって言い張るんですよ」

龍鳳斎は笑いながら話していた。

「それこそ舌先三寸でおまんま食うのが僕らの商売ですから、多少の誇張や法螺《ほら》は許される。だけど真っ赤な嘘は御法度です。まずは正直な歳を言えって言ったらね、今度は、本当の歳を教えたら弟子にしてくれるかって、こうですよ」

取り付く島も与えず追い返したのだが、次の日もその次の日も花江は龍鳳斎のもとを訪ねてきた。

「一週間で根負けしましたね。とりあえずは事務所の使いっ走りでもやらせようと思ったんですよ。詳しい事情は訊きませんでしたが、あの子がどんづまりにいるのはよく分かりましたから」

それからは事務所に寝泊まりさせて、実演販売の技を一から彼女に叩き込んだという。花江の言っていた「最後の弟子」というのはあながち誇張ではなかったようだ。

「実演販売士にもいろんなタイプがありましてね。たとえばあのフーテンの寅さんのような販売スタイルは、啖呵売《たんかバイ》っていうんです。いまじゃ滅多にお目にかかれない売《バイ》のやり方ですが。他にも客を笑わせながら売るチャラ売、泣き落としの泣き売、薬や薬草を売るニガ売ってのもむかしはありました。でもね、そういう小手先じゃあ、一流の販売士にはなれません。とにかく誠心誠意、愛と情熱をこめて商品を紹介し、集まったお客さんに納得の上で買っていただく。もうこれしかない。そういう売のことを僕たちは熱売と呼んでるんですが、この熱売が販売士の原点だし、基本中の基本なんです。仕込んでみるとね、花江にはその熱売の素質があった。あいつは口下手だし、恥ずかしがり屋だし、舌もうまく回らない。ただね、とにかく不器用ながらも一生懸命に話しているうちに、何とも言えない熱気のようなものが卓の周りに醸し出されてくるんですよ。そして、お客さんたちは彼女の口上を聞いているうちにいつの間にかその熱気に巻き込まれていっちゃう。これはもう、天賦《てんぷ》の才と呼んでもいいもんでしたね」

二〇〇一年の十一月。

実演販売の世界に飛び込んで三年が経ち、販売士として独り立ちしていた花江は、巡業先の名古屋のショッピングモールで、偶然、父親の彰宏と再会している。彼女は当時十九歳。小学校四年生のときに生き別れた父と顔を合わせるのは実に九年ぶりのことだった。

花江の父、彰宏は一緒に逃げた女とはとっくに別れていたようだ。まだ五十になるかならないかの若さだったが、長年の乱行がたたって身体を壊していたらしい。面倒を見てくれていた女とちょうど手が切れた直後に、彼はひとり娘との再会を果たしたようだった。

絹江の話では、神保町の家に戻ってくると、しばらく花江は浮かない顔をしていたという。実演販売の仕事を始めてからは、「クリーニングの清水屋」の二階でふたたび一緒に暮らすようになっていた。

「半月くらいして、実は、名古屋でお父さんに会ったって言うんですよ。肝臓が悪くてずっと入院してたみたいだから、ばあちゃんがよければこっちに呼んで面倒を見たいって。いきなりの話に、びっくりしてしまって」

花江はすぐにでも父を東京に呼ぶつもりだったようだが、当の彰宏の方が遠慮したらしい。

「病気のあと、あの人も人が変わったらしくってね。親らしいことを何一つしなかった娘に面倒を見てもらうなんて、とてもじゃないけどそんな罰当たりなことはできないって固辞したみたいでね。パチンコ屋の仕事を見つけてきて、好きな酒も女も断って、生まれて初めて真面目に働きだしたんですよ。ほら、名古屋はパチンコの本場だからね」

絹江は、彰宏を東京に連れて来るのには反対だったという。娘の月江が行方知れずになったのも、もとはといえば女好きで甲斐性のないこの男のせいだった。血のつながった花江とのあいだに温度差があるのは当然だったろう。

それでも、花江は中部方面に仕事があるときは必ず父親と会うようになっていた。彼女の誕生日には名古屋から大きな花束とプレゼントが届いたりもした。

私はというと、同じ二〇〇一年の一月に舜一が生まれていた。

結婚三年目、待望の長男の誕生だった。淳子はもとより、初孫を抱いた美千代の喜びようはひとかたならぬものだった。その論功行賞の意味合いも多分にあったのだろうが、六月、私は営業本部長に昇格し、取締役に選任された。三十七歳の若さでの役員就任で、美千代の女婿《じょせい》である私がいずれ徳本産業の社長となることが、名実ともに約束されたのだった。

彰宏の改心は本物だったようだ。

再会から一年が過ぎた二〇〇二年の十一月、その彰宏が吐血して勤務先のパチンコ屋で倒れた。

持病の胃潰瘍が悪化したのだった。花江は、同居に難色を示していた絹江の気持ちを忖度《そんたく》して、渋谷に父親のためのアパートを借りると、名古屋に駆けつけ、あらためて彰宏に強く上京を促した。

「年末に彰宏さんは渋谷のアパートに引越してきました。私も会ったんですが、すっかり面変わりして、昔の色男ぶりはどこにもなかったですね。実の娘にあれこれ世話をしてもらえるようになって、とっても嬉しそうにしていました。酒もタバコもやめてね、円山町《まるやまちょう》のホテルの清掃の仕事をさっさと見つけてきて、年が明けるともう働き始めてました。姿形だけじゃなくて中身もまるで別人でしたよ。花江はしょっちゅうアパートに顔を出してはいたけど、泊まってくるようなことは滅多になかったですね。彰宏さんの方がそういうのは断ってたみたいで」

東京に戻ってきてさらに一年余りが過ぎた二〇〇四年の二月。彰宏が亡くなった。

花江がアパートを訪ねてみると、彼は布団の中で事切れていたのだ。まだ五十に手が届いたばかりというから、いまの私と似たりよったりの年齢である。

検死の結果、死因は肺炎と判明した。

花江が最後に会ったのは五日ほど前だった。そのときも風邪気味だったようだが、彼女は翌日から群馬に営業に出かけた。東京に戻って、手土産持参で直接アパートに出向き、冷たくなった父親を見つけたのだ。

五日の間に風邪が急速に悪化し、病院に行くことも叶《かな》わずそのまま帰らぬ人となってしまったらしかった。というのも、彰宏は健康保険証を持っていなかったのである。

亡くなった後で花江はそのことに気づいたという。自分の携帯の番号は伝えていたが、そもそも彼の部屋に電話はなく、携帯も持っていなかった。心配だからと幾ら言っても彰宏は断固として電話を持とうとはしなかったらしい。

父の遺骸を前にして、花江は真っ先に龍鳳斎に連絡を入れている。

「電話があったときは声が上ずっていて何を言ってるのか分かりませんでしたよ。ただ、花江の父親が円山町のラブホテルで働いているのは聞いていました。というか、渋谷のアパートを借りるときだって、僕が保証人になってやったんでね。『お父さんが息してない』って言われて、アパートにすっ飛んで行きましたよ。とりあえず救急車で病院に運んで、それから検死を受けてね。亡くなったのは前の晩だったみたいです。遺体もやわらかかったし、幸い二月だったから臭いも全然なかった。エアコンもない粗末なアパートでね、一歩足を踏み入れると、まるで冷蔵庫の中ですよ。そんな冷え切った六畳間の真ん中で、コートも脱がずに花江が父親のそばにうずくまっていてね。あれは、実に薄気味悪い光景だった。あいつ、呆然《ぼうぜん》としちゃって救急車の中でろくすっぽ口もきけなかったんです」

龍鳳斎の話によれば、彰宏の通夜、葬儀は彼が取り仕切ったらしい。

そのとき一度きり彼に会ったという絹江も、

「師匠の一条さんが葬式を出してくれたんですよ」

と話していたので、事実なのだろう。

十六歳の花江を弟子にしたとき、龍鳳斎は五十そこそこ。ということは死んだ彰宏と同じ年恰好《としかっこう》だったことになる。

花江がもとから龍鳳斎に父の面影を見ていたとしても何ら不自然ではないだろう。

こうして花江のことを考えていると、いつの間にか彼女と私自身とがぴったり重なり合っていくような感じがする。

私は花江に関してあれこれ詮索を交えて想像しつつも、その実、自分自身について密《ひそ》かに思いを巡らせているのではなかろうか。

花江の人生の中に自分の人生を色濃く投影しているのではないだろうか。

花江のことを考えるのは、自分のことを考えるのに似ていた。それでいて、自分自身について考えるよりもつらくはない。私たちは似た者同士に違いないが、性別も年齢もまったく異なっている。

それが、私には好都合なのかもしれなかった。

14

浅草橋の小料理屋で絹江と食事をしてちょうど二週間後の四月二十五日金曜日。

午後一時からの臨時役員会を終えて自席に戻ると、源田君のメモが机上に置かれていた。

――一時二十五分、セラールの世羅社長様よりお電話がありました。携帯に返電いただきたいとのよし。

会議中は電話をつながないように命じている。会議や不在の場合、私宛ての電話はすべて秘書役の源田君のところへ回るようになっていた。源田君が席を外しているときは総務部の誰かが必ず出る。

坂崎悦子からセラールの一件を耳にしたのが二月の末だった。あれからすでに二ヵ月が過ぎているが、世羅純也が連絡を寄越したのは初めてだ。いまだにセラールの巨額損失は公表されていないが、いよいよ動きがあるのかもしれない。

明日からゴールデンウィークに入る。世間の動揺を抑え、株価の下落を極力防ぐには、連休中に緊急記者会見を開いて事実を発表するのが最善手だろう。やまと側との話し合いに決着がつき、その日取りが決まったのかもしれない。

長年の取引先であり、出資者でもある徳本産業に事前通告を行うのは当然といえば当然の話だ。本来であれば、これよりずっと前に、何がしかの状況説明が行われてしかるべきだった。ただ、莫大な債務を抱え、もはや純也には一切の権限がないのかもしれない。すべてがやまと銀行の思惑通りに進められ、であれば、彼が私に連絡できなかったのはやむを得ない仕儀ともいえる。

私はアイフォーンを取り出し、純也の番号を選んで画面をタッチする。

何か面倒なことを持ちかけられる恐れもなきにしもあらずだが、といって彼からの連絡を黙殺するわけにもいかない。

三回ほどコール音が鳴って、すぐに相手が出た。

「高梨さん、ご無沙汰しております」

意外なほど力強い声が耳元に届いてきた。

「すみません、役員会だったもので出られなくて」

「とんでもない。わざわざご返電いただき恐縮です」

世羅純也の話しぶりはいつもと変わらなかった。

「高梨さんのお耳にもいろいろ入ってると思うんですが、一度きちんとしたご説明をさせていただけないかと思いまして……」

「そうですか」

何も知らないふりをするわけにもいかず、短く答える。

「急なんですが、今晩、お目にかからせて貰えませんか？」

普段の押しの強さそのままに純也が言う。今夜は絹江を誘って食事をする日だったが、さすがにこちらを優先すべきだろう。

「分かりました。ドームホテルに部屋を取っておきます」

「申し訳ありません。では、八時にお部屋に伺わせて下さい」

「承知しました。フロントに着いたら電話を下さい。部屋番号をお伝えします」

「よろしくお願いします。では、のちほど」

最後まで純也は普段通りだった。「ご心配をおかけしております」なり「ご迷惑をおかけしております」なりの一言すらないまま自分から電話を切ったのだ。

しかるべき相手と密談するときは東京ドームホテルを使っている。自分で部屋を予約してこっそりと会うから、社の誰にも察知されることはない。

純也とは、増資の相談を受けたときに二度ほどドームホテルを使った。

電話で部屋をおさえたあと、堀越さんに連絡して、今日は絹江を誘って三人で食事をしてほしいと依頼した。支払いはあとで精算すると伝えると、

「そんなこと気にしないで下さい。高梨さんにはいっつもご馳走になってるんですから」

堀越さんは笑っていた。

毎日の絹江の食事は堀越夫人が作ってくれている。最近は夫妻ともすっかり打ち解けて、昼も夜も一緒に管理人室で食べているようだった。

花江が顔を出すのは週に一、二度で、そういうときは彼女が堀越夫妻を五階の部屋に招いて食事を振る舞ったりもするらしい。

私はもっぱら金曜日に行っているので、花江とはもうずいぶん顔を合わせていない。絹江によれば、彼女は事務所の手伝いをやめて、いまは実演販売の仕事を再開しているとのことだった。

時計を見ると四時近くになっている。

最近、会議時間がどんどん長くなっていた。どんな会議でも二時間で切り上げるようにしてきたが、ここ数回は時間オーバーが続いている。さほど目新しい議題が俎上《そじょう》に載っているわけでもないし、役員の数を増やしたわけでもない。決算発表が待ち構えているという事情はあるが、といって去年の業績に関して特別な議論を交わしているわけでもない。

結局のところ、司会進行役である私の議事の進め方が知らず知らずゆるくなっているのだろう。

経営者は社員の三分の二から「うちの社長はせっかちで困る」と愚痴られるくらいでちょうどいい。

――経営は、沈思黙考一割、即断即決九割。

それが、先代社長、徳本美千代の口癖だったが、まがりなりにも十年間、会社の舵取《かじと》りを任されてきて、まったくその通りだと私は痛感している。経営は要するに博打なのだ。だからこそ、企業は一経営者の裁量で大繁栄もすれば、一瞬にして壊滅の危機を招くことにもなってしまう。

スピードを失《な》くし始めたら身を退《ひ》くべきだとずっと考えてきた。

私にもそういう潮時が訪れているのだろう。会議時間が長くなっているのも、その明らかな証左に違いない。

　夕方まで書類の決裁に追われた。六時から一つパーティーが入っていたが、源田君を呼んで専務の大庭《おおば》に代理出席してもらうよう指示した。業界団体の集まりで、会場はホテルニューオータニだから、顔だけ出して取って返すのも無理ではない。もともと金曜日は遅くまでの予定は入れないようにしている。だが、何となく面倒だった。

　純也が来るまでのしばしのあいだ、ホテルの部屋でゆっくりとしていたかった。

「何か急なご予定でも入ったのですか？」

　源田君が怪訝な顔で訊いてくる。

「そういうわけでもないんだけど、最近、ちょっと疲れが溜まってるんでね」

　私の言葉にますます訝しげな表情を彼が作る。

「きみ、幾つになった？」

　私が言うと、

「この六月で三十四歳になります」

　律儀な答えが返ってくる。

「そうか」

　まだまだ若々しいその姿を見つめ、振り返れば、この青年があと六年したところで自分は社長になったのだと思う。役員になったのは、彼の年齢からわずか三年後だった。

「六時に、正面に車を回しておきます」

疲れていると聞いて源田君が言う。

「いや、構わんよ。ちゃんと電車で帰るから」

私は薄く笑ってみせた。社長就任以来、地方や海外への出張で自宅から直接空港や駅に向かったり、その逆の場合を除けば、社用車での送迎は固く禁じていた。

徳本産業は、社長が運転手付きの黒塗りを乗り回せるような大企業ではない——というメッセージを社内に周知させる点で、それは当然だった。ただ、酔ったときはなるべく電車に乗らないようにしているので、帰宅は大方タクシーを使っている。

六時ちょうどに会社を出て、東京ドームホテルまで歩く。といっても会社の玄関を出て左を見れば、水道橋駅ホームの向こうに四十三階建ての特徴のあるビルが聳《そび》え立っている。設計は東京都庁と同じく丹下健三《たんげけんぞう》で、彼の晩年の作品だった。

六時十五分には、四十一階のスイートルームに入った。

いつも高層階のスイートを予約することにしている。見晴らしもいいし、広さも七十平米近くあるので、大事な客との密談にはもってこいだ。それでいて一泊の料金は七万円ほど。景色の素晴らしさを加味するなら破格の値段だろう。この部屋に招くとたいがいのゲストがため息ともつかぬ声を洩らして、大きな窓の外に広がる夜景にしばし見入ってしまう。

今夜はドームシティ側ではなく、皇居側の部屋をオーダーしておいた。

四月も残すところわずかとなり、さすがに春の陽気が定着した。今日は各地で最高気温が二十五度を上回る夏日を記録したようだ。東京も快晴のあたたかな一日だった。

私は上着を脱いでソファに置き、ネクタイをゆるめて窓辺に立った。

日没の風景を見渡し、水道橋駅の方へと視線をおろしていく。仕事を終えた大勢の人々がホームに到着する電車に次々に飲み込まれていく。駅舎をまたいだその先、手を伸ばせば届きそうな場所に、徳本産業の十二階建てのビルが建っていた。屋上には、

「建築資材のパイオニア　ＴＯＫＵＭＯＴＯ」

という巨大な塔屋看板が据えられている。

日が落ちるとあの立方体の看板にスポットライトが当たる。二〇一一年の震災後、古くなっていたライトを新しいものに替えたし、看板自体も落下防止の補強を行った。

林立するビル群に紛れて、その看板がなければどれが会社だか分からないくらいだった。まだ古めいてはいないが、見下ろせば本当にささやかなビルだ。

高校を出て以降、三十年以上の歳月をあのビルに捧《ささ》げて生きてきた。ずっと徳本美千代の膝下《しっか》に置かれ、地方の支社や営業所に出されたことは一度もない。夜学も会社のそばにある日大を選んだ。

こんな狭い土地に社会人としての全人生が埋まっている。そう思うと郷愁よりもやり

きれなさを覚えた。結局、この土地の外に私は何も築くことができなかった。

美千代に半ば命じられるようにして持った家庭だったが、それでも、両親と妹を失ってしまった私にとって、淳子や舜一との暮らしはかけがえのないものだった。千駄ヶ谷のマンションで新婚生活を始め、私は妻という存在の大きさに一驚した。それは母や妹とのそれとは決定的に異なる暮らしだった。

私はこの妻のために努力を重ねようと思った。彼女との間に幾人か子供をもうけ、生涯、妻と子供たちを守り続けていこうと誓った。

だがそういうことの一切合財が、私の錯覚であり、自惚《うぬぼ》れであり、身の程知らずの思い上がりに過ぎなかったのだ。

淳子には私の妻となる資格がなかった。

だが、それ以上に、私には淳子の夫となる資格がなかった。

そういう抜き差しならぬ事情に目をつぶり、欺瞞《ぎまん》に満ちた結婚生活を送り、そして当然の帰結として私たちの関係は最悪の形で破綻した。結末は私にも淳子にも最初から分かっていたのだ。

罪を犯していると知りながら犯した罪だったからこそ、私は決定的に打ちのめされた。淳子のように人生をやり直す道が私には残されていなかった。とどのつまり、彼女よりもなお一層、私のやったことは犯罪的であったのだろう。私はどうしようもなく愚かでりな人間なのだ。

淳子よりも、美千代よりも、さらにはあの宇崎隆司よりもずっと卑怯《ひきょう》で臆病で罰当た脆弱《ぜいじゃく》な人間だ。

15

世羅純也はネクタイも締めずにやって来た。

派手な色のジャケットを羽織り、デニムのズボンをはいている。ゴルフかドライブの帰りのような出で立《いでた》ちだった。

顔も日に焼けていて身体も引き締まっている。頭も短髪で、まるでプロ野球選手か何かのようだった。

およそ倒産しかかった企業のオーナー経営者には見えない。

三十分ほど遅れて部屋に入ってくると、

「いやあ、申し訳ない。前の予定が長引いちゃって。ごめんなさい」

悪びれる風もなく言って、さっさと応接セットの三人掛けの方に座ってしまう。さながら政治家か霞《かすみ》が関《せき》の役人のようだった。

虚勢なのだろうか、と訝りながら、

「コーヒーでもどうですか」

私は言った。

「だったらビールにしませんか」

そう言って、キャビネットの下の冷蔵庫の方へと目をやる。

「酒は、お話を伺ってからにしましょう」

私は、少しだけ強く言い、向かいの一人掛けのソファに腰を下ろした。

「それはそうだ」

幾らか神妙になって彼は応じた。

「いやあ、今回はやまとにまんまと一杯食わされてしまいました」

開口一番言う。

「いまでも、腹の中が煮えくり返ってどうにかなりそうですよ」

背もたれから背中を剥がし、私の方を鋭い目で見据えてくる。

虚勢なのか、それとも精神が不安定になっているのか？

見極めがつかない。

「でも、諦めることにしました。きれいさっぱりね」

ふたたびソファに身体を預ける。精神不安定の方かもしれないと思う。

「一杯食わされたというのはどういう意味ですか？」

私としては、セラールの経営危機がどのように処理されるのかが一番の関心事だった。きれいさっぱり諦めるなどと物騒なことを口にされてもはなはだ困る。

「高梨さん、幾らって聞いています?」

不意に言われてもよく意味が摑めない。

「うちの負債の額ですよ」

「噂では、二百億に達すると」

「ですか……」

呆《あき》れたような声で呟き、純也は芝居じみたため息を洩らす。

そういえば、この純也はまだ四十を超えたばかりだった。大学を出るとすぐに世羅建設に入り、あとはとんとん拍子で出世の階段を上がり、病床に臥《ふ》した父親の後を継いで三十三歳の若さで四代目の社長に就任した。苦労知らずのボンボンと陰口を叩かれていたが、ヤマト・リファインの買収成功によって世間の評価は一気に変わった。社長になってわずか三年で、彼は大ホームランをかっ飛ばしたわけだ。

セラールの経営危機説を坂崎悦子から耳にしたとき、あれはやっぱり出来過ぎた話だったのだと思った。純也と会うたびに微妙な違和を感じていたのは事実だ。だが、それ以上の疑いを差し挟むのを自らに禁じてきた。

なぜだろう?

まずは、美千代がゆくゆくは淳子を嫁がせようと思うほど可愛《かわい》がっていた男だったからだ。二人を一緒にさせ、いずれは世羅建設と徳本産業を統合させてもいいと美千代は思い描いていた。生前、といっても私が淳子を娶《めと》ったあとのことだが、美千代はそのような話を一度打ち明けたこともあった。

私自身も純也には甘いところがあった。幼少期から見知っていただけに、いきなり取引先の社長として目の前に立たれてもビジネスライクにはなりきれなかった。生意気なところもあったが、根はさみしがり屋で素直な子だった。忙しい両親に放っておかれ、いつも人恋しそうにしていた。彼と会うたび、当時のそんな面影がどうしてもちらついてしまった。

美千代が亡くなったあとは、彼女に成り代わって後見役を引き受けているような気分もあった。篤子を失い、淳子と舜一を失い、誰でもいいから守るべき存在が欲しかったのかもしれない。そういう点で、どこかしらいつも危なっかしさを感じさせる純也は恰好の相手だったのだろう。

「二百億なんてやまとが流してる嘘っぱちですよ」

純也が斬って捨てるように言う。

「これも、高梨さんは先刻承知でしょうけど、そもそもヤマト・リファインの件は、やまと側からうちに話が持ち込まれたんです。表向きは世羅建設による買収という形にして、そのかわり、買収資金は幾らでも都合するっていう話でした」

「そうだったんですか」

やはり噂は本当だったのだと私は思った。だが、こうして当事者から直接聞かされると驚きはやはり小さくない。

「しかし、なぜやまとはそんな話を世羅さんに持ち込んできたんですか」

「あの頃、やまとは次期頭取レースの真っ最中だったでしょう。現頭取の星野《ほしの》さんが最有力ではあったけれど、もともとヤマト建設に注力していたのは当時副頭取だったその星野さん本人で、ヤマト建設の業績低迷が最大のネックと言われていた。対抗馬だった五味川《ごみかわ》専務の一派は、ヤマト建設への融資は星野さんによる過剰融資じゃないかと言っていたし、さらに問題だったのは、ヤマト建設の最年少役員だった室町《むろまち》さんが星野さんの女婿だったたってことです。過剰融資どころか情実融資だと五味川さんたちは批判し始めていた。

星野さんとしてはヤマト建設を何としても黒字化しなくてはならなかった。そこで思いついたのが、赤字の最大の元凶である住宅リフォーム部門のヤマト・リファインを丸ごとどこかへ売却することだったんです。赤字だからと整理してしまえば次の決算でさらに損失を増やしてしまう。売却できれば、逆に売却益を計上してヤマト建設の赤字を補塡《ほてん》することが可能になる。まさに逆転の発想というか、これしかないという名アイデアだったわけです。ただ、そんな赤字部門をおいそれと引き受けてくれる会社があるとは思えない」

純也は顔をにわかに紅潮させて淀《よど》みなく喋る。

「分かりますか？　高梨さん」

「その相手が、世羅さんのところだったと？」

純也は大きく肯いた。

「室町さんが、僕の大学のアーチェリー部の大先輩だった。それで、義父のために力を貸してくれないかと話を持ち込んできたんですよ。僕にはヤマト・リファインを立て直す自信がありました。少子高齢化が進む日本で、リフォームはこれから必ず伸びていく。人が減っていくんだから住宅建設は長い目で見れば頭打ちです。でも、既存住宅の改築や手直しの需要は増えることはあっても減ることはない。ヤマト建設のようなゼネコンは小回りがきかないけれど、うちのような中堅は小さな需要を掘り起こすのは得意です。だから、いまは帳簿が真っ赤っ赤でも、技術と人材の揃ったヤマト・リファインを手に入れられれば、リフォーム事業をいずれは収益の柱に据えられると考えたんです。しかも買収資金はすべてやまとが融資するというし、リファインの事業が軌道に乗るまで責任をもってやまとが資金援助を続けると言うんですから断る理由がなかった」

とうとうと喋り続ける純也の顔をじっと見る。

世の中にそんなうまい話が転がっているわけがない。

まして銀行が持ち出してきたその種の話に裏がないはずがない。この男は、そういう社会常識すら持ち合わせていなかったのか――呆れるような心地だった。

「じゃあ、二百億というのは事実ではないんですか」

話をセラールの今後に戻したくて私は問い返した。

「当たり前ですよ。大半は貸し剝がしですよ。返済は何年でも待つと約束していたくせに、今年になっていきなり返せと言ってきた。めちゃくちゃな話です」

「正味の赤字はどれくらいなんですか？」

「赤字という言い方はしたくないけど、正味で言えばせいぜい六十億程度の話ですよ」

「六十億……」

六十億というだけでも気が遠くなるような数字だった。あげく、ここ三年以上にわたってセラールはその赤字を不正な会計操作で隠蔽し続けてきたのだ。

やまとから派遣されてきた役員が決算書の偽装を突き止め、六十億円以上の赤字が粉飾によって隠されていたと知ったときの驚きは想像に余りある。メインバンクとして一刻も早くこの犯罪行為を穏便に処理しなければ、星野頭取の責任問題にさえ飛び火しかねないとさぞや泡を食ったことだろう。

おまけに、当の四代目は「せいぜい六十億程度」と平気で言ってのけるような人物なのだ。

純也を放逐するために、やまとがいままでの融資を引きあげると詰め寄ったのは当然すぎる行動だ。おそらく、セラールの資金繰りはとうに行き詰まっていたに違いない。やまとが手を引けば即刻破綻の瀬戸際まで追い込まれていたのだろう。

だから純也も最終的に、「諦めることにしました。きれいさっぱりね」と言うしかなくなってしまったのだ。

「そうだったんですか」

憤懣《ふんまん》やるかたないといった表情の純也にいまさら何を言っても仕方がない。私はただ曖昧に相槌を打つしかなかった。

「ま、でもね、やまと銀行に見放されてしまえばセラールは潰れるしかありません。最後はどんなに理不尽なことであっても、従業員の生活を考えれば耐えがたきを耐えるしかないんでね、経営者というのは」

一転、純也は殊勝な声を出した。

やはりどう見ても精神不安定に見える。彼のような人間には、粉飾発覚からいままでの壮絶な時間を正常な精神状態でかいくぐっていくのは荷が重かったに違いない。

「なるほど」

私は呟き、

「ということはセラールは、やまと主導で再建という方向で決まったわけですね。世羅さんは身を退かれる決断をされたと」

肝心なことを確認する。

「従業員のことを考えれば、それもやむなしということです」

「そうですか……」

セラールの発行株式の大半を所有しているのは世羅家だ。その株が紙屑《かみくず》同然になるよりは、会社をやまとに委ねて再建を図って貰う方がはるかに有益である。

従業員のために、などという言い分はあくまで表向きの話だ。

「で、公表はいつ頃に？」

「来月五日だとか言ってましたね」

まるで他人事のように言う。やはり連休中の公表を狙っているわけか。

「そうですか」

「ただ、まだ確定じゃないんです。いまやまとが司法関係に根回ししているみたいでね」

「なるほど」

まさにおんぶにだっことはこのことだ、と改めて呆れる思いで純也の顔を見た。

粉飾は歴《れっき》とした犯罪だ。社長である純也が特別背任等での訴追を免れるよう、やまと銀行が政治力を使って警察、検察、さらには政界に根回しを行っているのだろう。むろん、目的はセラールの信用失墜を防ぐためだけでなく、メインバンクであるやまと銀行本体へのメディアによる責任追及を回避するためだろうが。

刑事事件化すればヤマト・リファイン買収の経緯をはじめとして根掘り葉掘り調べられることになる。星野頭取の過去の裏工作が暴かれる恐れも多分にあるし、それより何より、目の前の世羅純也が取り調べで何を言い出すか知れたものではない。そこがやまと側の一番の心配のタネなのだろう。

「事件にしたくないなら個人資産を差し出せってうるさくってね」

ぽつりと純也が言った。

「資産を、ですか？」

坂崎悦子から聞いていた通りだ。資産提供の金額を巡って世羅家とやまと側が綱引きをしているらしいと彼女は言っていた。

「まあ、法律的に見れば、不正経理は訴追の対象になり得るんでね。ある程度の個人資産を会社のために差し出すのはやぶさかでないんですがね。むろんそんなことは表沙汰にすると露骨な株価操作に当たるんで、あくまでも暗々裡《あんあんり》にって話ですが……」

そこまで話したところで、

「そろそろビールでもどうですか？」

にわかに勢いづいた様子で純也が身を乗り出してきた。ジャケットを脱いで、ソファの上に置く。

どうやらここからが本題のようだと、私はようやく気づいた。

それから三時間近く、純也の話を聞いた。

冷蔵庫のビールもワインもシャンパンもすっかり二人で飲みつくしてしまった。といっても大半は純也の胃袋におさまったのだが。

世羅家からの資産提供は、七億円程度で話がついたらしい。

「最初は最低十億は出せってふっかけてきたんですよ、やまとは。とんでもない銀行ですよ、あそこは」

酔うに従って彼の舌はますます軽くなっていった。

七億くらいで決着したのなら御の字だろう。世羅家の所有する株式の価値は優にその何十倍にもなるはずだ。

意外だったのだが、純也はセラールの経営から身を退くことにそれほどのショックは受けていない様子だった。きれいさっぱり諦めたというのは言葉通りのようにも見受けられる。酔いが進むと、

「まあ、四代続いたのが不思議なくらいですよ。会社は社会の公器ですからね。幾らオーナーだと言っても、いずれは君臨すれども統治せずにならざるを得ない運命だったん

だと思いますよ」

などとしんみり言ったりもした。

純也がやまとに心底腹を立てている理由は、社長の座を追われることでも、世羅家が資産の供出を余儀なくされたことでも、やまとが無期限融資の約定を反故《ほご》にしたことでもなさそうだった。

よくよく聞いてみれば、彼が頭を悩まし、やまとへの怒りをたぎらせている原因は、妻である杏奈《あんな》の実家にまでやまと側が資産の提供を求めたことにあるようだった。

「やまとのせいで、僕の夫としての面目は丸潰れですよ」

その話になった途端、酔いも手伝ってではあろうが、純也はいまにも泣き出しそうな表情になった。

「八王子の杏奈の両親はカンカンだし、最近は彼女もろくに口をきいてくれなくて、もうどうしていいか分からないですよ」

彼は頭を抱え、

「高梨さん、やまとの連中はね、こちらに一切断りもなく直接杏奈の実家に話を持って行ったんですよ。僕はそのことを義父に聞かされて知ったんです。寝耳に水とはこのことですよ。よくもまあ、そんな卑劣なことをしてくれますね。いまでも信じられない」

そう言って両手の拳《こぶし》を強く握りしめてみせた。

杏奈の実家である三輪《みわ》家は八王子の古くからの大地主で、父親は秩父《ちちぶ》発祥のセメント大手、大日本セメントの個人筆頭株主だった。三輪家と世羅家との関係は創業時にまで遡《さかのぼ》り、世羅建設設立のときの出資者名簿の筆頭には当時の三輪家の総領の名前が記されているという。そういう浅からぬ縁の家から、純也は次女の杏奈を嫁に迎えたのだ。

「だけど、どうして杏奈さんの実家まで資産提供を求められるんですか？」

私は訊いた。

「二年前に義父に形ばかりの取締役就任を頼んだんですよ。そしたら、最初は渋っていたんだけど、杏奈がとりなしてくれて今年から役員に名を連ねてくれてるんです。やまとはそこをひっつかまえて、三輪家にだって応分の経営責任があるはずだと迫ったんです。セラールが増資したとき、高梨さんのところもそうですが、義父にも株を引き受けてもらってるんで、その点では大株主でもあり、まして経営にも参画しているとなると経営責任は免れないと、まあ、やまとはそういう理屈を言い立ててるんですよ」

「なるほど」

「経営に参画なんて言われても、義父は娘に頼まれて名前を貸しただけですからね。幾らうちの親族だったとしても、三輪家にまで資産を出せというのはまったくの筋違いですよ」

「うーん」

だが、義理の息子の手が後ろに回るやもしれぬ事態となって、三輪家としてもある程度の出血は覚悟せざるを得ないのではないか、と私は思っていた。やまと側も、次女を犯罪者の妻にしたくないのなら示談金代わりに一定の負担をしろと迫っているに違いない。

おそらく負債額の中には、純也による私的流用も相当程度含まれているのだろう。でなければやまとだってわざわざ三輪家にまで話を持ち込むはずがなかった。

「今回の件が露見して、『きみは最初からそういうつもりで私の名前を役員名簿に載せたんだろう』って責められました。あげく、杏奈もその義父の言い分を半分信じている節があって、もう家の中はめちゃくちゃですよ」

「そうだったんですか」

粉飾や会社資金の私的流用は犯罪なのだ。身を切る覚悟で内外に反省の態度を示さない限り、逮捕訴追を受けてもやむを得ない。見るところ、純也にはそうした認識が決定的に欠けている気がする。

不正な経理操作によって真っ赤になるはずの決算書を黒く塗り替え、その結果として、彼は巨額の報酬を会社から受け取り、世羅家もまた株式配当金をたっぷりとせしめていたのだ。これは会社への背信以外の何物でもない。特別背任での訴追を回避するためには、やまとが求めるように内々での個人資産の提供は不可欠だし、世羅家と縁続きであり、いまや大株主でもある三輪家に責任が及んだとしても、それはある程度やむを得ない話だろうと私は思う。

純也が弱り切った顔つきで私を見た。

子供時代の顔がその顔に重なってしまう。

「高梨さん、この件だけでも、何とかして貰えませんかね」

私には一瞬、彼が何を言い出したのか分からなかった。この件とは一体どの件のことなのか？　何とかするとは何をどうするのか？

「高梨さんは、やまと銀行の近藤常務とは親しい間柄でしたよね」

その一言でようやく、杏奈の実家の件なのだと了解する。

「ええ、まあ」

「高梨さんの方から近藤常務に話をして貰えないでしょうか。常務は今回のスキーム作りにも深く関わっているようですし、僕としては三輪家に累が及ぶのはどうしても避けたいんです。いざとなればうちの方でもう少し負担しても構わない。そのあたりのことを近藤さんに伝えて欲しいんです」

「だったら直接、世羅さんの方からやまと側にお伝えになってはいかがですか？」

「それが、僕が幾ら言っても取り合ってくれないんです。やまととしては世羅と三輪、両家の連帯責任にすることが最初からの狙いのようでして」

「義理のお父様は、で、どうされるおつもりなんですか？」

「杏奈の話だと、持っているセラールの株の一部をやまとに差し出すことでケリをつけようとしているみたいです」

「であれば、その分を世羅家で金銭的に補償するしかないのでは？」

「それも考えたんですが、何しろプライドの高い人ですから、そんな風に持ち掛けるのは却《かえ》って逆効果だと思うんですよ」

　話を進めるうちに、純也はますます困り果てた風情になっている。

「しかし、もう時間がありませんよね。五月五日だとするとあと十日しかない」

「だからこそ、こうして高梨さんにお願いしているんです」

　それにしても、そんなに自分の妻が怖いのだろうか、と私は思う。

　結婚式のときに遠目から見ただけなので何とも言えないが、清楚《せいそ》な大人しい感じの女性だった気がする。年齢も純也よりだいぶ若いはずだ。

「会社を追われたあげく、これで杏奈に出て行かれでもしたら、もう僕は何を支えに生きていけばいいか分からなくなる」

　この部屋に入ったときの威勢のよさはすっかり消えていた。顔も赤く染まり、眼もとろんとしてきている。

「高梨さん、僕と高梨さんの仲じゃないですか。お願いします。どうか一肌脱いでやって下さいよ」

純也はすがるような瞳になって頭を下げてきた。そして、ふいに顔を上げ、

「徳本のおかあさんが生きていたら、きっと助けてくれたはずです。高梨さんも絶対そう思いますよね」

と付け加えたのだった。

16

絹江が風邪で臥せっていると聞き、五月五日の夕方、浅草橋に顔を出した。

絹江とは連休の谷間の二日に食事をしたばかりだった。前の週、純也の件ですっぽかしていたので、堀越夫妻も交えて神田須田町《すだちょう》のうなぎ屋に誘った。この日も絹江はいたって元気で、うな重を一人前ぺろりと平らげ、ビールや日本酒もおいしそうに口にしていた。

まさかその数日後に、風邪とはいえ寝つくとは思いもしなかった。

この日、予定通りセラールの巨額損失についての釈明会見が開かれた。日経朝刊にスクープとして大きく報じられ、それを受けての会見という段取りだったが、すべてはやまと銀行の筋書きに沿ったものだ。

会見は午前十時からで、昼のニュースでは、記者たちに向かって深々と頭を下げる世羅純也の姿が映し出された。顔は紅潮し、眼は涙目になっていたが、「誠に申し訳ありませんでした」という彼の声は太く、張りもあった。経営責任を取って社長を退任すること、ここ数年の役員報酬の返上とあわせて六月の株主総会前までに銀行や取引先の支援を仰いで、新社長のもと会社再建の見通しをつけることなどが発表された。

これで純也はセラールの筆頭株主という立場を捨てることもなく、粉飾決算で訴追されることもなく無事に解放されるのだ。もともと経営者に不向きだった彼にすれば、セラールを追われることなど痛くも痒《かゆ》くもないのかもしれない。少なくとも、目下の彼の関心事は、妻の杏奈に見限られないかどうかただ一つきりだ。

純也とドームホテルで会った翌週の月曜日、私は約束通り、近藤常務に連絡した。

「先日、世羅社長からいろいろ話を聞きました」

そう告げると、常務は、前回とは異なり、

「高梨さん、いまからでもお目にかかれませんか？」

先に切り出してきた。その日の午後、やまと銀行本店の執務室で一時間ほど話し込んだ。

近藤常務は、純也の存念をいたく気にしていた。個人資産の供出に難色を示し、あげく、勝手にやまとが三輪家へ申し入れを行ったことで純也は相当感情的になったようだった。この期に及んで自爆覚悟で開き直られたら面倒なことになる、というのがやまと側の偽らざる本音と見受けられた。

「三輪さんは、今回の件についてはさほど世羅社長にご立腹とは聞いてないよ。馬鹿なことをやらかしたとは思っているみたいだけど、若いだけに焦りもあったろうと半分は同情的らしい。とにかく、次女の杏奈さんのことはとりわけ可愛がっていたみたいで、その愛娘《まなむすめ》の嫁ぎ先のことだからね。正直、父親としてどんなことでもしてやりたいっていうのが本心なんじゃないかなあ。むろん、三輪家とはうちも長い付き合いだし、あれだけの資産を持ってるわけだから、セラールの株をとりあえず差し出すくらいはどうってことない話だよ。それに、今後セラールの再建が軌道に乗り、ふたたび増資したりするときは、うちとしても三輪家に対してはそれなりの便宜を図るつもりだしね。そのへんのことは三輪さんもよおく分かってくれてると思うよ」

近藤はそんなふうに言い、

「かみさんの実家に気を遣いすぎてるんじゃないかなあ。そっちの方は何も心配しなくていいって、高梨さんの方から世羅社長にぜひ伝えておいて下さいよ」

と頭を下げてきたのだった。

どのみち、近藤と会ったことは純也に伝えるつもりだったので、私は了解した。

「ところで、セラールの再建は本当にやまと主導でやるんですか？」

私としては、具体的な再建プランが知りたかった。やまとが引き受けるとなれば、セラールをヤマト建設の実質子会社化するしかないだろうが、そのヤマト建設の経営自体もいまだに低空飛行状態なのだ。とてもセラールを取り込んでうまくやっていけるとは思えなかった。

「うちもそれなりの成算がなくちゃセラール救済になんて乗り出しませんよ」

しかし、近藤常務は思わせぶりなセリフを吐くだけで何も言質を与えようとしない。そうした物言いに、いささかひっかかるものを感じた。

転んでもただでは起きない銀行のことだ。何か秘策を練っているに違いない。とはいえ、長年の付き合いの近藤常務が、私に対してその一端すら匂わせないというのはどうにも解せなかった。セラール再建を見据えれば、主要株主の一つである徳本産業は決して軽い存在ではないし、建材調達の面でも重要な取引先なのだ。

この男は、私には話すことのできない何かを抱えている。

そんな気がした。

その何かが徳本産業や私にとって都合のいいものなのか、そうではないのか？

終始、笑みを絶やさない近藤の面貌をいくら眺めてみても、その見極めはつけられなかった。

六時ちょうどに浅草橋の社員寮に着き、まずは一階の管理人室を訪ねた。

「絹江さん、いかがですか？」

出て来た堀越さんに訊ねる。

「さいわいインフルエンザじゃなかったみたいでね。今日はだいぶいいみたいです。ただ、やっぱりお歳がお歳ですから風邪といっても油断はね……。咲子《さきこ》がずっと五階に泊まり込んで看病しています」

咲子というのは堀越夫人の名前だった。今年のインフルエンザはなかなか終息せず、初夏を前にしても全国各地でいまだ患者が頻出しているようだった。

「本当にお世話になります」

「花江さんも仕事を切り上げて明日の朝にはこっちに戻って来るって、さっき電話がありました」

花江は連休初めから北海道、東北に巡業に行っている。ゴールデンウィークは実演販売士にとっては書き入れ時なのかもしれない。

「そうですか」

父親の彰宏を巡業中に肺炎で亡くしている彼女にすれば気が気ではないはずだ。

堀越さんと連れ立って五階の絹江の部屋を見舞った。

私の顔を見ると布団の中の絹江は笑みを浮かべ、

「心配かけてごめんなさいね」

しっかりした口調で言った。少しやつれてはいるが顔色は悪くない。一安心だった。

堀越夫人がりんごをむいてくれた。今年還暦だそうだが、彼女はいつも若々しい。髪も黒々としていて、顔や首にも皺《しわ》一つない。それは夫人より三歳年長だという堀越さんにも当てはまることだった。顔はつやつやし、いつだって潑剌《はつらつ》とした雰囲気を身にまとっている。

「別に開き直ってるわけじゃないんですけれど、人間、落ちるところまで落ちてみるとね、何て言うんだろう、海の底に大の字で寝転がって、もうどうにだってしろよって叫び声を上げてるような心地になるんです。もっとも海底じゃあ、仰向けに寝転がるなんてできやしないんですけどね。でも、そんな感じなんですよ」

何年か前に二人で飲んだとき、彼はあの事件について初めて口にし、最後にそんなふうに言ったのだった。

たしかに、堀越夫妻が経験した筆舌に尽くしがたい辛苦を、二人のいまの姿から窺《うかが》い知ることは到底不可能だろうと私は思う。

見舞いの入った封筒を絹江に渡し、りんごを一切れつまんで、十五分ほどで堀越さんと一緒に部屋を出た。

「久しぶりに『絵島』あたりで一杯どうですか？」

誘いをかけると、

「そうしますか」

堀越さんもすぐに乗ってきた。

絹江がここに厄介になる前から、年に何度かは堀越さんと飲んでいた。休日の使い道がないとき、たまに声を掛けていたのだ。

寮に住んでいる若手社員たちの動向をそれとなく探るのが一応は目的で、その点は堀越さんもよく心得てくれていて、住人たちに関して気づいたことをいろいろ教えてくれる。

ただ、そんな目的はあってないようなもので、私は休みの日に一緒に飲んでくれる飲み友達が欲しいだけだった。

「絵島」は浅草橋駅そばの居酒屋で、年中無休だ。味はそこそこだが、日本酒や焼酎の品揃えは以前からなかなかの店だった。

いつものようにカウンターに並んで座った。今夜も満席に近い。二階からは宴会でもやっているのか賑やかな人声が聞こえてくる。

私は神亀《しんかめ》を、堀越さんは獺祭《だっさい》を頼む。つまみも適当に見繕って一緒に注文した。

酒が届くと互いに手酌で飲み始める。

「申し訳ありません。ご厄介をかけてばかりで……」

盃を持ち上げ、乾杯の仕草だけして、私は言った。

「何をおっしゃいます。そうやって高梨さんに頭を下げられると、こっちが困ってしまう。私らのような者に大きな情けをかけていただいて、せめて何万分の一かでもお返しができればといつも咲子と話しているんです」

「いや。私は別に何にもしてやしません。社員寮を堀越さんにお任せして会社としてもとても助かっております。お礼を言うのはこちらの方ですから」

「何をおっしゃいますか。私らが生きていけるのは全部高梨さんのおかげですよ」

のっけに頭を下げ合うのはいわば恒例行事のようなものだった。

「ところで三枝《さえぐさ》さんは元気にしておられますか？」

私は、これもいつものように話題を変えた。

「さあ、どうでしょう。そういえばしばらく連絡を取っていませんねえ」

「そうですか」

「ええ。でもきっと元気にやってるんでしょう。彼の家はもともと大金持ちだし、暮らしに不自由はありませんからね」

三枝というのは、二年前に早期退職制度を利用して会社を辞めたうちの社員だった。

彼が総務部長だったときに、社員寮の管理人として堀越夫妻が応募してきた。といっても堀越さんは三枝の知り合いだった。滋賀県大津市出身の彼は、少年時代、地元の草野球チームのコーチだった堀越さんにずいぶんと世話になったらしかった。いまから七年ほど前の話だ。

人柄は申し分ないと言うので、採用するよう指示した。すると、

「実は一つだけ、お伝えしておいた方がいい件があるのですが……」

三枝部長が心細い表情になって切り出してきた。

そこで初めて、堀越家の長男が引き起こした事件について私は知らされたのだった。その時点からさかのぼってさらに六年ほど前のこと。東京都北区のとあるマンションで若い女性が殺害され、死体が近所の公園に捨てられるという事件が起きた。この事件が特異だったのは、そうやって捨てられた遺体が幾つにも切断されており、女性の頭部はブランコ板の上に置かれ、腕と足は砂場にそのまま突き立てられていたという点だった。残りの胴体部分はどこを探しても発見されなかった。

猟奇殺人として事件は一気に世間の注目を浴びることとなった。

数日後、犯人はあっさり逮捕された。

同じマンションに住む堀越武史《たけし》という二十一歳の大学生の犯行だったのだ。武史は被害者と同じ階、しかも内廊下を挟んで真向かいの部屋に住んでいた。犯行当日、帰宅した被害女性が部屋に入るのを薄く開けたドアの隙間から窺っていた彼は、彼女がドアを閉める寸前にそれをこじ開けて玄関に侵入、声を上げるいとまも与えず首を絞めて殺害

し、そのまま深夜になるのを待って向かいの自室に死体を運び込んだのだった。

風呂場で一晩かけて遺体を解体し、頭と四肢は公園に捨て、残りは幾つかに分断して冷凍庫に保管していた。最初の聞き込みの時点から挙措動作がおかしく、警察が令状を取って家宅捜索したところ、冷凍された胴体、腹部、腰部が見つかり、本人もすぐに犯行を認めたのだった。

かねて向かいに住む被害女性を狙っていたらしく、わざわざ犯行の数日前に大型の冷凍庫を彼は購入していた。

大津市内で電器店を営んでいた堀越さんはすぐさま店をたたみ、店と自宅の土地建物を金に換えて被害者遺族への慰謝料に当てた。当時、二十三歳の長女は地元で保育士を、二十歳の次女も実家近くの美容院で美容師をしていたが、共に事件直後に退職し、両親より一足先に郷里を去って行った。

夫婦は上京すると、二人してさまざまな職を転々としながら時を過ごし、武史の無期懲役が確定して一年が過ぎた頃、三枝の口利きで管理人の仕事に応募してきたのだった。

事件のことは私もよく憶えていたが、それについては不問に付すこととした。

まだ二十一とはいえ成人した我が子の罪を親がいつまでも背負っていくいわれはない。三枝の話を聞く限り、すでに十分な責めを受けている堀越夫妻の境遇がむしろあわれに思えた。娘たちも堀越家から籍は抜いたものの結婚はとうに諦めているという。

「やっぱり滋賀に帰りたいと思うときもありますか？」

三枝の名前からの連想で、私は訊いてみる。

「どうでしょう。帰りたくてももう二度と帰ることのできない場所ですから」

淡々とした物言いで堀越さんは答える。

「そうですか」

神亀は口当たりがいい。幾らでも飲めてしまえそうな酒だった。

「だけど、私はときどき堀越さんが羨ましくなるんですよ」

「羨ましい？　私のことがですか？」

盃を手にしたまま、意外そうな声になる。

「ええ」

私は肯いてみせた。

「いろいろと大変だったとは思いますが、でも、咲子さんとずっと夫婦二人、仲良くやって来られてるでしょう。それよりいいことなんてこの世にないと思いますよ、私は」

「別に仲良くなんてありゃしませんよ」

堀越さんは苦笑した。

「そうなんですか？」

「そうですよ。お互い、他に代わりがいないもんだからこうしてずっと一緒にいるだけの話です」

「それでいいんじゃないですか。代わりがいない相手なんてそうそう見つかるもんじゃないですよ」

「私たちの場合は、事情が事情なんでね。そんないいもんじゃないですよ」

「そうですか」

「ええ。事件の後、逃げるように東京に出て来て、とにかく始終喧嘩《けんか》ばかりでした」

「喧嘩？」

「はい。アイツがあんな子になったのはお前のせいじゃないかって二人とも内心で疑ってるわけですから。何かあるたびに喧嘩になる。でもね、三年、四年と経って、どっちのせいにしたっておんなじだって思うようになったんですよ。どうにも取り返しのつかないことが現に起きてしまったんです。いまさらどっちかのせいにしても始まらないって気づいたんですよ、お互いにね」

「なるほど」

「そりゃあ、いまだってどうしてこんなことになったんだろうと思わない日はありません。でも、たとえその理由が分かったとしてもね、それで何かが変わるわけじゃない気もする。人の気持ちなんてそういうもんだろうって。あんな無残な事件が起きてしまったという、どうにもならない事実は何一つ変わりようがないんですから。

私たちはそのどうにもならない事実に死ぬまで閉じ込められて生きていくしかない。理由なんてね、幾ら分かったところで無意味なんじゃないですかね」

堀越さんの言葉に私は内心で肯いていた。

出来事の原因を探るのは、同様の事態を再発させないために大切な作業だが、一度起きた出来事が取り返しのつかないもの、たとえば堀越家の長男が起こした事件などの場合は、原因をいくら追究してみても余り意味はないだろう。

「息子に代わってどうして死んで詫びないんだって面と向かって言われたこともありますよ。事件直後はそういう電話もひっきりなしでした。私らだってそうしようと思ったことがなんべんもある。

一昨日もね、押入れを片づけていたら、アイツの子供の頃のアルバムが出て来たんですよ。大津の家を引き払うときにおおかた始末したはずだったんですけどね。アルバムなんて一度だって見たいと思ったことはありませんでした。とてもそんな気になれなかった。それがね、十三年の歳月っていうのは残酷なのかもしれない。つい咲子と二人でページを開いてしまったんですよ。そしたらね、まだ幼稚園に入るか入らないかの頃の写真でね、可愛い顔して写ってるんですよ。ニコニコ笑ってね。本当に可愛かったんですよ、アイツは。思わず一緒に見入ってしまってね。でも、ふいに気づくんです。殺された方の親御さんは、こうやって死んだ娘さんのアルバムを開いたときにどういう気持ちになるんだろうって。どれほど悔しくて、悲しい気持ちがすることだろうって。そんなとき、私は、咲子に『おい、死のうか』ってつい言いそうになるんです。いまだったらきっと死ねるだろうって確信が持てるんです。

でもね、やっぱり死ねないんですよ。娘たちのことを思うと死ねないんです。もしもですよ、私らがアイツの罪を背負って死んでしまったら、残されたあの子たちはどうするんだろうと思う。下手をすりゃ、娘たちまで死なせることになるかもしれない。そう思うとね、親の身勝手かもしれないけど、死ねないんですよ」

堀越さんがここまで多くを語るのは初めてだった。飲み始めたばかりでまだ酔いが回っているわけでもない。たとえ酔ったところで、いままでは事件について触れることは滅多になかった。

私は黙って堀越さんの話を聞いていた。

返すべき言葉もなく、安易に肯くことも憚《はばか》られる気がした。

「すいませんね、こんなつまんない話をしちゃって」

「そんなことありません。私の方こそ、軽はずみなことを口にしてしまいました」

「それは、違うんです」

堀越さんが手にしていた盃を置いてこちらを見た。

「高梨さんのおっしゃってる意味は、本当に身に染みて分かってるんです。たしかにね、咲子がいてくれなかったら私は今頃、死ぬか発狂してたと思いますよ。彼女は私にとって正真正銘、いのちの支えみたいな存在なんです」

いのちの支えという言葉に私は耳を留めた。

いのちの支え、いのちの支えと何度か無音で口ずさんでみる。

堀越さんは届いたつまみに箸を入れながら、うまそうに酒をすすっている。

私はカウンターに両肘を載せて手を組んだ。いろいろな思いが頭の中で渦を作っていくのを感じた。

確かに、と思う。

堀越さんや咲子さんに限らず、どんな人間のいのちも、それ一つでは立っていられないのかもしれない。私たち一個一個のいのちは、別の一個一個のいのちによって支えられて初めていのちとして存続していくことができるのかもしれない。

堀越さんのいのちにとって咲子さんのいのちは〝支え〟となり、咲子さんのいのちにとって堀越さんのいのちは〝支え〟となっている。そして、二人のいのちは、娘さんたちのいのちにとっての大事な〝支え〟でもある——そう思うからこそ、堀越さんは自らのいのちを絶つことがどうしてもできないのだろう。

いのちといのちが支え合う……。

腕を下ろして、一つため息をつく。

だとすると、この私のいのちを支えてくれている別のいのちは一体どこにあるのだろうか？

17

一九八三年（昭和五十八年）四月、私は徳本産業に入社した。高校を卒業したばかりのまだ十八歳だった。

四年前に創業者の徳本京介が亡くなり、妻である徳本美千代が経営の先頭に立っていた。三十九歳で社長の座についた彼女は当時四十三歳。もともと京介の下で働いているときに見初《みそ》められて結婚したこともあり、社業には精通していた。社員時代から敏腕で鳴らし、先代の懐刀でもあったらしい。従業員数は現在の半分程度だったが、誰もが若い女性社長に全幅の信頼を寄せているのが、入社するとすぐに私にも分かった。未曽有《みぞう》のバブル景気を目前にして徳本産業はかつてない成長期に入っていた。思い返してみれば、わくわくするような時代だった。

働き始めて五ヵ月余りが過ぎた九月八日木曜日のこと。先輩と得意先を回って会社に戻って来ると、

「高梨君、ちょっと」

課長に呼ばれた。

「急で悪いんだけど、明日、大阪に行ってくれないかな」

と言う。

「大阪の栄和ハウジングとうちとで建材の共同開発をやってるのは知ってるよね」

「はい、話だけは」

「この五年でラインナップもかなり充実してきているから、そろそろ共同出資の別会社を起《た》ち上げて本格的に建材市場に参入しようという話になってるんだ。そこで、明日、社長が大阪に出向いて、その件を栄和さんと詰めることになったらしくてね、急に営業部からも一人出して欲しいって商品開発部が言ってきたんだよ。で、きみにご指名が来てる」

「僕にですか」

「そうそう。まあ、きみについては社長も何かと気にかけてるようだしね。そろそろ出張も経験させておこうってことじゃないの」

「じゃあ、僕は何をすれば」

「別に何もしなくていいよ。社長や開発部の連中と先方とのやりとりをしっかり見てきてくれればいい。新会社ができればいずれうちからも人を出すことになるだろうしね」

課長はそう言うと、

「新幹線のチケットは総務に貰いに行ってよ。集合場所なんかも総務が聞いてると思うから」

と付け加えた。

美千代と会社で顔を合わせることは滅多になかった。当時の社屋は七階建てで、私の配属された営業部は一階にあり、彼女のいる社長室は五階にあった。新入社員の私が五階に出向く用事などあるはずもなかった。ただ、休日にはいままで通り、たまに会っていた。都内のレストランに篤子と一緒に招かれることもあれば、美千代が川崎の私たちのアパートを訪ねてくることもあった。ただ、それも私が徳本入りしてからは間遠になっていた。

翌朝、新幹線ホームで待ち合わせ、私たちは大阪に向かった。開発部からは部長を筆頭に三人のスタッフが来ていた。

栄和ハウジング本社を訪ね、広い会議室で新会社設立までの段取りについて昼食を挟んで話し合いが続けられた。そのあとは栄和の用意してくれたタクシーに分乗して大阪の歓楽街に繰り出し、夜を徹しての大宴会となった。

未成年の私はウーロン茶をすすりながら、十数人の人たちの間を往復して酒を注ぎ続けた。大量の大阪弁を耳にしたのは生まれて初めてだったが、その愉快な話しぶりに私はすっかり魅了されてしまった。

美千代の飲みっぷりは豪快で、幾ら返杯を受けても顔色一つ変わらなかった。二次会、三次会と夜が更けるにつれて男たちは次第に脱線方向へと勢いづき、栄和の面々は美千代に対してきわどいジョークを連発したが、彼女はいやがる風でもなく巧みにかわしつづけていた。

私は、この晩、初めて大人の世界を垣間《かいま》見せられたような気がした。

最後の店ではすっかりできあがった男たちからしきりに酒を勧められたが、美千代は決して私にグラスを渡させなかった。

「お酒の力を借りて仕事を取ってくるような営業マンには絶対なっちゃダメよ」

こっそりと耳打ちしてくれた。それから二十数年、私はこの彼女の言葉をかたくなに守り通すことになる。

解散したのは日付が変わって、もう太陽が東の空に姿を見せはじめた頃合だった。

開発部長たちは、さらに岡山の工場へ向かうとのことで、ホテルで荷物だけ受け取って一睡もせずに新大阪駅へと去って行った。

美千代と私は、コーヒーだけ飲んでそれぞれの部屋に引きあげたが、シャワーを浴びてベッドに横になっていると、電話が鳴った。

「寝てた？」

美千代の声だった。

「いえ、まだです」

「そう。じゃあ、荷物をまとめてフロントに降りてきてちょうだい。私たちもチェックアウトするから」

そんな話は聞いていなかったが、すぐに着替えて部屋を出た。昨夜からの興奮でちっとも眠くはなかった。

フロントで美千代は支払いを済ませているところだった。彼女も寝ていないはずだが顔色はいつもと変わらない。

会計が終わると鞄《かばん》を私に預け、さっさとロビーを横切って正面玄関へと向かう。自分の分と両手に提げて、私は慌てて彼女のあとを追った。

外に出ると車寄せに黒塗りの大きな乗用車が横づけされていた。

「車の中で眠ることにしましょう」

美千代は言って、それに乗り込んだ。鞄をトランクに納め、私も反対側のドアから乗車する。

「お願いね」

美千代が言うと、

「かしこまりました」

制帽を被《かぶ》った運転手がゆっくりと車をスタートさせる。

このとき、私は初めてハイヤーというものに乗った。

「あの、どこに行くんですか?」

しばらくして、訊ねた。

「あなたの就職祝いよ。まだだったでしょう」

こちらを向いて彼女は言い、それきり目を閉じてしまった。何が何だか訳が分からなかったが、さらに質問するのも気が引けて、車窓の景色に目をやった。そうやって流れていく大阪の街並みを眺めているうちに、私もいつの間にか眠ってしまったのだった。

「着いたわよ」

という声で目を覚ます。車は旅館らしき大きな建物の前でとまっていた。

「ここはどこですか?」

「有馬温泉よ。名前くらい知ってるでしょう」

旅館の前庭に乗り付けているので周囲の景色は窺い知れないが、都会の喧騒とは打って変わった静けさがあたりに満ち満ちている。

どうして美千代と二人で温泉宿に来なければいけないのか、私には理由が分からなかったが、そういえば車に乗ってすぐに「就職祝い」と言っていたのを思い出していた。

これが就職祝いなのだろうか?

車を降りると着物を着た女性が迎えに出て来た。

「ようこそおいでくださいました」

「お久しぶり」

慣れた調子で美千代は挨拶している。正面玄関はぐらずそのまま女性の案内で建物の裏手へと細い道を進んで行った。

雑木林を抜けると古民家のような小さな建物が数棟点在している場所に出た。棟と棟とのあいだには距離があり、鬱蒼《うっそう》とした木々でそれぞれが十分に遮蔽されていた。

そのうちの一棟に私たちは入った。

簡単な説明の後、美千代が心づけを手渡し、女性は丁寧にお礼を言って去って行った。部屋ごとに内湯と露天風呂がついているようだ。温泉に行ったこともろくになかったたし、ましてこんな立派な部屋に泊まったことなど一度もなかった。お風呂付きの客室なんてテレビの旅番組で何度か観たことがあるだけだ。

美千代は浴衣とタオルを持つと、

「じゃあ、私、先に入ってくるわね」

と言って湯殿に向かった。

私は、和服姿の女性が淹れてくれたお茶をすすり、これから先の時間について思いを巡らせてみたが、何もはっきりとしたことは思い浮かばなかった。

「修一郎君」

という声がほどなく湯殿の方から聞こえてきた。

短い渡り廊下を通って、脱衣所に行く。乱れ籠に美千代が脱ぎ捨てた衣服が入っていた。浴室との間には磨りガラスのはまった引き戸がある。そばまで寄って、

「何ですか」

と訊いた。

「あなたも入ったら。気持ちいいわよ」

「でも」

「いいから、入んなさいよ」

私が黙り込んでしまうと、

「馬鹿ね、男のくせに恥ずかしいの？」

歌うような声が戸の向こうから響いてくる。

私は一度座敷に引き返し、浴衣を持ってふたたび渡り廊下を渡った。

美千代の籠の隣の籠にやけっぱちな気分で服を脱ぎ捨て、素っ裸になる。

思い切って引き戸を引いた。

目の前に狭い洗い場があり、その先に木製の大きな湯船がある。露天はさらに奥で、ドア付きのガラス壁で隔てられていた。

美千代が気持ちよさそうにお湯に身を沈めていた。こちらを見上げて笑顔で手招きす

る。

背中を向けてシャワーで身体をざっと洗ったあと、タオルで前を隠して入ろうとすると、

「タオルはつけちゃダメよ」

ぴしりと言われた。

透明なお湯の中で真っ白でたわわな乳房が揺れている。

タオルを湯船のへりに置いて湯に浸《つ》かる。

美千代の美しい裸体に私の目が釘付《くぎづ》けになっているように、美千代も私のやせて骨ばった身体を食い入るように見つめている。

「さあ、いらっしゃい」

その甘い声はまるで呪文のようだった。

白い裸身へとみるみる吸い寄せられていった。

美千代は優しく羽交い絞めにするように私を抱き取った。細い腕がすぐに股間に伸びてくる。

「怖がらなくていいのよ」

耳元をくすぐるようなささやき。

「おんなを教えてあげる。修一郎君、まだ知らないんでしょう？」

美千代は言った。

翌春、徳本産業と栄和ハウジングは共同で建材メーカー「エイトク工業」を設立した。本社は大阪に置かれ、徳本産業内に東京支社が開設された。二年後、日大に入学すると同時に私は、営業部営業第一課からエイトク工業東京支社に出向となった。東京支社は数名の小所帯で、本社との連絡調整や大阪からやって来る営業マンたちのサポートが主たる業務だった。残業も出張も必要なく、終業後の通学には好都合の職場だった。すべては社長である美千代の配慮によるものだ。

入社した年の秋に栄和ハウジングとの折衝《せっしょう》に私を同行させたのも、最初から、このときのあるのを見越してのことだったと告げられ、私は感謝するというよりも彼女の用意周到さに薄気味悪さを感じたくらいだ。

とにかく、その常人離れした頭脳と才覚には始終圧倒されっぱなしだった。

時代の風も大いに吹いてはいたが、徳本産業を一気に上昇気流に乗せたのは社長である美千代の緻密《ちみつ》な計算と果敢な決断力のたまものだった。

私たちの関係はずっと続いていた。

同じ社屋とはいえ社員たちの目が届かない別会社に私を置いたのも、二人の関係を周囲に悟られないようにするという美千代らしい計算が働いてのことだった。

私が徳本産業に復帰したのは、大学三年のときだ。その春、篤子が就職し、私たちは神楽坂のマンションで再び同居するようになった。秋の異動で古巣の営業部に出戻った。仕事は忙しくなったが、勉強の習慣は身に付いていたので学業との両立に苦しむことはもうなかった。私の学業成績は二部の中では図抜けたものだった。

その成績を見て、

「あなたを手に入れた甲斐があったわ」

美千代はとても喜んでくれた。

身体を重ねるにつれて私も彼女に夢中になっていった。

母親ほども歳の離れた人だったが、美千代はいまだ十分に美しかったし、何より仕事においても肉体の繋がりにおいても、私にとってかけがえのない指導者だった。

当時の感情が恋愛感情だったのか否かはいま思い出しても判然としない。

私は美千代を愛していたのだろうか？

そう問われれば、愛していたとはっきり断言できるだろう。ただし、その愛が単なる恋愛感情だったかどうかとなると、若かった私にとって、それはそんな生やさしい感情ではなかったような気もする。

私は公私ともに美千代に傾倒した。崇拝者といってもよかったと思う。

彼女もまた私にさまざまなことを教えてくれた。会社のトップシークレットも包み隠さず打ち明けてくれたし、業務上のアドバイスも当然ながら示唆に富んだものだった。私は上司や先輩の前で、自分が彼らの知らない情報に触れていることを気取られぬよう細心の注意を払わなくてはならなかった。だが、そうした私の姿勢は、慎重さと思慮深さ、そしていざというときの決断力を周囲に強く印象づけることになった。

私は急速に「仕事のできる人間」として社内で認知されるようになっていったのだ。

18

徳本美千代の墓は小石川の伝通院《でんづういん》にある。

伝通院は、徳川将軍家の菩提寺《ぼだいじ》として知られ、家康《いえやす》の生母、於大《おだい》の方《かた》をはじめ徳川家ゆかりの人々が埋葬されているほか、杉浦重剛、佐藤春夫、高畠達四郎、柴田錬三郎、橋本明治といった著名な文化人たちも眠る都内屈指の名刹《めいさつ》である。正式名称は「無量山《むりょうざん》傳通院寿経寺《でんづういんじゅきょうじ》」。伝通院という院号自体が、於大の方の法名「伝通院殿」にちなんだものだ。

この伝通院に墓を買ったのは美千代だった。むろん自分用ではなく、六十歳で急逝した夫、徳本京介のためだった。京介はもとは岐阜の出身で、東京に徳本家の墓所はなかったのだという。

私や妹が徳本京介の死を知ったのは、母の死からほどなく美千代が突然に顔を見せた折だから没後二年が過ぎていた。すでに美千代は徳本産業の二代目社長として辣腕《らつわん》をふるっていたのである。

それもこれも、いまとなっては三十年以上も昔の話になる。

私はゆっくりと善光寺坂を上っていく。

伝通院を訪れるときは、水道橋からは多少遠回りになるが、白山通りを真っ直ぐ上がって西片《にしかた》の先で左の路地に折れ、そこから始まるこの坂を辿《たど》ることにしていた。本当は春日町《かすがちよう》の交差点で左折して春日通りに入り、富坂《とみさか》を上がって伝通院前の交差点に出る方が楽なのだが、かつて通いなれた富坂の道は小石川二丁目にあった美千代の家へとつながっている。

すでにこの世にはいない美千代と会うときは、生々しかった時代を彷彿《ほうふつ》させるその道筋ではなく、それにふさわしい順路を決めておきたかったのだ。

京介が小石川に居を構えたのは徳本産業を興して間もない時期だったようだ。それからは同じ町内にある伝通院を檀那寺《だんなでら》とし、熱心に寄進を行い、いずれは墓所も構える心づもりだったそうだ。すんなり墓を手に入れられたのもそうした長い信心のゆえだろう。

京介の葬儀も伝通院で営まれ、それは盛大な式であったという。

美千代とそういう関係になってからは、湯島や上野で密会することが多かったが、月に何度かは私邸に呼び出されていた。淳子が登校した直後、私はこっそりと勝手口から広い屋敷内にもぐりこみ、互いに出勤する前の短い時間を二人で過ごしたのだった。

初めて、小石川の家に出向いたのは、淳子がまだ小学生の頃だ。

以来、私たちの関係は十二年の長きにわたった。

区切りをつけたとき、私は三十一歳になっていた。美千代は五十五歳だった。

そして、その三年後、私は何食わぬ顔で淳子と結婚したのである。

ちょうど小石川の家を出てきたところで、中学生になっていた淳子とばったり出くわしたことがあった。私邸通いにも慣れ、気のゆるみが生まれていた。正門から出た瞬間、鍵を手にした彼女と鉢合わせた。

どうやら授業中に具合が悪くなり、一時限目で早退してきたようだった。顔色が優れなかったが、そのとき初めて写真ではなく実物の淳子を見た。母親とはさほど似ていなかったが、瞳のくっきりした、かわいらしい顔立ちの女の子だった。

「こんにちは」

大きな声を出し、背広のポケットから名刺を一枚抜いて目の前の淳子に差し出した。

「社長の下で働いております高梨と申します」

至急目を通していただかなくてはならない書類がありまして今日はそれを持参いたしました――大声で私は続けた。聞こえるかどうか分からなかったが、家の中の美千代に娘の突然の帰宅を知らせる必要があった。

美千代は全裸のまま二階の寝室のベッドに横たわっていた。

思えば当時の私はまだ二十歳そこそこだったのだ。

その日をさかいに、ちょくちょく表立って小石川の家に出入りするようになった。美千代がそれを望んだからだ。淳子に対するめくらましのつもりだったのだろう。以前からときどき遊び相手を仰せつかっていた世羅純也と一緒に休みの日に上がり込んで、四人で夕食を共にするようなこともあった。

八つ違いとはいえ、女性の成長はめざましい。やがて私と淳子はため口をきくような間柄になった。

彼女が高校に進学したのを機に、美千代から、

「もう、家には顔を出さないでちょうだい」

と通告された。

美千代との関係が始まって六年目。神楽坂で篤子とふたたび暮らすようになり、私は、エイトク工業への出向を終えて本社の営業部に復帰していた。すでに二十四歳になっていた。

それからの十年間、三十四歳で結婚するまで、私が淳子と会うことはほとんどなかった……。

坂を上りきったあたりに、道が二つに分かれている場所がある。大きなムクの老木が通せんぼするように道の真ん中にそそり立っている。

このムクノキは樹齢四百年を数え、坂の北側にある澤蔵司稲荷《たくぞうすいなり》神社の澤蔵司という神狐の魂が宿る木だと言われていた。太い幹には注連縄《しめなわ》が張られ、見るからに威厳のある御神木だった。

伝通院はもう目と鼻の先だが、私は墓参のたびに必ずこの巨木の前に佇《たたず》み、しばし合《がっ》掌瞑目《しょうめいもく》することにしていた。

ふたたび歩き始めながら、淳子は、私と美千代との関係にまったく気づいていなかったのだろうか？　と考える。

宇崎隆司とのすったもんだの末とはいえ、母親のすすめに従って私との結婚を決めたのを見て、私は、彼女が何も知らないのだと確信した。いくら宇崎とのことで自暴自棄になっていたにしろ、かつて実母と関係を持っていた男と結婚しようとする娘などいるはずがない。

だが、その六年後に淳子がつきつけてきた事実を前に、私の確信は激しく揺らいでしまう。

淳子は知っていたのか？

この十年間、もう何千遍、何万遍も自問してきた問いをまた繰り返してみる。

すべてを知る彼女は、自分と宇崎との仲を引き裂いた母親への復讐《ふくしゅう》のために母の愛人を奪うと決めたのか？　それとも、積年の私たちの不道徳な関係そのものへの懲罰として、あえて母の愛人だった男との結婚を選択したのか？

そうであるようにも思えるし、そうでないようにも思える。

淳子との結婚生活は、突然の告白を受けるまでは平穏で潤いに満ちていた。少なくとも私は、深くそう信じていた。

私にとって淳子と舜一はかけがえのない存在だったのだ。

山門の前に着いたところで、時間を確認する。午後三時を回ったばかりだった。

土曜日の午後とはいえ、この時間帯、境内に人影はまばらだ。

山門をくぐり、まずは正面の本堂に参拝する。それから左手に建つ繊月《せんげつ》会館や観音堂を横目に、その先に広がる墓地へと向かった。

徳本家の墓は、於大の方や千姫《せんひめ》の墓のある奥まった方ではなく、山門寄りの区画にあった。どちらかと言えば佐藤春夫の墓所の近くである。

美千代の命日は五月八日だった。今日は十日だが、一昨日に行われた三回忌法要はつつがなく終わったと、専務の大庭からその日のうちに報告を受けている。

誰もいない墓地に足を踏み入れ、徳本京介と美千代が眠る、まだそれほど古びていない墓の前に立つ。墓石はきれいに磨かれ、花立の花もいまだみずみずしい。

私は、提げて来た日本酒の四合瓶を袋から取り出した。

美千代は日本酒が好きだった。仕事上の付き合いでは、もっぱらワインやビール、ウィスキーだったが、二人きりのときは決まって日本酒だった。といっても四十を過ぎるまで私の方は下戸だったから、いつも美千代ひとりが飲んでいたのだが。

淳子と離婚した後、たまに会長、社長という立場を抜きに食事をすることがあった。美千代は還暦をとっくに過ぎていたが、酒量はさほど落ちていなかった。私がみるみる呑兵衛《のんべえ》になっていくのを見て、

「あんまり飲んじゃ駄目よ。あなたはもともと強くないんだから」

としばしば言われた。それでも、そうやって昔のように二人きりで一緒に過ごす時間を嫌っているふうではなかった。

美千代の通夜、告別式もこの伝通院で執り行った。

社葬として営まれ、喪主は私が務めた。亡くなる直前まで勘当同然の状態にあった淳子、さらには舜一や宇崎隆司までもが親族席に居並んだので、列席した社員一同、参列した関係者の大半が、その姿を見つけて驚きを隠せない表情をしていた。長々とした歳月のあいだに、徳本家で一体何があったかは誰もが知るところとなっていたのだ。

舜一は十一歳になっていた。三歳のときに別れて以来、顔を見るのは実に八年ぶりだった。

通夜の晩、宇崎に伴われてやって来た。宇崎は私と目が合うと、息子を連れて真っ直ぐに近づいてきた。

このかつての上司と言葉を交わすのは十五年ぶりくらいだったろうか。同じ業界に身を置く者同士として、種々のパーティーや会合で姿を見かけることはあった。だが、面と向かって口をきいたことは一度もなかった。

亡くなる半月ほど前に美千代と淳子を引き合わせてからは、淳子たちは毎日病室を訪れているようだった。私は彼らと遭遇しないように細心の注意を払っていた。美千代が息を引き取ったときも、すぐに駆けつけた淳子とは言葉を交わしたが、あとからやって来た宇崎たちとは会わずじまいだった。

意図的に避けたわけではなかった。私は美千代の亡骸《なきがら》のそばでじっとしていることに耐えられなかったのだ。淳子が到着すると早々に病院を出てしまい、あとは総務担当の大庭専務にすべてを任せて両国の自宅に逃げ帰った。そして、中一日置いて営まれた通夜に出席するまで、一歩も外に出なかったし、誰とも会わなかった。

「このたびはご愁傷さまでした」

宇崎は型通りの言葉を口にして頭を下げた。顔を上げると、隣にいた舜一に一瞥《いちべつ》をくれて、

「息子のタカノブです」

と紹介したのだった。

「こんにちは」

舜一は宇崎の隣で小さな声を出した。その瞳の中には、私に対する特別な感情は何一つ浮かんではいなかった。

三歳九ヵ月まで一緒に暮らした大切な我が子は、もう私のことなど憶えてもいないようだった。

「タカノブ君ですか。ずいぶん大きくなりましたね」

タカノブは「隆信」か「隆伸」なのか……。

名前まで変えてしまったのか、と愕然《がくぜん》としていた。しかし、それが目の前にいるこの少年の将来のために最も適切な措置なのかもしれない――すぐさまそう言い聞かせている自分自身にも激しい嫌悪を覚えていた。

去年の一周忌には出席しなかった。今回同様、大庭専務に代行させた。今年の案内状の宛先は最初から私と大庭の連名になっていた。

線香を焚《た》き、墓石に四合瓶が空っぽになるまで清酒を注いだ。

掌を合わせ、目を閉じて美千代の姿を脳裏に思い描く。そういうときの美千代は、まだ若かった時代の溌剌とした美千代だった。

——社長、純也君がセラールを追われました。五日前に発表があったばかりです……。

美千代に報告する。

——社長だったらきっと助けてくれたはずだと彼は言っていました。結局、僕は何もしてやれませんでしたが……。

命日、お盆、春と秋の彼岸には墓参を欠かさなかった。そのたびにこうして会社や業界、美千代と関わりを持っていた人々の近況を伝えるようにしている。

徳本産業に入社してのち、美千代のことはずっと「社長」と呼んできた。私が社長に指名され、さすがにそうは呼べなくなり、以降は「会長」と呼んだ。それでも二人きりになると呼び慣れた「社長」にいつの間にか戻ってしまうのだった。

美千代は私のことを「修一郎君」と呼んだ。「あなた」と言われることも多かった。

会社に関しては、伝えるべきことは格別なかった。セラールがやまと銀行主導で再建されると決まり、とりあえず徳本産業の危機は回避されたと見ていいだろう。相変わらず業績の低迷からは抜け出せないでいるものの、今日、明日で会社がどうにかなるというわけではなかった。

――社長、僕は一体いつまであの会社に縛られ続けるのですか？

しかし、と私は思う。

仮に美千代の思惑通りに世羅純也と淳子とが一緒になっていたならば、きっと今頃は徳本産業もセラールと同じ末路を辿っていたに違いない。

そう考えれば、淳子が宇崎との道ならぬ恋に奔《はし》り母親の期待を激しく裏切ったことも、その彼女が私という母親の腹心ととりあえず結婚してみせたことも、徳本産業という会社の存続を図るという点では、決して間違った行動ではなかったことになる。

とどのつまりは、徳本京介が創業した「徳本産業」という会社の生存が何よりも優先されるということか……。

だとすれば、私に限らず、京介の後を継いだ美千代も、美千代の一人娘の淳子も、徳本産業の永続のために知らず知らず行動させられているだけなのかもしれない。

純也のように、何の未練もなく会社を手放すことができるのは、彼が創業家の四代目という身の上だからなのだろう。彼にとっては、世羅家もセラールも生まれながらにして与えられた、さほど愛着を感じないものに過ぎないというわけか。

会社の奴隷という言葉は、組織の末端で働かされる人々を指しているかのごとくだが、組織の最上部に位置する経営者もまた、自分が生み出すなり、引き継ぐなりした当の組織のやはり奴隷でしかない。そして、私たちがかしずき、そのために身を粉《こ》にして働いている組織とは、私たち個々人とはまったく次元を異にする別種の生命体と言っていい。

組織とは、人間が作り出した〝自然〟なのだ。

その〝自然〟に人間は常に翻弄され、その〝自然〟の掲げるルールに従って生かされていく。自らが創造したものでありながら、いざ、その〝自然〟が誕生すると我々にはそれに逆らったり対抗したりする手段が一切ない。

そういう〝自然〟の最たるものが国家だと私は考えている。

私も、美千代も、徳本京介も、「徳本産業」という〝小さな自然〟にただもてあそばれてきただけなのかもしれない。

目を開いて、合掌を解く。

ゴールデンウィークが明け、まるで梅雨の始まりを予感させるような蒸し暑い日が続いていた。東京は昨日も今日も夏日だ。空は真っ青に晴れ渡っているが、三時を過ぎて日差しは多少弱まってきている。

私はそれからしばらくのあいだ、くゆりたつ線香の薄い煙を見つめながら、墓前に立ち尽くしていた。

19

「能登味」は午後三時から店を開けている。

以前はランチもやっていたが、材料費が高くついて採算が取れず、二年ほどでやめてしまった。「だったら、開店時間を繰り上げてくれ」と常連客が声を上げ、能登から航空便で毎日届く食材をいち早く提供したいという店側の意気込みもあって、現在のような三時開店が始まったのだった。かれこれ、もう三年ほどになる。

私も古株の方で、ランチをやっている頃は、壱岐坂《いきざか》下にあるこの店にしょっちゅう食べに来ていた。夜も独り酒のときはよく通っている。ここを仕事がらみで使ったことはないのだが、いつの間にか、私が徳本産業の社長であると店長は気づいていた。と言っても格別の扱いを受けるわけではなく、ただ、最近は注文しなくとも店長のおまかせで料理が出てくるようになった。

美千代の墓参の折は三度に二度は立ち寄ることにしている。

北陸の地酒をいろいろ揃えてくれているので、美千代の代理のつもりで旨《うま》い日本酒を味わっている。

年中無休だから土日でも平気だし、三時過ぎに訪ねるといつもがらがらで、二階の奥の定席に腰を据え、ゆったりと独酌に耽《ふけ》ることができた。

一杯目の酒は手取川《てどりがわ》の大吟醸。

最初に出て来たつまみは、皮はぎの肝和《きもあ》えと七尾《ななお》産の天然物の岩牡蠣《いわがき》だった。

冷えた日本酒を喉に流し込む。胃袋がきゅっと締まるのと同時に芳醇な日本酒の香りが口内に広がっていく。

ふぅっと一つ息を吐いて、

――純也は、妻の杏奈との関係をうまく修復できたのだろうか？

どういう脈絡でか、ふと、そう思った。

五日の会見時の様子からでは、むろんそんなことは窺い知れなかった。昼間のニュースで純也の姿が映ったのはほんの十数秒だ。翌日の経済紙には大きく写真が出ていたが、それは、彼が報道陣に対して深々と頭を下げている姿だった。

先ほど墓前では、もし淳子と純也が一緒になっていれば、徳本産業もセラールと共に命運尽きたに違いないと思ったが、よくよく考えてみれば、淳子が純也の妻であったなら、あんな馬鹿げた買収や、まして粉飾などさせなかったような気がする。

淳子は男勝りの気性と分析力に富んだ頭脳を持っていた。父である徳本京介の人となりを知らないので、その中の何割が美千代譲りなのか分からないが、とにもかくにも淳子は、私の目から見ても十分に経営者が務まるほど優れた資質の持ち主だったと思う。

私も仕事上の様々なことを彼女に相談し、しばしば蒙《もう》を啓《ひら》かれるような適切なアドバイスを貰っていた。

初物だという岩牡蠣は濃厚で口の中でとろけるようだ。コリコリとした皮はぎの刺身との相性もよかった。

二つの皿が片付いた頃には、手取川も二杯目を飲み干していた。

いつも通り、天狗舞《てんぐまい》に切り替える。美千代が愛飲していた酒だった。のどぐろの炙《あぶ》りと岩たこのポン酢和えが、酒と一緒に出てくる。

時計を見ると四時半だった。日が沈むにはまだ二時間くらいはかかるだろう。土曜日とはいえ、こんな時間から酔い心地になっている自分のことが滑稽に思えて仕方がない。

一体全体、お前は何をやっているんだ?

最近は、酔いが回るほどに自己嫌悪が募るようになっていた。水甕ボトルのおかげで、起き抜けからの鬱々とした気分はきれいに取れているが、酒が入るたびにその分の皺寄せが来ているような気がする。

ただ、そうやって自己嫌悪の気分に浸っているときだけは、どういうわけか、昔のことを幾ら思い出しても普段のような胸苦しさを覚えないのだった。

それもあって、ついつい思いは淳子や舜一の方へと傾いていってしまうのだ。

コップを傾け、頭に余白を挟みながら、昔の思い出をじわじわと手繰《たぐ》り寄せていく。

淳子は大学卒業後、大手の広告代理店に就職した。制作部に配属されたようだが、たまたま徳本産業のゴルフコンペに手伝いで参加して、接待役として得意先をもてなしていた宇崎隆司と知り合った。それからは仕事どころでないほどに宇崎との不倫の恋にのめり込んでいったのだった。

二人が出会ったのは、彼女が代理店に入社して数ヵ月目、まだ二十三歳のときだ。宇崎は、私と同じ営業部の一員で、私より四歳年長だった。淳子と知り合った当時は三十五歳。営業一課長代理で、私の直属の上司でもあった。

後にも先にも宇崎ほど仕事のできる営業マンを見たことがない。社内だけでなく、取引先全部をひっくるめてそうだった。美千代の薫陶《くんとう》もあり、私も仕事では誰にも引けを取らなかったが、しかし、宇崎の存在は別格だった。

天才的な営業マンはたまにいるし、いまの徳本産業にもその種の切れ者が何人かいる。だが、「的」を取ることのできる営業マンとなれば、宇崎以外に見たことがない。

社長の美千代もその手腕は高く買っていたし、いずれは彼と私の二人に会社の行く末を託したい心づもりだったようだ。

淳子と宇崎の関係は、長いあいだ表沙汰になることはなかった。

机を並べる私もまったく気づかなかったし、社内でそのような噂が流れたこともなかった。美千代も何も知らなかったのだ。

丸二年が過ぎた一九九七年の七月のある日のこと。

宇崎の妻がいきなり会社に乗り込んできて、社長の美千代に面会を求めた。

在社中の美千代はすぐに応接した。

そこで初めて、自分の娘とすでに第一営業課長になっていた宇崎隆司とが長年の不倫関係にあることを知らされたのだった。

宇崎の妻は、顔色一つ変えるでもなく淡々と、夫と社長の娘との不適切な関係について語った。持参した大きなバッグから探偵事務所の調査報告書を取り出し、それを一緒に確認しながらのやり取りだったという。美千代にすれば、否定のしようも、疑いの挟みようもない説明のされ方だった。

美千代は深く謝罪し、大至急、両人に会って善処するよう指示すると約束した。そして、

「奥様のために何でもさせていただきます。私にできることがあればどんなことでもおっしゃってください」

と伝えた。すると、

「だったら、社長さんにぜひお頼みしたいことがあります」

宇崎の妻は、落ち着いた様子でそう返してきたという。

「はい……」

美千代が問いかけるように見つめると、彼女は鞄の中から大きな水筒のようなものを取り出し、ゆっくりと立ち上がった。そしてその筒のふたを外すと、高々と筒を持ち上げて、中の液体を自分の頭頂にぶちまけたのだった。揮発性の油の鼻をつくようなにおいが、一瞬で社長室に立ち込めた。

「このお部屋で、死なせてください」

彼女はかすかな笑みを浮かべ、いつの間にか手にしていたライターであっという間に自らの身体に火をつけたのだった。

壁二つ隔てた総務部にまで美千代の絶叫がとどろいたという。

宇崎の妻は、すぐさま駆けつけた総務部員の機転で燃え上がった衣服をはぎ取られ、致命的な火傷《やけど》を免れた。社長室も床が焦げた程度で事なきを得た。当然、警察と消防に通報がなされ、徳本産業社長室での焼身自殺未遂事件は大ニュースとなって新聞、テレビで報じられた。恰好の週刊誌ネタでもあった。

直後、宇崎は辞表を提出し、淳子も勤務していた広告代理店を辞めた。

三ヵ月前から二人が人形町《にんぎょうちょう》の淳子のマンションで同棲《どうせい》していたことも、事件後、発覚したのだった。

私と美千代の関係はすでに二年前に終わっていたが、さすがにこのときは動揺の激しかった美千代を支えるしかなかった。宇崎の直属の部下であるという立場は、そのためには好都合と言ってよかった。

小石川の私邸を数年ぶりに訪ねたのも、この折のことだ。

宇崎の方は入院している妻に付き添っていたため週刊誌の記者につかまったりもしたようだが、淳子は、都内のホテルに潜伏させて一切表に出さなかった。

美千代と彼女との連絡役は私が務め、パニック状態の淳子はもとより、すっかり意気消沈してしまった美千代にも目を配る必要があった。そんな気が抜けない日々がしばらく続いた。

むろん、営業のトップエリートと社長の一人娘との不倫関係が、およそ信じられない形で露見したのだから、社内の混乱と動揺も尋常一様ではなかった。

その渦中、いまでも忘れられない一言がある。

事件から十日余りが過ぎ、美千代もようやく少し落ち着いてきたある日のことだった。終業後、淳子が連泊しているホテルに顔を出してから、私は小石川の私邸に美千代を訪ねた。そうやって娘の様子を逐一報告するのが日課になっていたのだ。

ひととおりこちらの話を耳におさめたあと、美千代が不意にぽつりと呟いた。

「二人がホテルから出てくるところを撮った写真を見たときにね、ああ、これが私と修一郎君じゃなくて本当によかったって思ったの」

あの子たちは、もしかしたら、私とあなたの身代わりになってくれたんじゃないかって、一瞬、そんな気がしたのよ——美千代は真顔でそう言ったのだ。

結局、淳子は何度説得しても小石川の家には戻ろうとしなかった。人形町のマンションは引き払ったものの、今度は原宿に部屋を借り、そこでアルバイト生活を始めた。

美千代は、宇崎と縒《よ》りが戻るのではないかと危惧していたが、私はそれはないと見ていた。宇崎は、二週間ほどで退院した妻を伴い、さっさと郷里の熊本に帰ってしまったからだ。

その宇崎が、熊本市内で建材のネット通販会社「UZAKI」を起業するのは、さらに二年後のことである。

淳子と宇崎との関係が復活したのはいつ頃だったのか？

離婚の際、そうした細かい事実関係について、私はほとんど詮索しなかった。

結婚七年目を迎え、新社屋の建設も急ピッチで進んでいた二〇〇四年の秋、突然、舜一はあなたの子供ではなく宇崎隆司の子供なのだと淳子に告白された。私はそれだけで、もう何もかもがどうでもよくなってしまったのだ。

だが一方で、淳子からその話を打ち明けられた瞬間、妙に腑《ふ》に落ちた気がしたのも確かだった。およそ受け入れがたい事実ではあったが、それが真実であろうことは疑いがないように思われた。

「宇崎さんが、舜一と一緒に帰っておいでって言ってくれてるの」

きみは、これからどうしたいの？――というこちらの問いに、淳子はそう答えた。

「帰る？」

私は問い返した。淳子は黙って深く肯いた。

いまにして振り返れば、私と美千代との関係を知っていたのかどうか彼女に確かめる機会は、あのときをおいて他になかったように思う。

だが、私にそんな心の余裕などあるはずもなかった。

当時の正直な気持ちを言葉にするのは、ひどく難しい。自分が一体どう感じていたのかをぼんやり思い出すことさえ覚束《おぼつか》ない。

すべてはまるで夢の中の出来事のようだった。

それでも、とうとう罰が当たったのだ、という気持ちはどこかにあった気がする。これでようやく犯した罪を償うことができるのだという奇妙な安堵感もあったのではなかったか？

美千代との関係だけでなく、私がこれまでの人生で積み重ねてきた幾つもの罪悪がついに神仏の怒りに触れたのだと感じていた。

私という人間は、誰のことも幸福にできない。それどころか、周囲の人々をいつの間にか傷つけ、不幸の淵《ふち》に追いやってしまう――昔からそう思っていた。

失踪した父も、若くして死んだ母も、そして、あんなに大切だったはずの篤子でさえも、私は守ってやることができなかったのだから。

可愛い盛りの舜一と別れるのが、何よりもつらかった。誕生から共に暮らし、溺愛してきた我が子だった。三年九ヵ月のあいだに、生涯忘れることのできない沢山の楽しい思い出を彼は与えてくれた。自分の子供であろうと、そうでなかろうとその事実に変わりがあるはずもない。

これは天罰だ、と信じ込まない限り、息子を手放すことができない気がした……。

天狗舞を二杯飲み干したところで、もう一度時計を見る。

まだ三十分と経っていなかった。

あっという間に酔いが全身に回り、陶然とした心地になり始めていた。

舜一が生まれたときの喜びの中には、決して淳子には打ち明けられない秘められた歓喜があった。淳子が身ごもった時点から薄々自覚してはいたが、その歓喜の深さを思い知ったのは、出産の連絡を受けた美千代が産院に駆けつけた折だった。授乳のためにと看護師が連れて来た舜一を、美千代は相好を崩し、なんともいとおしそうに掻《か》き抱いた。

その美千代の姿を目にした瞬間、私は、我が身の奥底からそれまで経験したことのないような熱い感情が湧き出してくるのを感じた。

この子を通して、いま自分の血と美千代の血とがしっかりと繋がった……。

私はその事実に身の内が震えるほどの感動を味わっていたのだ。

神をも畏《おそ》れぬ、なんと淫靡《いんび》で罰当たりな喜びだったたであろうか。

淳子の告白を耳にしたとき、だからこそ私は、彼女を責めるよりもさらに強く自らの罪を責めざるを得なかった。たしかに淳子は私を裏切っていた。だが、それと同じように私もまた彼女を激しく欺いていたのだ。

淳子は、舜一と共に宇崎のもとへと身を寄せた。当時の宇崎はまだ熊本にいた。前妻とは七年前に帰郷した直後に離婚していたようだった。

美千代が、淳子の手紙によって私たちの離婚を知ったのは、新社屋の落成式も、仮社屋からの引越しもすべて終わってからだった。それまで離婚の事実を伏せておくよう約束させたのは私だった。

手紙が届いた翌日、真新しい社長室に呼び出された。

想像に反して、美千代はひどく落ち着いていた。淳子から来た手紙を私にも見せ、

「来年にはこの席をあなたに譲るつもりだったけど、少し早めることにするわ」

と告げた。

「今月一杯で、私は会長に退きます」

彼女は、それ以上のことは何も言わなかった。

向かいのソファに座る美千代の真意を探ろうと、私は、その顔をじっと見つめた。も

はや女婿ではなくなった男に会社を譲る必要があるとも思えなかった。いずれは、私に社長を引き継ごうと考えていただろうが、新社屋建設に精魂傾けていた彼女は、当然いましばらくは経営の舵取りをするつもりでいたはずだった。

言葉の限りを尽くして、社長就任を固辞した。

美千代は黙ってこちらの言い分を聞いていたが、

「一つだけ、あなたに分かっておいて欲しいことがあるの」

しばらくしたところで、有無を言わせぬ口調になった。

私は言葉を止め、怪訝な気持ちで彼女を見た。

「修一郎君、私はね、淳子よりあなたの方がずっと大事なのよ」

まるで噛んで含めるかのように、母親が我が子を諭すかのように、美千代は優しい声でそう言ったのだった。

20

「能登味」を出たのは六時前だった。

火照《ほて》った身体に、夕方の涼しい風が心地よい。しばらく歩こうかとも思ったが、外は十分に明るく、土曜日とはいえ、こんな時分から酔っ払っている姿を誰かに見られるのも具合が悪い気がした。

白山通りに出たところでタクシーをつかまえる。

外堀通り経由で靖国通りに入り、浅草橋の交差点を過ぎて隅田川を渡れば、もうそこが両国だった。私の借りているマンションは、靖国通りが両国橋の真ん中で京葉道路と名前を変える、その同じ道路沿いに建っている。住所は両国三丁目。両国国技館や江戸東京博物館とはJR総武本線の線路を挟んで反対側のエリアだが、すぐ隣の両国二丁目には、あの鼠小僧次郎吉《ねずみこぞうじろきち》の墓で知られる回向院《えこういん》があった。

タクシーが隅田川の手前に差しかかったあたりでポケットの携帯が鳴った。画面を見ると「筒見花江」と表示されている。

花江は、六日の午前中に、巡業先の北海道から戻ってきた。今週はずっと社員寮に泊まり込んで絹江の看病をしていると堀越さんに聞いていた。絹江はずいぶんよくなったというが、それでも、まだ本調子というわけではないらしい。

昨日の金曜日は、浅草橋に足を運ばなかった。孫娘と水入らずの絹江に余計な気を遣わせたくなかったのだ。

絹江の病状に何か異変が起きたわけでもあるまいが、と頭の隅で思いつつアイフォーンを耳にあてる。

「もしもし、社長さん？」

花江の声の調子から、その手の話でないのはすぐに分かった。

「いま電話してて大丈夫ですか」

彼女にしては珍しく、殊勝な物言いだった。

「大丈夫ですよ。いまタクシーに乗って家に帰ろうとしてるところです」

「そうなんだ」

「どうかしたんですか」

「そういうわけじゃないけど、最近、ずっとご無沙汰してるから……」

たしかに、花江とはもうずいぶん会っていなかった。結果的に、絹江との方がよほど仲良しになっている。

花江が、絹江を置いて一条龍鳳斎のもとへと戻ってからは、私も余り彼女のことを案じたり、気にしたりしなくなった。

「すみません。僕の方もこのところ何かと取り込んでいて」

「そんなんじゃないの。私の方こそ、ばあちゃんがすっかりお世話になっているのにろくろくお礼も言えずじまいで、すごく申し訳ないと思ってたの」

「そんなこと気にしないでください。好きでやらせてもらってるんですから。ところで絹江さんの様子はいかがですか？」

「ありがとう。もうだいぶいいみたい。食欲も元通りになったし」

花江はそう言うと、

「実は、つまらないものなんだけど、社長さんに北海道土産があるの。よければ、今日か明日にでも、ちょっとだけ会えないかと思って」

と付け加えた。

「お土産ですか？」

「そう。全然たいしたものじゃなくて悪いんだけど」

「ありがとうございます。僕の方はいつでもいいですよ」

「これからでも大丈夫？」

「もちろん。だったら僕がいまからそっちに顔を出しますよ。さっき浅草橋を通り過ぎたばかりですから」

「それも申し訳ないから、ばあちゃんと晩御飯食べたら、私が社長さんのマンションに行ってもいい？　もちろん玄関先で構わないの。生ものであんまり日持ちしないから、できるだけ早く渡したくて」

「いいんですか？」

「もちろん、もちろん」

浅草橋と両国ならJRで一駅だ。来て貰っても罰は当たらないだろう。酔いの残った顔で病み上がりの絹江の部屋を訪ねるのも不躾な気がする。

腕時計の針は六時半ちょうどを指していた。

「だったら、八時くらいでいかがですか？」

それならシャワーを浴びて酒気を洗い流す時間もある。

「分かった。じゃあ、八時に行くね」

花江はむろん私の部屋に来たことはないが、住所はだいぶ前に伝えてある。京葉道路沿いの大きなマンションだから道に迷うこともないはずだった。

「待ってます」

そう言って私の方から電話を切った。

インターホンが鳴ったのは八時五分過ぎだった。私は、髪も乾かし、着替えも済ませていた。モニター画面に花江の顔が映る。「こんばんはー」という声を聞くと同時にオートロックを解除した。

八階の最奥の部屋なので、たどり着くまでに多少時間がかかる。と言っても、転居してきてこの方、客らしい客を招き入れたことは、ただの一度もなかった。家族も親戚も、親しい友人さえいないのだから、まあ、当然と言えば当然の話だろうが。

チャイムが鳴って玄関のドアを開けると、グレーのカットソーにジーンズという、いつもの身なりの花江が小さな紙袋を提げて立っていた。

「立派なマンションですね」

開口一番言った。

「そうでもありませんよ」

私は返して、

「よかったら、上がって、お茶かコーヒーでも飲んで行きませんか？」

と誘う。

「じゃあ、ちょっとだけそうしようかな」

花江は部屋の中をきょろきょろ見回しながら靴を脱ぎ、玄関に出しておいたスリッパに爪先を入れた。

リビングが十五畳ほど。あとは四畳のキッチンと八畳の書斎兼寝室がある1LDKだ。広くはないが、独り暮らしには充分だった。そのリビングのソファに花江を座らせ、私は斜向かいの一人掛けのチェアに腰を下ろす。用意しておいた水出しコーヒーのグラスをソファの前のミニテーブルの上に置いた。

「おいしそう」

花江がグラスに手を伸ばす。

「うわー、マジおいしい」

一口すすったあと笑顔になった。

「毎年、五月になると水出しのコーヒーを作るようにしてるんです。あの水甕ボトルの水を使うと本当に美味しくなります」

「そうなんだ」

感心した声を出して、花江は手にしたグラスをふたたび口許《くちもと》に運んだ。

「コツなんて別にないんですが、コーヒーパックに詰めた粉を冷茶用のポットに入れたあと、少量のお湯をかけて蒸らすといいんです。そのひと手間を惜しまないだけで、びっくりするほど味が違ってきます」

「社長さんの淹れてくれるコーヒーは、まるでお店のみたい」

花江は小さな笑みを浮かべたあと、「そうそう忘れないうちに」とグラスをテーブルに戻し、脇に置いていた紙袋を取り上げて差し出してきた。

「生ものだから冷蔵庫に入れてほしいの」

私は袋を受け取り、中のものを取り出す。銀色の保冷シートにくるまれている。包みをほどくと透明のパックに入ったウニが出てきた。

「北海道福島町沖　完全無添加　のな　キタムラサキウニ塩水パック」

とプラスチック製のふたに印刷されている。ウニは一粒ごとにきれいに並べられて濁りのない水に漬かっていた。

「その、『のな』っていうのは、キタムラサキウニのことなんだって。地元の人に訊いたら、これが一番の北海道土産だって言われて、それで、買ってきたの。本当はもっとたくさん買いたかったけど、あんまり日持ちしないっていうから、それだけにしちゃった。ごめんね」

とはいっても、三パックも入っている。それぞれウニ丼一杯分くらいの量があるから、食べごたえはありそうだった。

「社長さん、ウニ、大丈夫だった?」

心配そうな顔になって花江が訊いてくる。

「大好物です。だけど、こんな高価なものを、しかもこんなにたくさん。何だか申し訳ないですね」

「そんなことないよ。これくらいじゃあ、お礼にもならないんだけど」

「ありがとうございます」

私は言って、元通りに三つのパックを重ねた。

「ところで、花江さんは食べました?」

訊ねると、彼女は怪訝な表情になった。

「それのこと?」

「はい」

「私は食べてないけど」

「だったら、いまから一緒につまんでみませんか?」

「遠慮するわ。社長さんのために買ってきたんだもの」

「だけど、僕だけじゃこんなに食べきれません。せっかくだからどうですか？」

「いいのかなあ」

そう言いつつ、花江は若干そそられている気配だ。

「日本酒はあいにく置いてないんですが、うまい焼酎ならたくさんありますよ。これを肴《さかな》に一杯どうですか？」

シャワーのおかげですっかり酔いも醒《さ》め、ウニを見た途端に飲み直したい気分になっていた。

「それじゃ、何だかミイラ取りがミイラになったみたいじゃない」

「久しぶりですねえ」

私が感心したような声になって言うと、また花江が訝しそうな顔になる。

「いや、ミイラ取りがミイラになるなんて古いことわざ、ずいぶん耳にしてなかった気がして」

「ちょっと意味は違うかもしれないけどね」

花江がくすりと笑う。

「とにかく、一緒に飲みましょう。絹江さんとはしょっちゅう飲んでいるのに、花江さんとは『ロベルト』へ行ったとき以来、一度も飲んでませんでしたよね」

「じゃあ、お言葉に甘えようかな。実は私、社長さんに相談してみようかなって思ってたこともあったし……」

花江は、そう口にすると、なぜだかほっとしたような顔つきになった。

21

飲むと決まると、花江はキッチンに立って、手早く肴をこしらえてくれた。

冷蔵庫にあった買い置きのかまぼこをウニかまにし、これも常備している絹豆腐でウニ豆腐を作り、さらにオムレツを焼いて、そこにもウニをのせてウニオムレツに仕立てた。

ウニと刻みきゅうりを挟んだかまぼこには、わさび醬油を垂らし、ウニ豆腐には柚子《ゆず》胡椒《こしょう》を溶いためんつゆをかける。ウニオムレツには軽く塩コショウを振った。

ウニ尽くしの豪華なつまみが、あっという間にダイニングテーブルの上に並んだのだった。

塩水漬けのウニは、淡白でコクがあり、なるほど美味だった。

花江も一口食べて、

「すごいね、これ」

と唸《うな》っていた。

焼酎は、山猿、山ねこ、山翡翠《やませみ》の三本を出してくると、花江は麦焼酎の山猿を選んだ。二人とも水割りで飲み始める。水はもちろん水甕ボトルの水だった。

しばらくは巡業先でのあれこれを花江が喋っていた。私は相槌を打ちながら聞いていたが、話が一段落したところで、

「とにかくカンカン照りで、特に札幌と小樽の仕事は屋外だったから、すっかり黒くなっちゃった」

そう言って、花江は自分の頬を両手で撫《な》でる。言われてみれば、少し日焼けしているようにも見えたが、その分、精悍《せいかん》な印象が加わって今夜の彼女はなかなかに魅力的だった。

「その上、夜は冷え込むから、あやうく風邪を引きそうになったし」

「でも、途中で仕事を切り上げてきたのは残念でしたね」

「ばあちゃんが病気になったんだから、それは仕方ないけど」

とはいえ、絹江を浅草橋に置いて、さっさとあのぼろアパートに引き返したのは当の花江ではなかったか。

「やっぱり、実演販売の仕事は楽しいんですね」

すると、花江は小首を傾げてみせた。

「それは、どうかしら。楽しいと言えば楽しいんだけどね」

「花江さんには、実演販売士としての天賦の才があるって一条さんが言っていましたよ」

一度だけ会った一条との詳しいやり取りも、花江には伝える機会がないまま時間が過ぎていた。

「うーん」

ますます花江は首を傾げる。

「私はもともと口下手だし、人前に立つのもそんなに好きじゃないから」

「でも、花江さんが口上を言ってるうちに独特の熱気が生まれて、お客さんたちはいつの間にかその熱気に巻き込まれていくんだって一条さんは言っていました」

「どうなんだろう。ただ、私、子供の頃から、雑踏が好きだったんだよね」

「雑踏？」

「そう。たくさんの人が行き交う駅前とか、デパートとか、公園とかにいると気分がよかったの。人混みは好きじゃないって言う人も多いけど、私は、大好きだった」

「そうなんですか」

うん、と花江は肯く。

「でも、そう言えば、僕も人混みは嫌いじゃないですよ。好きか嫌いかで言えば好きかもしれない」

「社長さんも、きっとそういう人だと思うよ」

「そういう人って？」

「人混み派ってこと」

「人混み派、ですか」

「そうそう。私は、人混み派と静けさ派って呼んでるの」

「静けさ派？」

「世の中、この二つの派閥でできてるのよ。人数的には、静けさ派の方が少し多いのかな。ほら、行列とか絶対嫌だっていう人もいれば、行列ができてるのを見たら並ばなきゃ気が済まないっていう人もいるじゃない。そういう感じ」

「なるほど。ちょっと面白いですね」

「そうなの。人が大勢いるところにいると、実は、みんな孤独なんだなあってつくづく感じるのよ。仲良さそうに歩いてる家族連れや恋人同士もいるけど、でもね、そういう人たちだって大勢の中にいるのを見たら、みんなバラバラなんだよね。この仕事してると、人の心の真ん中にある孤独みたいなものがよく見えるの。ああ、孤独なのは自分だけじゃないんだなって……。それが私には気分がいいんだと思う」

「心の真ん中にある孤独、ですか？」

「そうそう。どんな人でも心の真ん中は空洞になってて、きっとさみしい風が吹いてるんだと思うよ」

私は花江の言葉を耳に入れながら、この月曜日に堀越さんと「絵島」で飲んだときのことを思い出していた。

あの日は、世羅純也の記者会見の様子をテレビニュースで観て、それから絹江を見舞うために浅草橋に出かけた。堀越さんは、奥さんの咲子さんがいなければ、自分は死ぬか発狂していたに違いないと言い、彼女は自分にとって「いのちの支え」だと言った。私はその言葉を聞いた瞬間、純也の顔を思い浮かべていた。先月、久しぶりに会った彼は、「会社を追われたあげく、これで杏奈に出て行かれでもしたら、もう僕は何を支えに生きていけばいいか分からなくなる」と泣きそうな表情をしていた。要するに堀越さんも純也も、妻の存在こそが自分のいのちの支えなのだと言っていたのだ。

だが、いまの花江の言に従うならば、そうやっていのちを支え合っているはずの夫婦であっても、それぞれが、心の真ん中に孤独の空洞を抱えていることになる。

空洞だからこそ、人と人は支え合うしかないのだろうか？

それとも、人間なんて所詮は、ひとりひとり「バラバラ」に過ぎないのだろうか？

私には、そのどちらでもあるように思える。ただ、結局のところ我々が抱え持つ絶対的な孤独は、どんな相手、どんな出来事、どんな救いによっても決して癒やされることはないのだろうという気もするのだった。

人の心の真ん中を吹き通ってゆくさみしい風。

私には、その風の感触がはっきりと感じられる。

「実は、社長さんに相談したかったのは、そろそろ実演販売の仕事から足を洗おうと思ってるってことなの」

花江が少し身を乗り出すようにした。

「足を洗う？」

「うん」

「何でまた？」

「ばあちゃんが腰の骨を折ったときも、一度辞めようかと思ったんだけどね。そうは言っても、師匠の厄介になってる限りは足抜けってわけにもいかないのよ。で、今回も堀越さんから電話貰って、ばあちゃんが寝込んでるって聞いて、やっぱりこんな仕事はもう続けられないなって思い知った気がしたの」

「なるほど」

「だとすると、実演販売の仕事は捨てて、何か別の仕事を探すしかないでしょう」

「そうですね」

「それに、いつまでも社長さんや堀越さんの厚意に甘えるわけにもいかないし、ばあちゃんだって歳なんだから、最後はちゃんと私が世話してあげなきゃいけないって思うの。ばあちゃんにはいままで迷惑ばっかりかけて、苦労ばっかりさせてきたんだしね。もし、このままばあちゃんが死んじゃったりしたら、私、幾ら後悔しても後悔しきれないと思うのよ」

花江の目は真剣だった。酔い交じりの思いつきではなさそうだし、先ほどから言っている通り、じっくり考えての結論のようだ。父親の彰宏を巡業中に肺炎で失っているから、絹江が風邪で寝込んでいると知れば最悪の事態を想像してしまうのも無理からぬことではあろう。

母親の失踪や父親の死、実演販売士になった経緯など、絹江や一条から私が詳しく聞き出していることを目の前の花江が承知しているのかどうかはよく分からない。

「それでね」

花江は水割りを一口すすって言葉をつないだ。

「もしお願いできるんだったら、社長さんに働き口を紹介して貰えないかと思って」

私は空になっている自分のグラスに、今度は山ねこを注ぎ、アイスペールから氷も追加して、少量の水で割った。どちらかというと麦や米の焼酎よりも芋焼酎の方が私は好きだった。

「そうは言っても、そんなに簡単に一条さんとの関係を切ることができるんですか？」

苦労ばかりさせたという絹江を他人に預けてでも、彼女は一条の元へと戻ったのだ。あげく、絹江の独り暮らしが定着すると、事務所の手伝いをやめて実演販売の仕事を再開し、地方巡業にまで出ている。

絹江や一条の話から類推しても、花江と一条との関わりは、それこそ私と美千代とのそれに匹敵するようなものではなかったのか。

「一条さんは、花江さんが仕事を辞めるのを了解してくれているんですか?」

言葉を差し替えて念を押してみる。

会ったのは一度きりだが、その折の様子や電話での口調などを反芻するに、一条はいまでも花江のことを自分の手足のような存在だと思い込んでいる節があった。

「師匠のことはもういいのよ」

だが、花江はきっぱりと言った。

「考えてみれば、十五年を超す付き合いだもん。そろそろ縁を切っても罰は当たらないと思うよ」

「だけど、一条さんの方が、そんなにあっさり花江さんを手放さないんじゃないですか」

「どうかしら。そこまでこだわるとも思えないけど。身体の関係はとっくに切れてるんだしね」

まるで何でもないことのように花江は言った。

「やっぱりそういうことだったんですね」

しばらく間を置いて、私は呟く。

「師匠、なかなか弟子にしてやるって言ってくれなくて、たいへんだったのよ」

花江はやれやれといった顔つきになった。

「それで、というわけですか」

「師匠だって男だもの。あの頃は、私も若かったしね」

若いどころか、花江はそのときまだ十六歳だ。一条の方はすでに私くらいの年回りだったに違いない。花江の熱意に根負けしたようなことを言っていたが、要するにそういうことだったわけか。

「師匠もちょうど離婚したばかりで、その原因になった女弟子とも別れてて、さみしかったのよ。弟子入りしてからは、巡業でもなんでもとにかく師匠にくっついて回ったの。目で盗むしかないからね。師匠は口では決して教えてくれない人だったし」

「そんなになりたかったんですか、実演販売士に」

中学を出たばかりの娘が、身体まで使ってなるような仕事でもあるまいと思う。しかも、相手は自分の父親ほども歳の離れた男なのだ。

「やってみたいなってのは、たしかにあったよ。でも、正直、あの頃はその日のねぐらもないような状態だったからね。もしも、あそこで師匠が拾ってくれてなかったら、私、正真正銘、野垂れ死にしてたような気がするもの」

「だったら、絹江さんのところへ帰ればよかったんじゃないですか」

「当時は、母親のこととかもあって、ばあちゃんのことが大嫌いだったのよ。社長さんからしたら、私が師匠に食い物にされたみたいに思うかもしれないけど、それはちょっと違うの。女と男のことだから、幾ら歳が離れていたって、どっちが悪いってものでもないでしょう」

「それはそうだと僕も思いますよ」

　私は同意した。

「ということは、花江さんは、いまでも一条さんのことが好きなんですか？」

　率直に訊いてみる。

「さあ、どうだろ。でも、師匠は私にとっていのちの恩人だからね。うちのおとうさんが死んだときもお葬式とか師匠が全部やってくれたの。おとうさんは渋谷で独り暮らしをしてて、私がアパートを訪ねたら布団の中で冷たくなってたの。動転しちゃって、真っ先に師匠に連絡したわ。そしたらすぐに駆けつけてくれて、俺にも似たような経験があるよ、おとうさん、気の毒なことしたなあって言いながら、私と一緒にぼろぼろ涙を流してくれた。あのとき師匠がそばにいてくれてなかったら、私、きっとどうにかかなってたと思うわ」

あの一条が泣いたのか、とちょっと意外の感に打たれながら、私は聞いていた。一条への思いが花江の中にいまだ燻《くすぶ》っているのは間違いないようだ。

たとえ親子ほどの歳の差だったとしても男と女が愛し合うことは可能だし、そんな事例はこの世の中に腐るほどある。

私が黙り込んでいると、

「社長さん、私、変わりたいの」

花江は言った。

「私のこれまでなんて、とても他人様に胸張って自慢できるようなものじゃないけど、でも、だからってそんな自分が嫌いになったわけじゃないの。でも、それとは別の気持ちで、こういう自分をそろそろ終わらせなきゃいけないって気がしてるの。師匠とのこともそうだし、ばあちゃんとのこともそう。もっとちゃんとしなきゃいけないって感じてるの」

花江の言葉を耳に流しながら、私は、なぜだかパラダイス・ツリー・スネークの映像を脳裏に思い浮かべていた。そういえば、あの蛇の存在を教えてくれたのも目の前の花江だった。

孤独に打ちひしがれたり、互いに支え合う相手を見つけたり、誰かをいのちの恩人だと信じたり、人を食い物にしたり、されたり――生きていれば、いろんなことがある。だが、そういうさまざまな出来事と異なる次元で、自分の人生を本質的に変化させるチャンスが人間には訪れるのかもしれない。

天敵のトカゲに狙われたパラダイス・ツリー・スネークが、自らの肋骨をU字型に広げ、まるでリボンみたいに平たくなって百メートルもの距離を滑空するように、私たちも、ある瞬間に、自分の人生を驚くべき形に変容させることができるのかもしれない。

「どういう仕事が希望ですか？」

私は花江の目を真っ直ぐに見つめて言った。

「せっかく実演販売士をやってたんだから、やっぱり接客の仕事がしたいの。たとえば、ショールームのガイドとかやってみたいかな。そういう仕事だったら、社長さんの力を貸して貰えれば見つけられるような気がするんだけど」

住宅メーカーや住宅設備メーカー、それらの販売会社、電力会社、ガス会社といった取引先なら数えきれないほどある。なるほど、ショールームで働きたいのなら私の力を借りるのが最も手っ取り早い方法だった。

「ショールームを持っている会社なら幾つか紹介できます。ただ、そこが花江さんを採用してくれるかどうかは未知数です。面接を受けられるように取り計らうだけなら協力できますが」

「もちろん、もちろん。あとは私の実力次第だと思うから」

「でしたら、まずは来週からめぼしい会社を当たってみます。再来週中には面接が受けられるようにしましょう」

「ほんと？」

「はい。とりあえず、履歴書を書いて送って下さい。一部で構いません」

「わかった。月曜日の朝一番で受付に届けるようにします」

「そうですね」

「よろしくお願いします」

花江は背筋を伸ばし、丁寧に頭を下げた。これなら面接も何とかなるかもしれないと思う。まあ、私が強く推薦するのだから、よほどのことがない限り採用されるに違いないのだが。

時計の針は十一時を回ったところだった。飲み始めて三時間近くが過ぎていた。そんなに経ったのかと意外な気がする。

相談事が済んで、花江は肩の荷が下りたような感じだった。おいしそうに水割りを飲んでいる。私も、昼酒のあとの晩酌とあってさすがに酔いの深さを感じていた。

花江は、あの一条龍鳳斎と別れることができるのだろうか？

彼女の姿を眺めながらぼんやりと思う。本人の言うとおり、「身体の関係はとっくに切れて」いたとしても、それでも長い時間をかけて縒りあげた紐帯《ちゅうたい》はそうやすやすとは断てないものだ。私と美千代との関係に照らしても、それは確かなことのように思える。

「ねえ……」

花江が何かを思い出したような瞳で言った。

「社長さんは、どうして女に興味がないの？　昔からそうなの？」

いきなりの質問だった。

「身体が言うことをきかなくなったんです」

私は答える。

花江が怪訝な顔になった。

「離婚した妻とのあいだに一人息子がいたんですが、その息子が生まれてしばらくした頃から、セックスができなくなってしまいました」

「それってＥＤってこと？」

「はい。最初は原因が分からなかったんですが、妻と離婚するときに、そういうことだったのかと納得したんです」

もちろん花江は、ぴんと来ない様子だ。

「実は、息子は私の子供ではなかったんです」

「そうだったんだ……」

さすがに驚いた顔つきになっていた。

「妻子と別れて、少し時間が過ぎてみると、女性と交わることに何の興味も持てない自分がいたんです。肉体だけでなく、精神的にも完全に関心を失ってしまったんですよ。それから十年ですが、いまでは性欲というものがどういうものだったかさえ思い出せなくなってしまいました」

「………」

花江は不思議そうに私を見ていた。

「いいなあ、そういうの」

という声が聞こえたのは、しばらくの沈黙が挟まったあとのことだ。

22

建築・建材エキスポは二年に一度、都内で開催される。ここ数年は東京ビッグサイトが会場となっているが、開幕直前のレセプションは、例年、丸の内の新東京国際ホテルで開かれることになっていた。

今年のレセプションは五月二十二日に行われた。社内での会議が立て込んでいたこともあって、私は、開会式には出席せず、夕方六時からの歓迎パーティーにだけ顔を出した。海外からも著名な建築家やデザイナー、建材メーカーや家具メーカーのトップたちが大挙して押し寄せる業界屈指のイベントとあって、今回もまたホテルの宴会場は芋でも洗うような混雑ぶりだった。

人酔いしてしまい、私は一時間ほどで切り上げて宴会場をあとにした。

本館のロビーまでやってきて、散らばっているソファの一つに腰を下ろし、携帯の着信を確認している最中、背後から「高梨さん」と声を掛けられた。

振り返ると、世羅純也が立っていた。隣には派手なワンピースを着た背の高い女性が寄り添っている。

「お久しぶりです」

純也は、ますます日焼けした顔に笑みを浮かべている。黒っぽいスーツを身にまとい、シルバーのネクタイを締めている姿は、どことなく芸能人風でもあった。四月下旬に東京ドームホテルで話したのが最後だったので、約一ヵ月ぶりの再会だった。

例によって潑剌とした精気を放っている。五月五日の記者会見のときとは見違えるようだった。ただ、彼の場合、うわべと中身とに著しい落差があるので、見かけの印象だけで心理状態を即断するわけにはいかない。

「やあ」

私はアイフォーンをポケットにしまい、立ち上がる。花江からの着信は入っていなかった。今日の午後に、紹介した住宅設備メーカーの面接を受けたはずなのだが、いまのところ何の報告も来ていない。

「すみません。あれ以来、ご挨拶にも伺えなくて」

純也が頭を下げる。

「別に構いません。それより、たいへんでしたね」

「高梨さんにも何とか迷惑をかけずに済んでホッとしてるんです」

こうして面と向かってみると、純也の印象がどことなく違っているのが察せられる。元気そうにしてはいるが、かつてのぎらついた感じや刺々《とげとげ》しさのようなものが鳴りをひそめていた。

「高梨さん、これから何かご予定は？」

「いえ、今夜は何もありません。帰ろうとしてたところだったんです」

「そうですか。だったら、一杯いかがですか？　先だってはすっかりご馳走になったので、今夜は是非おごらせて下さい」

「しかし、世羅さんの方こそ……」

私は純也の隣に立っている女性を見た。顔が小さく、髪の長い、こちらも一見モデル風の美人だった。

すると純也はズボンのポケットからカードキーのようなものを取り出し、それを相手に手渡しながら「先に部屋に上がっててくれる？」と、声を落とすでもなく言った。彼女はカードを受け取ると、私に小さく会釈だけして、さっさとエレベーターホールの方へと去って行った。

その後ろ姿を目で追っていた純也が、こちらに顔を戻す。

「銀座のお店の子なんです。最近、付き合い始めたんですが」

「そうですか……」

「三階のバーにでも行きませんか？」

悪びれるふうもなく彼は言った。

店に入ると、ウェイターが何も訊かずに一番奥の席へと案内してくれる。どうやら純也はここの常連のようだった。個室ではないが、左右に座席はなく、人目を気にする必要のない席だった。

「円城寺《えんじょうじ》とはもう会いましたか？」

注文した飲み物が届き、ウェイターが離れたところで純也が言う。

円城寺というのは彼の後を承《う》けてセラールの社長に就任した男だ。前年にやまと銀行から役員として送り込まれ、セラールの粉飾を突き止めて古巣に通報した張本人でもある。

「まだ何も言ってきませんが」

「そうですか……」

純也は思案気な顔になる。

「しかし、やまとはセラールをどうする気なんでしょう？」

私はかねての疑問を口にしてみた。

「僕にもよく分かりません。彼らは僕には何も教えてくれませんでしたからね」

それはそうだろう、と思いつつ私は頷いた。

「ただ、高梨さんもよくご承知の通り、うちとヤマト建設を経営統合したとしても再建なんて到底無理ですよ。何しろ、うちなんかよりヤマトの方がよっぽど台所事情は苦しいんですから。共倒れになるのが関の山。それは目に見えている」

「だとすると、やまと側に何か秘策があるということですか」

「さあ、どうでしょう。少なくともセラール単独で再建しようという考えは皆無でしょうね。でなければ、あの円城寺を社長に据えるはずがありません。彼には、生き馬の目を抜くこの業界で会社を引っ張っていくような経営手腕はこれっぽっちもないですから。あれは、ただのちんけな経理屋ですよ」

「しかし、ヤマト建設と一緒にしても先の見込みがないのは、やまと銀行だって先刻承知でしょう」

「そうですね。だから、連中なりに何か考えてはいるんでしょう。この数ヵ月、近藤常務を中心にあれこれ再建のスキームを探っている感じはありましたからね」

「世羅さんだったら、どうすると思いますか？」

会社を追われてしまった経営者にぶつける質問でもなかったが、あえて訊いてみる。

「そうですね。たとえば、もう一つ別の会社とさらに統合するとかね。その可能性はあるんじゃないですかね」

「もう一つ別の会社？」

「ええ。といっても、ヤマト建設とセラールを両方抱えるとなると、相当の体力が必要だと思いますけどね。加えて、この業界を知り尽くした凄腕の経営者を連れてこない限りは、そんな会社、あっという間に潰れてしまうだけでしょうし」

「となると、会社も経営者も、ちょっと思いつきませんね」

「たしかにね」

そう言って純也は深く肯いてみせた。

私はウィスキーの水割りだったが、純也は赤ワインにしている。それをちびりちびり舐《な》めるように飲んでいた。

「そうそう、杏奈さんとはどうなりましたか？」

二杯目の水割りを手にしたところで、単刀直入に訊いた。この上の部屋で女性を待たせていることからして、うまくいっているとはとても思えなかったが。

「この前は、ありがとうございました。わざわざ近藤常務にも話していただいて」

純也はグラスを持ち上げながら言う。まだワインはほとんど残ったままだ。

「あれくらい何でもありません」

先般、報告の電話を入れた際は、杏奈の父親である三輪春彦《はるひこ》は決して純也のことを見限ってなどいない——という近藤の話をかなり強調して伝えておいた。それを聞いた純也は電話口で「本当にそうなんでしょうか」と何度も繰り返していたが。

「杏奈は、先週から実家に帰っています」

暗い声で言う。

「やっぱり今回の件が響いたんですか」

ということは、純也の感触の方が正しかったということか。

「表向きはそうじゃないんですけどね」

「表向き?」

よく意味が分からない。

「実は、連休前に義父に胃がんが見つかったんです。それで杏奈は看病のために実家に戻っているんですよ」

「じゃあ、手術は済んだんですね」

「ええ。退院して自宅で療養しているんです」

「それだったら……」

「杏奈はもう二度と帰ってきませんよ」

私の言葉を遮ると、純也は語調を強めて言った。

「彼女は、義父ががんになったのも僕のせいだと思っていますからね。僕が父親に余計な心労を与えたせいだと信じ込んでいるんです。義父自身もきっとそう考えてると思います」

私は返す言葉が見つからず、黙って純也の顔を見る。

それから、しばらく間を置いて、

「杏奈さんが、二度と帰らないと言って出て行ったわけじゃないんですよね」

肝心な点を確かめておかないと話を進められない。

「言うも言わないも、僕が家に戻る前に出て行ってしまったんですよ」

「家に戻る前？」

「記者会見のあとしばらくは、やまとの用意したホテルに缶詰めになっていたんです」

「そんなもの、知らん顔して家に帰ればよかったのに」

「そうもいきませんよ。立件しない条件として、検察からそういう指示が出ていると言われれば、従うしかないじゃないですか」

「しかし、そんな指示を検察が出すとも思えませんが……」

純也は何も答えない。

「義父ががんだという話も、記者会見が済んだ直後にいきなり電話で告げられたんです。正直、本当かどうかも分からない」

「じゃあ、五日の日以降、杏奈さんとは一度も会っていないんですか？」

「そうですよ。電話だけです。その電話も最近はほとんど繋《つな》がらない。明らかに彼女は僕を避けてるんですよ」

これ以上、話を煮詰めていくと、また東京ドームホテルで会ったときのような愁嘆場になりかねない気配だった。

「世羅さんもいろいろあったし、杏奈さんのご実家もたいへんだったんだから、少し冷却期間を置いてもいいのかもしれないですよ。夫婦なんて長くやっていればいろんなことがある。それでも、よほどのことがない限りは別れたりしないものです。会社のことも一応の決着を見たわけだし、落ち着いたら杏奈さんもきっと帰って来てくれると僕は思いますけどね」

半ば本気で私は言った。

純也の話だけでは、杏奈が本当に夫に愛想尽かしをしたのかどうかよく分からない。

「そうだといいんですが……」

純也は目を伏せ、手にしたグラスを口許に持っていく。だが、ワインはちっとも減らなかった。

「でも、もう仕方がないんですよね。杏奈に捨てられても文句が言えないようなことをしでかしてたのは僕自身なんですから。そのことはよく分かっているんです。僕が全部悪い。何もかも身から出た錆なんですよ」

純也はそう言うと、目頭にそっと手を当てる。

「純也君」

私は、会社同士の付き合いが始まって以降は一度も口にしたことのない呼び方で彼を呼んだ。

涙ぐんだ瞳のまま純也が目線を上げる。

「もしよかったら、僕が杏奈さんに直接会って、本当の気持ちを聞いて来ようか？」

美千代だったらきっとそうするだろうと考えながら持ちかけていた。

23

社長室に置いてあるテレビで昼のニュースを観ていた。

関東・甲信の梅雨入りが気象庁から発表されたようだった。平年より三日、六月十日だった去年よりは五日も早い梅雨入り宣言なのだそうだ。

雨の季節は嫌いではない。が、近年の梅雨は、一昔前とは様相を一変させている。「ゲリラ豪雨」という言葉が耳になじんですでに久しいが、真夏さながらの快晴の空が一転して黒雲に覆われ、激しい雷とともにスコールのような雨が降る。まるで熱帯の雨季と見まがうばかりで、日本の梅雨とはとても思えない。

ニュースが終わって、テレビを消した途端に携帯の着信音が鳴った。

昼餉時とあって、七階のフロアには人気《ひとけ》がない。そのせいか普段よりも大きな音に聞こえた。ちょっと胸を衝《つ》かれたような心地で、デスクの上のアイフォーンを取り上げる。

ディスプレーには「世羅杏奈」と表示されていた。

時刻は十二時十五分を回ったところだった。

アイフォーンを耳にあてると、

「高梨さん……」

声がやけに沈んでいる。嫌な予感がした。

杏奈とは一度会ったきりだが、それから二度ほど電話で話していた。一度は、純也のいる自宅に戻ったという報告で、もう一度は、その後の様子をわざわざ知らせてきてくれたのだ。二度目の電話は月曜日だったから、まだ三日前のことだ。

「どうしたんですか」

「実は……」

　そこで、杏奈は口ごもる。どうしたのか？　純也とひどい喧嘩でもしたのだろうか。

「もしもし」

　数秒待っても何も言ってこないので、さらに不審な感じがした。

「もしもし、杏奈さん、どうしたんですか？」

「高梨さん」

　彼女の声が震えている。

「いま警察から電話があって、純也さんが怪我をして病院に担ぎ込まれたそうです。意識不明だって言われました」

「怪我？　意識不明？」

　とっさに思い浮かんだのは車の事故だった。

「どんな怪我なんですか？」

「昨夜遅くに友達から呼び出しの電話が入って、それで出て行って、今朝になっても帰ってこなかったんです」

　こちらの質問には答えず、杏奈は話し始める。

「昔からたまにそういうことはあったので私から電話をするのは控えて、純也さんが帰って来るのを待っていたんです」

「はい」

「そしたら、たったいま警察から電話があって……」

「ええ」

「純也さんがホテルの部屋で女の人に刺されたって言うんです。病院に運んだけれど、まだ意識が戻らない状態だって……」

「刺された……」

予想外の事態に、さすがに絶句してしまう。

「どこの病院ですか？」

頭の中の整理はつかないものの、目下一番大切なことを訊ねる。

「戸山《とやま》の国際医療研究センター病院だそうです」

「分かりました。僕はこれからすぐに会社を出ます。杏奈さんもタクシーを呼んで病院に向かって下さい」

世羅純也の自宅は本駒込《ほんこまごめ》だったはずだ。二人ともいま出れば、同じくらいの時間で国際医療研究センター病院に着くことができるだろう。

「病院の正面玄関で待っています。もし、杏奈さんの方が早く着いた場合は、先に純也君のところへ行ってください。すぐに追いかけますから」

「はい。そうします」

もう声は震えていなかった。幾らか落ち着いたようだ。

「このことは、他の誰かには伝えましたか？」

「いえ誰にも。真っ先に高梨さんに連絡しなくちゃと思って」

「そうですか。だったら病院で詳しいことが分かるまで、誰にも連絡しないで下さい」

「はい」

純也の母親は存命だが、認知症もあって数年前から介護施設に入所していると聞いていた。彼は一人息子だから、兄弟姉妹はいなかった。

「とにかく、気持ちを強く持って出発して下さい。病院で待っています」

社用車を使える私が先着する可能性が高い。距離的にも水道橋の方が病院には近かった。

社の正面玄関に車を回して、国際医療研究センター病院に向かった。

昼時とあって往来は人で溢《あふ》れているが、車はスムーズに流れていた。これならやはり私の方が早いだろう。

ホテルの部屋で女の人に刺された——と杏奈は言っていた。耳にした瞬間は啞然としたが、少し冷静になってみれば、いかにもありそうな出来事に思えた。

二週間前にばったり会ったときの純也が思い出される。場所は丸の内の新東京国際ホテル。彼が連れていたモデル風の若い女性の顔もよく憶えている。最近付き合い始めた

「銀座のお店の子」だと言っていたが、刺したのは案外彼女あたりかもしれない。

もう二度と戻って来ることはないと絶望していた最愛の妻が戻り、純也は慌てて愛人との関係を清算しようと図ったのではないか。短兵急に別れ話を切り出し、相手の感情を著しく損ね、結果として刃傷沙汰《にんじょうざた》にまで発展してしまった。いかにもあの純也なら招き寄せてしまいそうな筋書きだった。

病院の正面玄関で待っていると、五分ほどで杏奈を乗せたタクシーが到着した。

総合受付で純也の病室番号は聞いていたので、二人で入館証を受け取り、病棟に入った。純也は救命救急からすでに外科病棟に移されているようだった。

杏奈は青ざめた顔色だったが、電話してきたときのような動揺は見えなかった。

彼女は、医師や警察とのあいだでも、取り乱すことなく気丈にやり取りしていた。病院側も警察も純也の身元は当然承知だったから、同行した私が名刺を出して名乗ると、さほど不審な顔もせずに立ち会いを認めてくれたのだった。

「高梨社長は、夫の父親代わりなんです」

杏奈もはっきりとそう言ってくれた。

事件の概要は、ほぼ想像の通りだった。

昨夜十一時過ぎに女に呼び出された純也は、あの新東京国際ホテルの一室で、もう何度目かの別れ話を持ち出したようだった。今回も話はまとまらず、二人はそのまま一夜を共にして、今朝十時頃に起床したという。そこで、純也が再び別れ話を蒸し返し、女は逆上。バッグの中に忍ばせていたペティナイフを取り出すと、自分の首筋にあてて、「別れるくらいならこの場で死んでやる」と喚《わめ》きだし、血相を変えてナイフをもぎ取ろうと摑みかかった純也と揉《も》み合っているうちに、誤って純也の腹部にナイフを突き立ててしまったようだった。腹をおさえ、その場にうずくまった純也を見てはっと我に返り、彼女自身がホテルのフロントに通報したのだという。

「これは全部、女の証言ですから、意識が戻ったところでご主人のお話を伺わなければ事実関係を確定することはできません。凶器のナイフはかなりの刃渡りですし、初めからご主人を傷つける目的で準備していた可能性もありますから」

話をしてくれた刑事の一人はそう言っていた。

女は元銀座のホステスだという。純也との関係はここ数ヵ月のことらしいが、これも彼女の証言によれば、純也は離婚して彼女と結婚するという約束までしていたのだそうだ。その言葉を信じて、彼女は最近、店を辞めたばかりだった。年齢は二十八。先日会った女性はもう少し若かったような気もしたが、恐らく同一人物だろうと思った。そのことは、杏奈の前でもあり、私は黙っていた。

意識不明とはいえ、純也は一命を取り留め、状態も安定しているようだった。

「今日中には意識も戻ると思います。脳にも画像上の問題点は見つかりませんでした」

医師の言葉に、杏奈はさすがに落涙したが、嗚咽《おえつ》するようなことはなかった。私も胸のつかえが一息に取れたような気がした。

純也を見舞ったのは、医師や刑事との話を終えてからだ。

狭い個室のベッドに彼は横たわっていた。ゴルフ焼けの顔はさすがに血の気を失い、杏奈や私が名前を呼んでも反応はまったくなかった。刺された直後、失血性ショックに陥り、処置があと三十分でも遅れていたら生命にかかわるところだったと医師は説明していたが、その有様を見るに、あながち大袈裟な話でなかったことがよく理解できた。

杏奈が泣き崩れたのは、そんな夫の姿を目の当たりにした直後だった。

泣いている杏奈をしばらく見守り、涙が止まったところで、実家に連絡するように勧めた。

一時間ほどで、三輪の両親が駆けつけて来た。

私は初めて、三輪春彦と対面した。胃がんの手術を受けたばかりとあってひどく痩せていたが、杏奈から聞いていた通り、すこぶる元気そうに見える。

私のことも娘から聞かされていたのか、別段、不思議がる様子もなく、夫婦そろって何度も何度も頭を下げてきた。

「高梨さん、このご恩は一生忘れませんよ」

三輪春彦はそうまで言ってくれた。

「刑事さんの話では、警察発表の予定はないそうですが、ただ、都心の一流ホテルで起きた事件ですし、嗅ぎつけた新聞記者が問い合わせてきたときは情報を出さないわけにはいかないと言っていました。表沙汰になる可能性も大いにありますから、三輪さんの方でしかるべく手を打っておいた方がいいかもしれません」

そのことを伝えたくて、私は彼らがやって来るのを病室で待っていたのだ。

「分かりました。杏奈と純也君のためです。私でやれることは何でもするつもりです」

春彦はそう言うと、ベッドサイドで母親と話し込んでいる愛娘の方へと視線を送り、瞳を潤ませていた。

国際医療研究センター病院を出たのは午後二時半。

すぐに会社に帰る気になれなかった。今日の予定は、出てくる前に源田君に命じてすべてキャンセルさせている。無理に戻る必要もなかった。

夜は花江の就職祝いをすることになっていた。彼女は先月の面接で合格し、今月から大手の住宅設備メーカーのショールームで働き始めている。ショールームは西新宿にあるらしい。

七時に神楽坂で待ち合わせ、馴染みの寿司屋に案内するつもりだ。席も予約してあった。

「川崎競馬場の方まで行ってくれませんか？」

運転手の中村《なかむら》さんに向かって自分でも思いもしなかった言葉を口にしていた。

なぜ「川崎競馬場」なのか。

二十二歳のときに競馬場そばのアパートを出て以来、一度も足を向けたことのない場所だった。

純也が刺されるという法外な出来事が起き、さすがに私の胸にも少なからぬ動揺があった。気持ちを鎮めるために、どこか会社とは別の場所に行きたいと思いついた瞬間、そんな場所がどこにもないことに気づいたのだ。だからといって、忘れたはずの故郷とも呼べぬ故郷の名前を口走った理由は、我ながらよく分からない。

ただ、一度、神田和泉町のアパートに花江を訪ねた折、ガタのきたアパートのたたずまいを見て、何年振りかでかつて自分が暮らした川崎のアパートの情景を脳裏に浮かべたのは事実だった。いまだにあそこに住んでいる花江とこれから会うということが、そうした郷愁めいた感覚を再び胸に呼び覚ましてしまったのだろうか。

中村さんの「承知しました」という声を聞くと、電動シートを倒し、アームレストに肘をのせて目を閉じる。

車は一代前のレクサスだが、静粛性は群を抜いている。振動もほとんどないから、目をつぶると無音の部屋の中に座っているような心持ちになる。

甦ってくる川崎の町の景色を頭から追い払い、改めて純也について考える。

杏奈と会ったのは、先月二十五日の日曜日だった。純也から教えられた携帯番号に連絡すると、彼女はさほどためらう気配もなく、私との面会を承諾してくれた。

渋谷のホテルの喫茶室でお茶を飲みながらじっくりと話した。

杏奈の言葉は、ある意味で私の予想通りだった。

彼女は最初から純也と別れる気など毛頭なかったし、粉飾事件の結果、実家の三輪家に迷惑が及んでしまったことについても、それで純也を責めるというような狭い料簡《りょうけん》は持ち合わせていなかった。父親も、どちらかと言えば純也に同情的なのだと彼女は言っていた。

「父はやまと銀行とも長い付き合いですし、あの銀行の手口もよくよく知っているんです。純也君は若すぎたんだよ、と言っていました。銀行のターゲットにされたら、よほどキャリアのある経営者じゃない限り手も足も出ないからって。だから、誰も、純也さんのことを責めたりなんてしていないんです」

杏奈は、そう言って深いため息をついた。

「なのに、純也さんは、どんどん自分で自分を追い詰めていって、三月くらいからは、お前も俺を見捨てるつもりだろうって酔うたびに繰り返すようになったんです。会社再建のことでやまと側と本格的な交渉に入ってからは、頼むから俺を捨てないでくれって、何度も何度も泣きながら懇願してくるんです。私には、そんなつもりは全然ないですから、出て行ったりするわけないでしょうって毎回言って聞かせていたんですが、どうしても信じてくれなくて……」

春彦の胃がんは早期発見で、胃を三分の二摘出しただけで済んだのだそうだ。もちろん、そのがんが純也の与えた心労のせいだなどとは、本人も杏奈も考えたこともなかったと言っていた。

「今回の事件が、彼には本当にショックだったんだと思います。ヤマト・リファインを買収して、社名もセラールと変えて、彼、本当に必死で働いていたんです。必ず成功させてみせるって張り切っていました。粉飾のことだって、毎年、数字の相談はやまと銀行とやっていて、表向きはともかく、内々ではやまとも承認してくれていたんだそうです。それが、円城寺という役員が派遣されてきた頃から雲行きが怪しくなって、最後は、一方的に純也さんの罪にされていったみたいです。辞任会見直前には、やまとのやり方は明らかにおかしいってすごく怒っていました。セラールを追い詰めて、自分を会社から追い出すのが最初から向こうの狙いだったんじゃないかって……」

純也が杏奈に話したことにどこまで信憑性があるのかは、私には分からなかった。しかし、やまと側の出方には、単にセラールの不正経理を正すためだけの強権発動とは思えない節も確かにあった。

先だってのホテルのバーでの純也の述懐と、このときの杏奈の話とを縒り合わせると、私から見ても、今回の騒動にはもう一枚か二枚、裏があるような気もしてくる。

杏奈は、私と会った翌日には純也のもとへ帰っている。

三日前の電話によれば、純也の喜びようは尋常ではなかったらしい。

その喜びが結果的に仇《あだ》になってしまったのは、何とも皮肉な成り行きとしか言いようがないだろう……。

私は、車のシートに身を預け、純也の血の気のない寝顔を瞼《まぶた》の裏に思い浮かべていた。

24

多摩川に架かる六郷橋《ろくごうばし》を渡り、第一京浜と大師道が交わる「競馬場前」の交差点を過ぎると左手に川崎競馬場の照明塔が見えてくる。

次の「宮本町」の交差点のところで車をとめるよう、中村さんに指示した。

車が減速を始める。

私は腕時計で時間を見る。午後三時二十分。国際医療研究センター病院を出て一時間近くが経っていた。途中、少しウトウトしたこともあり、気分はすっきりしている。

純也は目覚めたろうか？　今日中には意識が戻るだろうと医師は話していたが。

梅雨入り発表の日とあって、今日は終日、雨の予報だった。病院を出るときは細かな雨が降っていたが、多摩川を越える手前あたりから薄日が射し、こちらの雨はやんでしまったらしい。通行人を見ても傘を手にしている人は余りいなかった。

数日続いた、夏を思わせるような猛暑は昨日で終わったようだ。

私は、身体を起こして、車窓から外を眺める。

第一京浜から見る景色は二十八年前とはがらりと変わっていた。都内の幹線道路沿いと同様、ビルやマンションが両側に建ち並んでいる。

車が交差点の左の路地に入る手前で停車する。

「少し、ここで待っていて下さい」

と告げて、車を降りた。

目前のガソリンスタンドにも、その先の背の高いマンションにも見覚えはない。

私が暮らしていた時分は、この路地の左右には、小さな家や安アパートがひしめくように建っていた。子供たちが狭い道で、しばしば進入して来る車をかわしながら遊んでいた。私自身は人と群れるのが不得手で、あまり外遊びはしなかった。学校が終わると一目散に家に帰り、そのあとは母が一人で切り盛りしていた喫茶店の手伝いや、「まんぷく」という食堂を駅前で開店してからは、そこの雑用を一手に引き受けていた。客のいない時間帯は店で勉強をしたり本を読んで過ごしたものだ。

人通りのない道をゆっくりと進んでいく。

大きなマンションの突き当たりが三叉路《さんさろ》になっていた。一度足を止める。記憶に残る景色とは様変わりしているが、しかし、道の形は二十八年前と何も変わっていない。

左の道を行けば競馬場の塀にぶつかる。右を行けば裁判所や体育館、税務署がある。さらに進めば、川崎駅東口に通ずる駅前通りに出るのだった。

左右が榎町《えのきちょう》。前方に広がる一帯は競馬場も含めて富士見だった。

私たちが住んでいたアパートは富士見にあった。目の前の道を真っ直ぐに歩けば、ものの五分もかからない距離だ。

私はふたたび歩き始める。道幅はさほど広がってはいないが、きれいに舗装されてずいぶんと垢抜《あかぬ》けた感じになっている。左右の建物はどれも新しそうだ。特に右側は低層のマンションが幾つも並ぶ大きな団地になっていた。

郷愁を誘うようなものは何一つなかった。

狭い道の片側を進んで行くと見覚えのある建物が目に入ってきた。茶色の外壁が色褪せた、いかにも古びた一棟のアパートだった。私は歩速をゆるめ、アパートの手前で立ち止まる。そこは細長い入口の駐車場になっていた。駐車場の壁が低いので、隣の建物の大きさがありありと分かる。間口は狭いが横に長い大きなアパートだ。

駐車場の入口からは左手に川崎競馬場のスタンドと照明設備が見通せる。

ここだ……。

私は、足もとに一度視線を落とし、顔を上げた。

私たち家族三人が、父の失踪後に移り住んだアパートはこの場所に建っていた。目の前の大きなアパートに確かに見覚えがあった。ここで間違いない。

一台も車のとまっていない奥の駐車場へと進む。

二階建てで、各階六世帯ずつ入居していた。私たちの部屋は二階の五号室だった。こうして駐車場になった空間に立ってみると、敷地が存外狭いことに驚く。

こんな小さな地面の上で、私たちだけでなく、十二世帯の人々が身を寄せるように生活していたということか。

六畳二間に四畳半の台所がついていた。それまで住んでいた市役所近くのマンションよりは手狭だったが、私にはさほど窮屈な印象はなかった。いつも疲れた顔をしてため息ばかりついていた父親が消えて、むしろ私も妹の篤子も解放感の方が強かった気がする。

母は、この場所で胃がんが見つかり、病院で息を引き取ったあと遺体となってこの場所に帰って来た。連絡すべき身内は一人もおらず、富士見の町内会の人たちの手を借りて質素な葬式を出した。当時、私は高校一年、篤子はまだ中学一年生だった。

母の死から一ヵ月ほど経った頃、徳本美千代が訪ねて来たのもこの場所だ。

寄る辺ない心細さを嚙みしめていた私たち兄妹にとって、美千代は、まさしく救世主のようだった。

篤子がバリで行方不明になったとき、美千代はすぐにバリ行きの便を手配してくれた。

「たとえ見つからなくても、諦めちゃ駄目よ」

彼女は成田に見送りに来てくれて、そう言った。

篤子の遺体が発見されるまで、同じことを言い続けた。

「あっちゃんは、きっとどこかで元気に生きているって信じるの。あなただけは、絶対に諦めちゃ駄目よ」

一年後、篤子の亡骸を引き取って日本に戻ったとき、通夜、葬儀をすべて準備してくれたのは美千代だった。篤子の棺《ひつぎ》をさすりながら、「かわいそうに、かわいそうに」と呟き、彼女はずっと泣いていた。

「あなたは、あっちゃんの分まで長生きするのよ。あの子が見ることのできなかった未来を見届けて、そして、いつの日にか再会したとき、あなたが全部、話してあげるのよ」

美千代は涙ながらに、私にそう言った。

思えば、その一言が、私をこの世界に繫ぎ止めてきたような気がする。

それだけに、「師匠は私にとっていのちの恩人」と言い切る筒見花江の気持ちが、私には分かり過ぎるくらいに分かる。

入口まで戻って、古びたアパートの方へと数メートル歩いた。Ｐのマークの看板が立っているあたりで振り返り、競馬場との距離を目測する。三十八年前の元日の朝、篤子はちょうどこの先の路上に倒れていたはずだ。黒塗りの車がすぐそばに停車し、徳本京介は篤子を覗き込むような姿勢でうずくまっていた。

右足に後遺症は残ったものの、篤子は二度の手術を経て元気に回復した。ハンデを克服するために水泳に活路を見出《みいだ》し、中学、高校時代は水泳選手として活躍した。泳ぎが得意だったからこそ、バリ島へシュノーケリングに出かけたのだ。そして、彼女は死んだ。

もしも、あのときこの場所で車に撥《は》ねられていなかったなら、篤子は水泳に精出すこともなく、バリの海で溺れることもなかったのだろうか？

それにしても、と私は思う。

徳本京介は、元日の朝、どうしてこんな道を車で走り抜けようとしたのだろう？　初詣での帰りだったらしい、とは亡くなった母から聞いた憶えがあったが、川崎大師へ参拝にでも行ったのか。美千代に一度確かめようと思いながら、いつの間にか失念して、とうとう訊かずじまいになってしまった。

三十八年前に小学二年生の少女がここで車に撥ねられたことも、その少女が成長し、南の海で死んでしまったことも、少女を撥ねた車の持ち主が徳本産業の創業者だったことも、その妻が、夫の死後、ここを訪れて少女やその兄の面倒を見るようになったことも、さらにはその兄がその未亡人と関係を結び、挙句、妹に怪我を負わせた男と未亡人との間に生まれた一人娘と結婚したことも、その一人娘が不実を働き、実母の愛人だった夫を奈落の底に突き落としたことも、そういう一切合財《いっさいがっさい》が、かつて私たちが住んでいたアパートが跡形もなく消えてしまったように、早晩、誰の記憶にも残らぬままに消滅していく。

母も篤子も、京介も美千代も、淳子も宇崎も、そして私自身も、あと数十年もすれば、そういう人間が存在していたことでさえ定かではなくなってしまう。歴史上に名前を刻むことのできた者以外のすべての人間が、いずれは存在の有無さえ確認不可能な黒々とした闇の中へと飲み込まれてしまうのだ。

私は、それから十五分ほど、周辺を歩いて回った。

二十八年間の空白がいかに大きなものであるかを痛感するほかなかった。山川草木に乏しい街場には故郷を偲《しの》ぶよすがなど何処《どこ》にもない。長く暮らしたはずのここは、私にとっていまや見知らぬ土地の一つに過ぎなかった。いっそすがすがしいくらいに他人の町になっている。

車に戻ると、「JRの川崎駅まで行って下さい」と言った。

「どちら口がよろしいでしょうか?」

中村さんが訊いてくる。

「線路を越えなくていいんです。こっち側で構いません」

「承知しました」

レクサスは静かに走り始める。

東口のロータリーでふたたび車を降りた。時刻は三時五十分。待ち合わせの七時までにはまだたっぷりと時間があった。

川崎駅前もすっかり様変わりしていた。何度か東海道本線の車窓から景色は見ていたが、こうして駅頭に立つのは二十八年ぶりだ。そう考えると、あのアパートを出た日から、私は、無意識のうちに生まれ育ったこの町を忌避し続けてきたのだと知れる。一緒に育った妹を早くに亡くしたことも、そこに大きな影を落としているに違いない。

案内表示板を見ると、巨大なステーションビルを中核にして、東口側も西口側も大規模な再開発が行われていた。かつて東芝の工場があった西口駅前には、ラゾーナ川崎プラザというショッピングモールが生まれている。開業当初、大きなニュースになったので、私も名前くらいは聞いたことがあった。

昔からの商業地区である東口側も、ルフロン、モアーズ、ラ チッタデッラといったカタカナのショッピングビルが林立している。

昭和レトロを絵に描いたようなかつての繁華街は、もうどこにもなさそうだった。京急線の高架をくぐり、信号を渡って、仲見世通商店街に入る。さらに、商店街の最初の角を左折する。このあたりは網目状に商店街が広がっているのだが、どの街路も全国チェーンの見慣れた店が多くなっていた。それでも昔の猥雑《わいざつ》な風情を多少は感じ取ることができる。

真っ直ぐ進んで、たちばな通商店街を突っ切ると、そこは懐かしい銀柳街だった。中途半端な時間帯だが、さすがに大勢の人々が行き交い、賑やかな空気が満ちている。銀柳街を抜けて、市役所通りを渡ると、銀座街と名前が変わる。銀座街の入口の脇には「DICE」という真新しい商業ビルが建っていた。

私が住んでいた頃の界隈とは似ても似つかぬ趣だったが、母がやっていた「まんぷく」は、銀座街を出て、「砂子二丁目」の交差点方向にしばらく歩いた先の小さなビルの一階にあった。六人座れるカウンターと、四人掛けのテーブル席が二つきりの店で、厨《ちゅう》房《ぼう》は鍋を振る母一人でいっぱいいっぱいだった。その代わり、二階に倉庫代わりの小さな部屋がついていて、私が店を手伝っているあいだ、篤子はいつもその三畳間で時間を潰していた。客足が悪くて早じまいした日などは、そこに店の残り物を持ち込んで母子三人で小さな食卓を囲んだものだ。

いまから思えば、豊かさとはかけ離れたぎりぎりの暮らしだったが、それでも私は満ち足りていた。怠け者の父にはつらく当たることの多かった母も、私や篤子には芯《しん》から優しい人だった。

銀座街の入口に「天龍」の看板を見つけ、さすがに胸に込み上げてくるものがある。母や篤子とよく来た中華屋だ。

私はこの店のタンメンが大好物だった。

その銀座街を抜けたところで、通りを右に曲がる。前方にのびる道の両脇には背の低い建物が連なっているが、どれにも見覚えはなかった。「まんぷく」が入っていたビルもとっくに取り壊されているのだろう。

そう思いながら、右側の歩道をのんびり歩いていると、目に飛び込んでくる黄色いビルがあった。

私は歩みを止めて、五階建てのビルを見上げる。黄色く塗った外壁に、はっきりとした見覚えがある。何度も塗り直してきたのだろう、色鮮やかな黄色は当時を十分に彷彿させてくれる。

ああ……。

声ならぬ声を上げた。窓枠はサッシに替わってはいるが、私と篤子が一緒に勉強した二階の三畳間の窓もちゃんとあった。あの小さな窓から、暮れてゆく空を眺め、下の通りを大声を発しながら歩いていく酔客を見送った。

正面まで近づくと、これも当然新しくなっている入口のガラスドアには「あゆみ印房」という文字が刷り込まれている。

「大開運・印鑑」という宣伝文句が屋号の下に添えられていた。

ドア越しに覗く限り、人の気配はなかった。どうやら今日は店休日のようだった。それとも、すでに閉店してしまったのかもしれない。

「まんぷく」が開店したのは、私が中学に入る年の一月だった。高校に上がる年の春に母の胃がんが見つかり、暮れには店を閉めざるを得なくなった。四年足らずで終わった店だったが、もしも母が健在であったならば、案外私は後を継いでいたのではなかろうか。客足はよくはなかったが、喫茶店にしろ、食堂にしろ、食べ物商売は決して嫌いではなかった。

さきほど見た「天龍」のように、仮に「まんぷく」が長続きしていたら、私は食堂の親父《おやじ》となって、この川崎の地で暮らし続けていたのかもしれない。

それがよかったのか悪かったのかは分からないが、いまとはまったく異なる人生を歩んだであろうことは想像に難くない。そう考えると、父の失踪や母の死、篤子の交通事故、彼女の早逝といった家族にまつわる大きな出来事が、いかに一個の人間の人生を左右するかがよく理解できる。

じきに取り壊されるだろう、この古いビルにも母や私や妹の大事な時間が存在していたのだ。そんなかけがえのない時間も、私が死んでしまえば、チョークで書いた黒板の文字が消されるように何もなかったことになってしまう。残るのは、真っ黒な黒板一枚に過ぎない。

だとすれば、私たちは一体何のために人生という長ったらしい物語を書き続けなくてはならないのだろうか？　どうせいずれは消されてしまう文章を、私たちは一体どんな目的のために黒板に書きつけているのか？　しかも、私たちはそうやって自分の物語を書き連ねることで、近くにいる別の人たちの物語にも余計な一行や決定的な一行を絶えず書き加えてしまっているのだ。

というより、私たちが紡ぐ、私たち自身の物語そのものが、その余計だったり決定的だったりする他人の一行によっていつも大きく捻《ね》じ曲げられてしまう。私たちはその捻じ曲げられた物語に何とか辻褄《つじつま》を合わせようとチョーク片手に呻吟し、結局は、ろくに辻褄を合わせられぬまま、死という黒板消しによって書きかけの物語をあっという間に消されてしまう。

どうせ完成もできず、辻褄を合わせることもできない物語なのであれば、自分の好き勝手、でたらめな思いつきに従って自由気ままに書いていった方がよほど楽しいのではなかろうか？

私は「大開運・印鑑」という目の前のドアに刷り込まれた文字を眺めながら、ふとそんな気になった。

外壁を間近に見れば、だいぶガタがきている。それはそうだろう。もう四十年近くが経っているのだ。二階の三畳間には、店内の階段を使わなければ上がることができない。あの部屋を一番見たかったが、それは諦めて、私は黄色いビルの前を離れた。

さきほどと同じように、周辺をしばらく歩いてみようと思う。

いつもアパートに帰るときに使っていた市役所裏の細い通りを進んだ。

ほとんどの建物が入れ替わっているが、ところどころに見覚えのある質屋や診療所などがあった。少しでも記憶に残っている建物を見るとやはり懐かしさが湧き出してくる。

競馬場の方角へ二、三分歩いたところで、古いラブホテルに遭遇した。

このホテルも当時からあった。

子供の頃は、いつも前を通るとき、なぜだか胸がどきどきしたのをよく憶えている。

ラブホテルの看板を見て、えっと思わず声に出していた。

「ホテル　海蛇」

となっていたのである。

25

ここは、私が町を離れるまでは「ダブル・エンジェル」という名前だった。

一体、いつ「海蛇」という名称に変わったのだろうか？

見た目にも幾度かの改装は施されているようだが、建て替えた様子はなかった。壁や屋根を塗り替え、エントランスやエクステリアを幾ら新しくしても、建物自体の古めかしさをそうそう誤魔化すことはできない。

それにしても、なぜ「海蛇」なのか。「ダブル・エンジェル」よりは淫靡な響きはあるものの、ラブホテルにふさわしい名前かといえば、いささか疑問にも思える。

それならいっそ、「パラダイス・ツリー・スネーク」とでもした方が、よほどラブホテルらしいんじゃないか……。

かつて「まんぷく」があったビルと隣り合わせのような場所に「海蛇」という看板を見つけて、私は、奇妙な気分にとらわれていた。むろん、ただの偶然に過ぎないのだろうが、二十八年ぶりに足を踏み入れた地で「海蛇」に出くわしたという事実に、何らかの因縁や何かしらの意味合いをどうしても感じてしまう別の自分がいた。

正直なところ、ある種、薄気味悪さのようなものを覚えていたのだ。

そろそろ、ここから退散した方がよさそうだ。

私は、「海蛇」の入口前で踵《きびす》を返す。

「駅に着いたところで電話するので、近くのパーキングに車を入れて一休みしておいてください」

と中村運転手には伝えてある。

駅を目指して歩き始める。来た道を引き返し、あの賑やかな商店街を通って川崎駅に戻ることにした。

すれ違いざまに名前を呼ばれたのは、銀柳街を抜けてたちばな通商店街を横切ろうとしていたときだった。

「高梨さん」

柔らかな女性の声でなかったら、背筋を震わせていたに違いない。

足を止めて振り返り、声の主を見る。

中年の女性がこちらを見つめていた。

「お久しぶりです」

そう言って彼女は口許をゆるめると小さな会釈を寄越す。どこかで見たような顔だと思い、やがて、記憶の中のそれと現在の面立ちとが次第に重なっていった。

「篤子さんと短大まで一緒だった戸叶《とかのう》です」

その言葉を聞く前にはっきりと思い出していた。中、高、短大とずっと同級生だった篤子の親友、戸叶律子《りつこ》だ。

「ああ……」

それでも私は、呆《ほう》けたような声しか出せなかった。

この人の顔を見るのは、篤子の通夜、葬式以来だろう。だとすれば、ほぼ二十年ぶりの再会ということになる。

二十八年ぶりに訪れた町で、死んだ妹の親友と二十年ぶりに会う。しかも、まったく偶然に。そんな出来過ぎた話が果たしてあるだろうか？　先ほど見た「海蛇」という文字が頭の中でさらに大きくふくらんでいくのを感じていた。

「お久しぶりです」

一拍遅れて、私も会釈を返した。

「あっちゃんの三回忌のときは失礼しました」

と言われても、よく意味が摑めなかった。

「あれから三年くらいして東京に戻って来たんです」

私の表情を察してか、言葉を付け足してくれる。それでようやく思い出す。篤子の三回忌の折、連絡がつかなかったのだ。前日に供花が届き、添えられた手紙で、彼女が結婚して夫の勤務地である札幌に転居したことを知らされた。

「そうでしたか……。あのときはきれいなお花をありがとうございました」

「とんでもありません。あれから何度かお墓参りはさせていただいたんですが」

「そうだったんですか……」

篤子の墓は川崎ではなく巣鴨《すがも》にあった。母が亡くなった折、美千代の紹介で巣鴨の寺に小さな墓を買ったのだ。

「今日は、あっちゃんのことで何か？」

戸叶律子にしても、音信不通だった私がいきなり商店街を歩いているのを見つけ、さぞやびっくりしたことだろう。

「いや、そういうわけではないんですが。ちょっと近くまで来たので久しぶりにこの辺を歩きたくなりましてね」

篤子の二十三回忌は今年の八月である。十七回忌のとき同様に巣鴨でお経をあげて貰うつもりでいるが、それ以上のことは考えていなかった。七回忌と十三回忌にしても、招いたのは美千代ひとりきりだった。

「戸叶さんの方は？」

「私はいま川崎なんです。母の介護もあって、去年から実家に戻っていて。主人はシドニーで、一人息子は京都の大学に通っています」

「じゃあ、それまではシドニーに？」

「ええ。二年ほど主人と一緒に向こうに行っていました。主人の実家が杉並なものですから、息子はずっと東京だったんですが」

「なるほど」

「高梨さんは？」

「僕は独り身です。いまは両国に住んでいますよ」

「徳本産業の社長さんになられたんですよね」

「ええ」

「素晴らしいですね。あっちゃんもきっと天国で喜んでいると思います」

「だといいんですが……」

そこまで立ち話をして会話は途切れた。母親の介護で実家に戻っているというのなら余り引き留めるわけにもいかないだろう、と思案していると、

「お茶でもいかがですか？」

律子の方から誘ってきた。

「戸叶さんは、時間は大丈夫なんですか？」

「高梨さんの方こそ大丈夫ですか？」

「僕は一時間かそこらは平気です。七時までに都内に戻ればいいので」

「私も夕飯の支度に間に合えばいいので、一時間くらいなら」

「じゃあ、どこかでコーヒーでも飲みましょう」

二人で周囲を見回すと、全国チェーンのコーヒーショップが目に入った。

「あそこにしましょう」

私が先に立った。

コーヒーを買って二階のテーブル席に座った。時間が時間なだけに客はそれほど多くはない。戸叶律子は大きなトートバッグを隣の椅子に置く。

面と向かってみると、かつての面影がありありと残っていた。年相応にふくよかになってはいるが、整った顔立ちは変わらない。篤子よりずっときれいな人だったが、二人一緒にいるといつも篤子の方が華やいで見えたのを思い出す。

「この辺を歩くのは、三十年ぶりくらいなんです。そしたら、戸叶さんにばったり会うなんて、ちょっと不思議な気分ですね」

「私もです。すぐ目の前に高梨さんの姿を見つけたときは驚きました。ご本人かどうか自信もないし、そのまま通り過ぎようかとも思ったんですが、気づいたら声を掛けていたんです」

「そうだったんですか」

「はい」

律子は頷いて、手許のコーヒーカップに目を落とす。

「これもきっと何かの巡り合わせかもしれないですね」

そう言って、顔を上げた。

「実は、あっちゃんのことで、高梨さんにお伝えしたいことがあったんです」

「伝えたいこと？」

頭の中の「海蛇」がまたふくらんだ気がした。

「はい。ずっと言わなきゃと思っていたんですが、こんなに年月が経ってしまいました」

「どういうことなんでしょう？」

少し間を取って、私は訊いた。

律子がコーヒーを一口すってカップをテーブルに戻す。

「思い切って言います」

瞳の色を強くして律子は言った。

「私は、あっちゃんは自殺だったんじゃないかと思っているんです」

「自殺……」

想像だにしない言葉に、まじまじと相手の顔を見る。

そんな馬鹿な、と内心で呟いていた。

「あっちゃん、あの頃、宇津井《うつい》さんとのことでものすごく悩んでいたんです。そこにお父様のことが重なって、最後に会った日、というのは彼女がバリに旅立つ二日前なんですけど、もう何をどうすればいいのか分からなくていまにも頭がパンクしてしまいそうだってこぼしていました」

宇津井さん？

お父様のこと？

私には律子が何を話しているのかが分からない。

「高梨さんは、宇津井さんのこともお父様のことも、きっとご存じないですよね」

こちらの気持ちを察したように律子は言った。


五時四十五分にコーヒーショップの前で戸叶律子と別れ、駅のロータリーで待機してくれていた中村さんの車に乗った。帰宅時間帯と重なり道路の混雑が始まっていたが、何とか七時までには神楽坂に着けそうな按配《あんばい》だった。

私は、後部座席のシートに身体を埋め、いましがた聞いた、およそ信じがたいような話を何度も思い返していた。

宇津井という男のことは、律子に言われて、すぐに分かった。彼は、篤子が勤めていた会社の上司だった。ただ、上司と言っても先輩や直属の管理職ではなく、部長職を務めるすでに四十代後半の男だった。篤子は、この宇津井部長と入社早々から付き合い始めたのだという。私と美千代がそうだったように、篤子もまた、親子ほども歳の離れた相手と男女の仲になっていたのである。

そういえば、篤子の通夜の晩、棺に手を当てて忍び泣いていた宇津井の姿を、私ははっきりと瞼に焼きつけている。なんと部下思いの上司だろうかと感じ入りつつ、どことなく違和感を覚えたのも確かだった。しかし、まさか彼と篤子が深い仲になっていたなどとは想像もしなかった。

宇津井と付き合い始めた当初から、律子は、親友のままならぬ恋の相談を受けていたようだ。

「宇津井さんとも何度も三人で一緒にご飯を食べました。歳は親子以上も離れていたけど、宇津井さんの方があっちゃんにぞっこんって感じでしたね。彼女もそんな宇津井さんの熱意にほだされてました。お互い、好きで好きでどうしようもないって様子で、先の見えない恋を楽しんでいたんだと思います。私も、そのうちどちらかが別れ話を切り出して、当座は一揉め二揉めあるにしても、いずれ二人の縁は切れるんだろうと踏んでたんです。だって、あっちゃんは当時、まだ二十一歳の若さだったんですから」

ところが、律子の予想は裏切られる。一年が過ぎ、二年が過ぎても二人の関係が切れることはなかったのだ。

「だんだん、あっちゃんの方が宇津井さんと別れられなくなっていったんです。休みの日にこっそり宇津井さんの家を見に行ったりして、そのことですごく叱られて落ち込んだりしていました。宇津井さんも、彼女のそういう執着心に辟易《へきえき》してるみたいで、一度、彼に呼び出されて相談されたこともありました」

「相談?」

話が具体性を帯びてくるに従って、私は戸叶律子の告白を疑うわけにはいかなくなっていった。

「はい。お付き合いが始まって二年目が終わる頃だったと思います。あっちゃんが亡くなる一年前くらいだったでしょうか」

「どういう相談だったんですか」

「ずばり、あっちゃんと別れたいけど、力を貸してくれないかっていうお話でした」

「それで……」

娘のような若い女と付き合ってはみたものの、次第に持て余すようになり、宇津井はほとほと参ってしまったのだろう。

「私も、これ以上、奥さんや子供さんのいる人と付き合っても仕方がないと思っていたんで、あっちゃんに彼の気持ちを伝えました」

「篤子は?」

篤子には、中高の頃からいつも付き合っている彼氏がいる気配だった。彼女もそういう素振りを隠さなかったから、逆に私は安心していた。まさかそんな若さでそんな面倒な恋にはまっているとは思いもしていなかった。

「一旦、二人は別れたんです。あっちゃんも自分自身が少しヘンになってるのは感じていたみたいでした。りっちゃんに言われて目が醒めたよって笑っていました」

だが、その切れたはずの関係が次の年、また復活してしまう。

「今度は、宇津井さんの方が我慢ができなくなったみたいです。離婚して、きみと一緒になるからもう一度付き合ってくれとあっちゃんに迫ったらしくて……」

私はそこまで聞いて、宇津井という男のことが我慢ならなくなった。まだ二十歳そこそこの女性をそうやって弄《もてあそ》ぶのは完全なルール違反だ。

だが、律子の話にはまだまだ意外な続きがあったのだ。

「宇津井さんの気持ちは本物だったんです。あっちゃんがバリに行く三ヵ月前くらいだったと思うんですけど、宇津井さんの奥さんとも会って二人で話したって言っていました」

「会ったって、篤子がですか？」

「はい。それ以降も何度か話し合いの場を持ったと聞いています。あっちゃんが本当に苦しみ出したのはそのあとからだったんです」

あの篤子が、不倫相手の妻と直接対峙《たいじ》したなどとはにわかに信じがたかった。遠い昔の記憶を辿ってみるが、バリに向けて出発するまでの彼女に何か変わった様子があったとは思えない。前日、神楽坂の店で食事をした折、「光る水」の話をした篤子にただならぬ雰囲気を感じたのは、それまでが至って普段通りに見えていたからだった。

当時は、美千代との関係が始まってすでに九年が経過していた。大学も無事に卒業し、本社復帰後の仕事も順調で、神楽坂での篤子との同居も三年を越えていた。私に心の余裕がなかったとも思えない。

だとすると、道ならぬ恋が、妹を急速に大人に変えていったということか。

宇津井の妻と話すようになって、他人の家庭を壊すことの罪を篤子は強く意識するようになった、と律子は言っていた。

「好きだという気持ちだけで、こんな大それたことをしていいわけないよね。こんなの一人の人間として決して許されることじゃないよね」

そう言って、律子の前で大泣きしたときもあったようだ。

さらに彼女の苦しみを深くしたのが、父親である修治《しゅうじ》の数年ぶりの登場だったのだという。

「数年ぶり？」

思わず問い返していた。

修治は、私が小学校三年生だったときに、店の従業員の若い女を連れて家を出て行った。篤子はまだ幼稚園児だった。以来、いまのいままで私は一度も父とは会っていない。会っていないどころか、その後の消息もまったく知らなかった。

篤子を亡くしてしばらく過ぎた頃、一度、探偵事務所に依頼して修治の行方を追いかけたことはある。だが、何一つ成果がないままに調査は打ち切られた。篤子がその父と生前に再会していたという事実は、宇津井との関係以上に私には驚きだった。

「あっちゃんが生き別れのお父様と最初に会ったのは短大のときなんです。どこでどう探したのか、あっちゃんの住んでいた三鷹のアパートにいきなり訪ねて来たって言ってました」

「だけど、僕は、そんな話は一度も聞いたことがありませんよ」

この私の一言に、しかし、律子はさらに驚くような言葉を口にしたのだった。

「あっちゃんは、徳本美千代さんに、お兄さんには決して言うなって固く口止めされていたんです」

26

やまと銀行の近藤昭人常務から電話が入ったのは、六月十一日水曜日のことだった。

四月二十八日に、世羅純也からの頼まれごともあって彼と面会したが、以降は連絡していなかった。向こうからも何の連絡もなかった。

一ヵ月半ぶりに電話してきた近藤の声はいつもと変わらず快活だった。

「長いこと無沙汰にしていて失礼しました。実は高梨さんに折り入ってご相談したいことがありまして。近々、できるだけ早くにお目にかかりたいのですが」

「セラールの件ですか？」

単刀直入に訊く。

徳本産業は、純也が社長時代に行った増資に応じ、いまやセラールの大株主の一つだった。近藤を中心に動いているという再建チームが、具体的な再建策を練り上げる段階で徳本産業に相談を持ち掛けてくるのは当然の成り行きで、時期的にはむしろ遅過ぎるくらいだ。

「そうなんです。再建案の概要が固まったので、ぜひ一度、高梨さんのご意見を伺いたいと考えておりまして」

「ご相談したい」が「ご意見を伺いたい」に変わっていた。その使い分けの意味を考えたがよく分からない。

「では、今日の午後にでもそちらに伺いましょう」

メインバンクに「できるだけ早く」と言われたときは、その日のうちに何としてでも時間を作るのが鉄則だ。

「そうですか。では、午後三時くらいでいかがでしょう」

「承知しました。三時に伺います」

相談だろうがご意見だろうが、先方がこちらに足を運ぶことはあり得ない。必ず伺候《しこう》して、ご下問に答えるというのが、金を借りている側の責務でもある。そのあたりは中央官庁の役人たちと面談するときと変わらない。

常務が電話を切るのを待って、社長室の掛け時計を見た。午前八時二十分。

私も毎朝八時前に出社しているが、近藤も似たようなものなのだろう。

やまと銀行の常務ともなれば平日はすべて取引先や役人、政治家との会食で潰れ、土日の大半はゴルフで潰れているはずだ。それでも八時までには必ず出勤する。激務であるのは間違いない。近藤たちにしても、官僚たちにしても、私と同じように身を削って働いているのは確かだった。

ただ、私と彼らとのあいだに違いがあるとすれば、彼らの精励に対して私は敬意を払っているが、彼らの方は、私のような中小企業経営者の努力に対して何ら敬意を払っていないということくらいか。

キッチンに立って、挽きたての豆をコーヒーストッカーに入れる。最近、コーヒーを飲む回数が増えていた。来客がない日でも、七、八杯分の粉が一日の終わりには底をついている。自分でも飲み過ぎだと思うがやめられない。

ことに、先週、川崎で偶然に戸叶律子と再会してからは、ふと気づくとコーヒーをすすりながら物思いに耽っていることが多い。

仕事で思い煩うならともかく、私の頭を占めているのはまったくプライベートなことだった。そんなことでコーヒーの量が増えるようでは経営者失格のそしりを免れないと分かっているのだが、どうにも仕事に対する緊張感が持てなくなっている。セラールの経営危機がひとまず収束した安堵もあるのだろう。だが、会社の業績は相変わらず伸び悩んでいる。今年もどうにか赤字を出さずに済んだ。月末の株主総会は乗り切れそうだが、ここ数年の業績低迷に鑑《かんが》みれば、株主の一部から経営責任を問う声が上がったとしても不思議ではない。

やはり社長在任十年は、長過ぎる。

できれば一刻も早く後進に道を譲りたいのだが、なかなか適任者が見当たらないのも事実だった。多少物足りないと思う人物であっても、地位を譲り、チャンスを与えるのが肝要だとは分かっていた。しかし、この長引く不況のさなかに経験の浅い者を社長に据えるのはさすがに勇気が必要だ。昵懇の坂崎悦子とも、この二、三年は会うたびにいつもそんな話になる。

そういえば、悦子とも最近話していなかった。今日、近藤常務からセラール再建策の大略を聞き及んだら、すぐにでも会うことにしよう。同業者であるセラールの再建については、彼女も大いに関心を持っているに違いない。

午後三時ちょうどにやまと銀行本店の役員応接室に入った。

すでに常務は入室して、私の到着を待っていた。

おや、と思ったのは、部屋にいるのが彼一人だったことだ。再建案について説明を行うというのであれば、他のスタッフも顔を揃えているのが普通だろう。

秘書がお茶を置いて出て行くと、

「高梨さん、今日はわざわざご足労いただき、恐縮です」

常務がいつになく丁重に頭を下げる。

相談にしろ、ご意見にしろ、これは用心すべきだな、と私は気を引き締めた。何か言質を取られたり、妙な約束をさせられないように心してかからねばならない。そう自分に言い聞かせながら相手の顔を見る。

「今回のセラール再建については近藤常務が陣頭指揮を執っておられると聞いていました。いろいろとご苦労もおありだったでしょう。お疲れさまでございました」

型通りの返事をする。応援、支援、協力といった一言をまずは与えないことだ。

「世羅社長にも最終的にはご納得をいただき、潔く身を退いていただきました。結果的にはいい形になったのではないかと思っています」

常務がちょっと小鼻をふくらませる。

純也の事件はいまのところ表沙汰になっていないようだった。三輪春彦が関係各方面に手を打った結果かもしれない。三輪家の力をもってすれば、それも不可能な話ではないだろう。

目の前の近藤が、事件のことを果たして知っているのか否か、それは分からなかった。

純也の容態に関しては杏奈から二日に一度は連絡が入る。医師の説明通り、五日の晩には意識が戻り、その後の回復も順調らしかった。数日前からカウンセリングも受けているとのことだ。犯人の女性は、やはり私が新東京国際ホテルで見た女性のようだ。事件に至る経緯も、あの日、刑事から聞いた彼女の証言に嘘はなかったらしい。ペティナイフを双方で奪い合っているうちに、そのナイフが純也の腹に突き刺さってしまったのだという。

「もしかしたら、純也さんが相手の女性を庇《かば》って、話を合わせているだけかもしれないですが」

杏奈はさすがに注釈を付けるのを忘れなかった。

「セラールはやはりヤマト建設の傘下に入るんでしょうか？」

私の方から近藤に水を向けてみた。

「いえ、それはありません。弱者同士が組んでも体力を失うだけですからね」

至極まともな答えが返ってきた。

「しかし、あんなふうに一度信用を失墜させてしまった会社を自力再建させるのは容易ではないと思いますが」

「おっしゃる通りです」

またも率直すぎる反応だった。

私は、新東京国際ホテルのバーで飲んだときの純也の話を思い出していた。

彼は、ヤマト建設とセラールをくっつけ、その両者をさらに第三の会社と統合させるのではないかと話していた。だが、近藤の言によれば、セラールとヤマト建設を統合する案はないという。となると、セラール単独でどこかの会社と合体させるつもりなのか？　しかし、やまと銀行系列のヤマト建設以外で、いまのセラールとの経営統合に乗り出す会社などどこを探しても見つかるとは思えない。

「先ほど高梨さんに折り入ってご相談したいことがある、と電話で申し上げたのは、実はまさにその件なんですよ」

「その件？」

私には、それがどの件なのかが見えない。

「高梨さん、いかがですか？　徳本産業でセラールを引き受けていただくわけにはいきませんか？」

「セラールを引き受ける？」

常務が何を言っているのか分からなかった。

「そうです。徳本産業はセラールの大株主でもあります。ここらで一肌脱いで貰うわけにはいかないだろうかと私どもは考えているんです」

「おっしゃっている意味を量りかねますが……」

徳本産業は建材の卸問屋である。むろん子会社の中にエイトク工業のような建材メーカーも数社抱えてはいるが、売り上げの大半は従来通り、各メーカーから仕入れた建材の販売によって成り立っている。その一建材会社が、不正経理で青息吐息とはいえ、事業規模の遥かに大きなセラールという建設会社と合併できるわけがなかった。そもそも、そんな会社の経営の舵取りを一体誰がやっていくというのか。

「むろんすぐに統合という話ではないんです。まずは業務提携から始めて、ある程度の基盤ができたところで合併に持っていく。私どもとしてはそういう形でのセラール再生が最も望ましい形であろうと考えているわけです」

「常務、ちょっと待って下さい。幾らなんでもそんな荒唐無稽なことができるわけがありません。第一、うちとセラールが一緒になっても共倒れになるのは目に見えています」

「そこは、今度こそ、私どもが全面的なバックアップをさせていただくつもりです。この数ヵ月、我々もセラールの事業内容について精査してきました。世羅さんのやり方に甚だしい行き過ぎがあったのは事実ですが、旧ヤマト・リファインを中核としたリフォーム事業にかなりの成長が見込めるのも事実です。ここで徳本産業という有力な建材専門商社と手を組めば、そのリフォーム事業を一気に軌道に乗せることも決して夢ではないと私どもは判断したのです」

開いた口が塞がらない思いで、目の前の近藤を見た。

二百億円もの累積赤字を隠蔽するような会社を抱え込む財務体力が徳本産業にあるはずもない。そもそも、建設会社の経営などやったこともない人間が、一体どうやって合併会社を指揮していくというのか？

「近藤常務、常務が電話でおっしゃっていた再建案というのが、まさかそれではありませんよね。うちとセラールの合併なんてあり得るはずのないお話ですし」

「高梨さん、再建案とはまさしく、徳本産業とセラールとの合併案なんです」

「常務、それは余りに法外な話です。傷ついたセラールを支えるだけの体力なんてうちにはまったくありません。だいいち、そんな会社の経営を任されても、私にはとても社長が務まるとは思えない」

「高梨さん、それはご心配に及びませんよ」

常務はソファから身を乗り出してくる。

「私どもの方で、適任者をすでに見つけてきております」

「適任者？」

思わぬ話の展開に呆気に取られてしまう。徳本産業とセラールを合併させて、その会社の指揮を執る「適任者」など一体どこにいるというのだ。

「誰ですか、その適任者というのは？」

にわかにきな臭いものを感じながら、私は、近藤常務に訊ねた。

「高梨さんもよくご存じの方ですよ」

「私がですか」

「はい」

そう言って常務は口角をわずかに切り上げてみせる。

「私どもとしては、ＵＺＡＫＩ社長の宇崎隆司さんにやっていただこうと考えているんです」

常務のその一言に、私は、文字通り目の前が真っ白になった。

27

「それって完全な乗っ取りじゃない」

坂崎悦子は開口一番、はっきりと言った。

私は興奮気味のその顔を黙って見つめる。

「最初からやまとと宇崎はグルだったのよ、きっと」

「最初から？」

話の途中で悦子が秘書に持って来させた缶ビールを一口飲んで、私は問い返す。

私のビールはまだ半分くらい残っていたが、悦子はもう二缶目だった。

最近は滅多にそういうことはしないが、数年前までは、この社長応接室でときどき二人きりの酒盛りをしたものだ。私の会社に悦子がやって来て、社長室で一緒に飲むこともあった。

四時過ぎにやまとと銀行を出たあと、車だけ会社に帰し、そのままタクシーで日本橋の坂崎工務店に直行した。突然の来訪に悦子は驚いていたが、よほどのことと思ったのか、すぐに面会に応じてくれた。

私の説明を耳にしているうちに、彼女もみるみる顔色を変えていった。

「セラールの粉飾を見つけた段階で、やまとと宇崎はこういうスキームを思いついたんじゃないかしら。もしかしたら、粉飾の噂を嗅ぎつけた宇崎が、やまとに話を持ちかけたのかもしれない。あの男なら、それくらい十分にやりそうだわ」

「ということは……」

「そうよ。彼の狙いは最初からセラールじゃなくて徳本産業の方だったんじゃないの」

「だったら、直接うちの買収に乗り出せばいいんじゃないですか」

「そうはいかないでしょう。幾ら淳子さんが大株主でも、その株だけで徳本産業を手に入れるのは無理だもの。もう一人の大株主を動かさないとどうにもならないわ」

一昨年に美千代が亡くなり、彼女の資産は遺言状に従って分配された。保有していた株式は二分割され、半分は淳子に、そしてもう半分を私が相続したのだった。残りのすべての財産は淳子の相続となった。その時点での美千代の株式保有比率は、全発行株式の六十二パーセントだったので、現在の筆頭株主は淳子と私で、そろって三十一パーセントずつ。次は十五パーセントを持つメインバンクのやまと銀行だった。淳子とやまとの株を合算すれば四十六パーセントに達する。

なるほど、と先ほどの近藤常務の話がだいぶ呑み込めてきた。

突然、宇崎の名前を持ち出され、そのあと延々続いた近藤の脅迫めいた言辞の半分以上は頭の中に入ってこなかった。それほどまでに、私は「宇崎隆司」の名前に大きな衝撃を受けてしまったのだ。

「淳子さんの株とやまとの株、それにやまとが手に入れたセラールの所有株を合わせれば、らくらく過半数に達するでしょう。そこがきっと宇崎の狙いだったのよ」

「たしかに」

セラールが持っている徳本産業の株式は八パーセント程度だった。これを足せば、宇崎側の株式は五十四パーセントで過半数に達する。

「高梨さん、どうするの？」

悦子はずばり訊いてくる。

向こうに過半数の株を押さえられてしまえば、私の側に対抗する手段はほとんど残されていない。そのことは悦子も分かり過ぎるくらい分かっている。

「うちがセラールを吸収しても、やっていけるわけがありません。たとえＵＺＡＫＩと三社統合したとしても、末路は同じですよ。もちろん、やまとの手厚い支援もあるでしょうし、ＵＺＡＫＩの潤沢な資金も入るでしょうから、最初の二、三年は派手にやれるかもしれない。しかし、リフォーム事業にちょっと手を出した程度の宇崎さんが、そこを主戦場にして大暴れできるほどこの業界は甘くはありませんよ。世羅さん以上の大火傷を負って退場するのは目に見えています。そうなれば、徳本が営々と培《つちか》ってきた事業が、名前だけでなく実質まで失われてしまう。僕としては、こんな合併案を認めるわけにはいきません。むちゃくちゃな話です」

「じゃあ、このままやまとの提案を受け入れて、会長として残るつもり？　その上であくまで合併に反対していくってことなの？」

「それは無理でしょう。会長といっても代表権のない単なるお飾りですからね。宇崎の下で飼い殺しにされるのは目に見えている」

「そうよねえ……」

途方に暮れた顔をしたのは悦子の方だった。

近藤常務は、

「高梨さん、今月末の株主総会で、あなたはとりあえず会長に上がって下さい。宇崎さんを徳本産業の社長として迎えていただき、まずはUZAKIと徳本との統合から手をつけましょう。そうやってネットとリアルの建材市場をしっかりと押さえて、その上でセラールと一緒になる。これが一番の方策だと思います」

いともあっさり、そう言ってのけた。

「宇崎さんをうちの社長にしろと言うのですか」

「そうです。高梨さんももう十年です。こういう言い方をしては何ですが、ここ数年の御社の業績は決して芳しいとは言えない。一方の宇崎さんは、建材のネット通販でいまや破竹の勢いですし、近年はリフォーム事業にも進出を始めておられる。どうですか、高梨さん。この辺りで後進に道を譲って、高梨さんは業界の顔として建材業界の発展のために寄与されるというのは」

近藤のこの一言で、会長とは名ばかりの露骨な棚上げ人事に過ぎないことがはっきりしたのだった。

「僕と宇崎のしがらみについては、この業界で知らない人間なんていやしません。やまとだって、僕が宇崎社長の下で会長のポストにしがみつくとは端から考えていないでしょう」

缶ビールを飲み干して、私は悦子に言った。

「そりゃそうよねえ……」

ため息交じりに彼女も同意する。

「だけど、このままじゃあ、あんまり悔しいじゃない」

「とにかく、株主総会までほとんど時間がありません。そこも見越して、彼らはこんな提案を押し付けてきたんです。こちらに防戦の時間を与えず、ひと思いに片を付けるつもりなんだと思います」

「困ったわねえ」

さすがの坂崎悦子にも日頃の勢いはなかった。

「うちが持っているおたくの株なんて高が知れてるけど、使いたいときはいつでも使ってね。私でできることは何でも協力するから」

悦子はそう言うと、机上のインターホンを押して、追加のビールを秘書に注文した。

28

着替えを済ませ、ミニキッチンからコーヒー豆の袋とハンドル式のコーヒーミルを持ち出してデスクの上に置いた。ミルの上蓋をあけて、ホッパーに豆を流し込む。いつもは二度に分けて挽くのだが、ここ数日は一度きりにしている。先週、近藤常務に社長交代を求められ、次の日からコーヒーの量を減らした。

椅子に座り、ゆっくりとハンドルを回す。飲む量を削った分、細かい目で挽いている。ミル刃に流れ込んだ豆がカリカリと刻まれていく。このコーヒーミルは石臼のように磨り潰すのではなく、鋭い刃で豆を細かくカットしていく。その分、摩擦熱による粉の劣化を防ぐため、より香りの高いコーヒーができる。

コーヒーを淹れ、いつものようにカップを手にして窓辺に立った。

夏空と見まがうばかりの澄み切った青空が広がっていた。

先週は全国各地で大雨となり、東京でも激しい雷雨が何度となく降った。それが週末になるとぴたりとおさまり、今週は晴天が続いている。今朝も南からの乾いた風が街路を通り抜け、これでセミの鳴き声でも聞こえてくれれば完璧な夏といった趣だ。

時刻はもうすぐ十一時になるところだった。

花江たちは火葬場に着いた頃だろうか？

四十分ほどの道のりだと言っていたから、すでに休憩室に待機して、骨が焼き上がるのを待っているのかもしれない。

午前九時からの告別式に顔を出し、出棺を見送るとそのままタクシーを拾って出社した。

葬儀場は門前仲町の近くだったので、水道橋までは三十分もかからなかった。

喪服を脱いで、ロッカーに吊《つ》るしてある予備のスーツに着替え、こうして今日一杯目のコーヒーを飲んでいる。

絹江の死に顔は実に穏やかだった。

昨夜の通夜で見たときよりも、今朝の方がさらに安らかな表情になっていた。

長い長い人生の幕を閉じ、肩の荷を下ろしてほっと一息ついているような、そんな静まった顔だった。

絹江とは先週の金曜日、久々に一緒に食事をしたばかりだ。長引いた風邪も抜けて、すっかり元気になっていた。雨だったので、また浅草橋の小料理屋に案内した。相変わらず毛糸の帽子をかぶり、掘りごたつ式の座敷で床の間を背負ってちょこんと座っていた。出てきた料理をおいしそうに平らげ、

「新しい仕事に慣れたら、新宿のそばに部屋を借りて、また一緒に住もうねって花江が言ってくれてるんですよ」

と嬉しそうにしていた。

花江は実演販売士の仕事から離れたものの、あの神田和泉町のぼろアパートに住み続けている。また浅草橋に来ればいいと神楽坂で会った折も勧めたのだが、

「やっぱり、けじめってものがあるじゃない」

と乗り気ではなかった。よくよく聞いてみると、いまだに一条に何も報告していないのだった。新しい仕事を見つけたことすら言えないでいるらしい。

「そういうことは、遅らせれば遅らせるだけ、相手の感情を害すると思いますよ」

私は言ったが、

「それはよく分かってるんだけど、なかなかうまいきっかけが摑めなくて」

花江は浮かない顔をしていた。

絹江と初めて言葉を交わしたのは、神田和泉町のアパートを訪ねた折だから、三月初めの頃だ。三ヵ月ほどの短い縁だったが、何度か二人きりで酒を酌み交わしたことを思うと、決して浅くない縁だったのではあるまいか。

絹江の死は、私の心の真ん中にある空洞を大きく広げたような気がしている。

彼女の一生とは何だったのだろう？

大事な一人娘を失い、孫娘からもそのことで忌避され、長年守ってきた神保町のクリーニング屋を焼け出されたあげく、最後は私の会社の社員寮で死んでしまった。最愛の孫娘に別れの挨拶を言うこともなく、トイレから出た直後に呆気なく脳卒中で倒れたのだ。

花江からの訃報が届いたのは、二日前、月曜日の午後のことだった。明け方、部屋のトイレの前で倒れている絹江を見つけ、慌てて救急車で病院に運んだのだという。かろうじて呼吸はあったものの、手当ての甲斐なく昼前に息を引き取った。

私が病院に駆けつけると、一条龍鳳斎や花江のきょうだい弟子たちがすでに大勢詰めかけていた。

てっきり付き添っていると思っていた堀越さんの姿は見えなかった。

花江に訊ねると、救急車に絹江を乗せるときも堀越夫妻は現れず、一階の管理人室のチャイムを何度も鳴らしたのだが、返事がなかったのだという。

夫婦そろって、そんな時間に管理人室を空けているのは不可解だった。私は絹江の死に顔を拝んだあと、病院の外に出て連絡を入れてみた。管理人室の固定電話も、堀越さんの携帯も繋がらなかった。

以来、今日に至るまで彼らの行方は杳《よう》として知れない。

何も告げずに、二人は忽然《こつぜん》とあの社員寮から姿を消してしまったのだ。

花江がいつものように絹江の部屋に泊まりにやって来たのは十四日土曜日の夕方だったという。その前に、これもいつも通りに管理人室に立ち寄って夫妻に手土産のお菓子を渡している。

「いなくなったとしたら、それ以降ね。そういえば日曜日は一度も顔を見なかったし」

通夜の晩に、堀越夫妻が行方知れずだと伝えると、花江は当惑したような表情でそう言っていた。

出棺の際、号泣していた花江の姿を思い出す。その脇には身体をくっつけるようにして一条が寄り添っていた。二人の姿はまるで歳の離れた夫婦のように見えた。

花江が肝心なときに頼ったのは、やはり一条龍鳳斎だった。

父親の彰宏の葬儀同様、絹江の通夜、葬式もすべて一条が取り仕切っていた。私はと言えば一般の弔問客と変わらず、せいぜい弔花と弔電を送ったくらいだ。

通夜の晩に龍鳳斎と少しばかり喋った。

「昨日聞いたら、花江のやつ、別の仕事を始めたって言うじゃないですか。そんな馬鹿な真似をするからこういうことになるんですよ。あいつには実演の仕事が一番似合ってるんです。他に生きる道なんか、どこにもないんですよ」

彼の方から近づいてきて、いきなり話しかけてきた。素知らぬふうで聞き流したが、恐らくは私に対する牽制《けんせい》だったのだろう。

「絹江さんには若い頃、本当に世話になったんです。余りに急なことで残念でなりません」

そう言って私は龍鳳斎の顔を見つめた。すると、彼は深く肯き、

「じゃあ、高梨さんのいまがあるのも絹江さんのおかげなんですすねえ」

しみじみとした口調で返してきたのだった。

私は、龍鳳斎の醸し出す雰囲気に、底の深い慈しみのようなものを感じた。この男は、欲や打算だけで生きているわけではない、という気がした。すると不意に、やまと銀行の近藤常務の顔が脳裏に浮かんできたのだった。

近藤のような男と比較すれば、目の前の龍鳳斎の方がよほど上等な人間に違いない。外の景色を眺めながらコーヒーを飲み干すと、私は机には戻らず、応接セットの一人掛けのソファに腰を下ろした。

今日は夕方から大事な人物と会う約束になっている。

徳本産業の株主総会は今月二十七日に設定されていた。株主への招集通知もすでに発送済みだ。残すところ十日足らず。その短期間に私が巻き返しを図るのだとしたら、打てる手段は非常に限られている。

ちょうど一週間前に近藤から最後通牒《つうちょう》を突きつけられて以降、やまと銀行と宇崎側に一矢報いるための方策を考え続けた。相手に決定的なダメージを与え、徳本産業乗っ取りの野心を一撃で打ち砕くために私にできることは何か？

思いついた手は二つだった。

一つは、徳本産業を別の会社と急遽《きゆうきよ》合併させることだ。

いまのまま宇崎ややまと銀行の手中に落ちてしまえば、手負いのセラールともども、徳本産業の命脈は尽きてしまうに違いなかった。ネット通販でのし上がってきたとはいえ、業界の異端児と呼ばれる宇崎隆司にセラールを再建する経営手腕があるとは到底思えない。

　仮に相手方の持ち株比率が半数を超えていたとしても、ここで徳本が電撃的にどこかの企業との合併を発表してしまえば、やまと陣営としても、おいそれと異を唱えるわけにはいかなくなる。

　たとえば、坂崎工務店との合併はどうか？

　私はこの案を真剣に検討した。残り時間はわずかとはいえ、長年の盟友である坂崎悦子に合併の打診をしてみる手はある。

　だが、それは一方において、坂崎工務店を私と宇崎たちとの不毛な戦いに否応なく巻き込むことでもあった。経営者として冷静な判断力を持つ悦子が、幾ら昵懇の間柄とはいっても、そんな話にすんなり乗ってくるとも思えない。

　ただ、近藤常務の言い分ではないが、これからの中堅ゼネコンが徳本のような建材専門商社を傘下におさめておくのは決してマイナスではない。いま少し時間を稼げれば、悦子を説得することも不可能ではないのかもしれなかった。

　そしてもう一つの手は、宇崎側の翻意を直接促すことだ。

　宇崎が今回の乗っ取りを断念してくれれば、すべては丸くおさまる。社長として送り込む手筈《てはず》の宇崎が降りれば、やまと銀行としてもセラール再建案を白紙に戻さざるを得ないだろう。

そもそも、宇崎隆司はなぜ、これほど強引な乗っ取り劇を仕組んできたのか？

淳子の相続した徳本産業の株が宇崎の野心に火をつけたのだとすれば、淳子もまた宇崎と一味同心ということになる。

彼らは、いまになってなぜ、徳本産業の経営に介入する道を選んだのか？

私は、その理由をずっと考え続けていた。

仮に、徳本家の血を引く舜一に徳本産業を譲りたいと望んでいたとしても、まだ中学生の彼のために、わざわざ私を放逐するよう荒業を使う必要はどこにもない。舜一が社会人として巣立つ頃には、どうせ私は会社から身を退いているのだ。私が退任を決めた時点で、おもむろに株式譲渡の件を持ちかければ、それで済む話なのではないか。こんなふうに事を荒立てるのは、むしろ無用な対立を招くだけでしかない。

だとすると、そうやって私を敵に回してでも、徳本産業を手中におさめたいと宇崎がもくろむ動機とは一体何なのか？

考えあぐねた末に答えとして最後まで残ったのは、これは宇崎による復讐劇なのではないかということだった。

あろうことか妻が自分の勤める会社の社長室で焼身自殺を図り、一命は取り留めたものの、彼はその責任を取らされて問答無用の形で徳本産業を追い出された。名目上は依は退職扱いだったが、愛娘を弄び、会社の信用を著しく毀損した宇崎に対して美千代は厳しい態度で臨んだ。入院した宇崎の妻への見舞金一つ出さなかったし、宇崎の退職金も大幅に減額し、懲戒解雇同然の扱いで首を切ったのだった。

当時、間近で接した私の見るところ、美千代の怒りは宇崎と淳子の双方に注がれていた。ただ、一年後に私と淳子が結婚したことを知った宇崎が、自分一人が一方的に断罪されたと受け止めたとしても無理はないだろう。

熊本でＵＺＡＫＩが起業された頃、宇崎が美千代や徳本産業に対して深いうらみを抱いているとの噂が業界内で広がった。「妻が目の前で焼身自殺するのを、徳本社長は制止もせずに黙って見ていたんだ。俺は、あの人だけは絶対に許さない」と宇崎が周辺に洩らしているという話だった。

「いいがかりにもほどがあるわね」

その噂を耳にした美千代は、呆れ顔で吐き捨てるように言っていた。

宇崎にとって、淳子や舜一を取り戻したことも、さらには今回、徳本京介と美千代が営々と築き上げてきた徳本産業を自分のものにしようとしていることも、すべては美千代や、その一番の協力者である私への復讐に過ぎないのではないか。

考えれば考えるほど、私にはその推測が正しいような気がするのだった。

思えば、一緒に机を並べている時代から宇崎という男の執着心は尋常ではなかった。

並外れた営業力は社内に何人もの信奉者を作っていたが、一方で、ひとたび彼と対立した者たちは、宇崎のことを「まるで蛇のように執念深い男」と揶揄《やゆ》していたのだ。

蛇のような男、か……。

私は、小さく苦笑してしまう。

例のラブホテルの看板をつい思い出してしまったのだ。

あの「海蛇」という古びたホテルの姿が脳裏によみがえってくる。「海蛇」を見た直後に私は篤子のかつての親友と再会したのだった。

戸叶律子が、宇津井のことや父の修治のことを私に打ち明けたのは、去年、母の介護のためにシドニーから単身帰国して間もなく、宇津井が亡くなっているのを知ったからだという。

「あっちゃんが亡くなったあとも、ときどき宇津井さんとは連絡を取り合ってたんです。巣鴨のお墓にも何度か一緒に行きました。ただ、私も夫の仕事の都合で海外に行くことが多かったですし、宇津井さんも海外勤務が長かったりで、ここ数年は音信不通になってたんです。そしたら、去年、たまたま今日みたいな感じで共通の知人にばったり会って、宇津井さんが二年前にがんで亡くなったと知らされたんですよ。奥様とも結局、離婚されて、最後はお一人だったと聞きました」

修治については、むろん律子は何も知らなかった。美千代が篤子に彼のことを口止めした理由も、律子にはよく分からないようだった。

「あっちゃんの話だと、お父様が突然訪ねて来て、お金を貸してくれって言ったんだそうです。それであっちゃんは怖くなって、親代わりだった美千代さんに相談したんです。美千代さんがお父様と会って話をされたようです。それ以降は、たまに訪ねて来ても、お父様はお金を貸してくれとは言わなくなったみたいでした。幾ら口止めされたからとはいえ、そのことをあっちゃんが高梨さんに言わなかったのは、そういう事情があったからだと思います」

父の修治が篤子のところに金をせびりに来たという話は、私には驚きだった。

私の知っている父は、怠惰ではあったがそこまで自堕落な人間ではなかった。律子の証言が事実ならば、父と会った美千代は幾許《いくばく》かの金銭を彼に渡したのだろう。その上で、篤子にもう二度と金の話を持ち込まないこと、私のところには決して顔を見せないことを約束させたに違いない。

篤子の短大時代であれば、私はエイトク工業に出向し、日大の二部に通っていた時期だ。美千代との関係もすでに四年が経過していた。

美千代なら、私の将来を慮《おもんぱか》って、いかにもそういうことをやりそうではあった。

修治は年に一度か二度、篤子を訪ねてくる程度だったという。一年以上、音沙汰のない時期もあった。篤子が就職して四年目、ちょうど宇津井とのことで煩悶《はんもん》していた頃に修治が篤子の会社を訪ねてきた。久々に会う肉親に、篤子はつい自分の苦しい胸の内を明かしてしまった。

「宇津井さんの奥さんとの話し合いも始まっていて、あっちゃんは、私に相談するみたいにお父様にも宇津井さんのことを喋ってしまったんです。そしたら、それで大事《おおごと》になってしまって……」

篤子の話に激昂《げっこう》した修治は、数日後、宇津井を会社の外に呼び出して脅しつけたのだった。その件をだしに宇津井をゆすったのではないかと思ったが、そういうことでもなかったらしい。

「娘と結婚しないんだったらお前もお前の家族もただじゃ済まない、みたいなことをさんざんおっしゃったみたいで。それで、宇津井さんも仰天してしまって、慌ててあっちゃんに泣きついたんですよ」

それが、篤子がバリに行く直前の出来事で、そのこともあって律子と食事をした折、「いまにも頭がパンクしてしまいそうだ」と篤子はこぼしたのだった。

「とにかく、バリの海で思いっきり息抜きして、いろんな悩みを吹き飛ばしてきなよって励ましたんですけど、別れ際にあっちゃんがぽつんと言ったんです。もう日本に帰って来るのやめようかなって」

その最後の一言が耳に残り、バリで行方不明になったと聞いた瞬間に、篤子は自殺したに違いないと律子は思ったのだった。

川崎の町で律子の告白を聞いて以来、私はずっと篤子の自殺の可能性について吟味してきた。

当時の様子を思い出せば思い出すほど、私には篤子が自ら死を選んだとは思えないのだった。幼い時分に交通事故で足を悪くし、それからはずっと足にハンデを抱えながら篤子は生きてきた。しかし、そのハンデが強い精神力をもたらしたのも確かなのだ。不自由な足をものともせず、彼女は水泳選手として頭角を現していった。持ち前の明るい性格で、幾多の試練を乗り切り、第一志望の短大に合格し、第一志望の会社に入社した。

宇津井という妻子持ちの中年男といくら揉めていたとしても、それに加えて、自分を捨てたはずの父親が突拍子もない場面でくちばしを挟んで問題をこじらせたとしても、だからといってあの篤子が、死ぬことで苦しい現実から逃げ出そうとするとはおよそ考えられなかった。

律子が会った次の晩、私は篤子と一緒に食事をしている。

「水はね、お兄ちゃん、生きてるんだよ。その水のいのちの光がね、きっと私には見えるときがあるんだよ」

篤子はそう言っていた。

「水が光そのものになったように感じることがあるの。いつもってわけじゃないんだけど、そんなときはね、水の中にいると全身が光に包まれているみたいで、もう二度とこの水の中から出たくないって本気で思うの」

とも言った。

彼女は、バリの海で、「日本に帰って来るのをやめよう」と思ったのではなく、「もう二度とこの水の中から出たくない」と思ってしまったのではないか。

そして、篤子は、沖へ沖へと泳げるだけ泳ぎ、やがて、その光る水の中へと帰って行ったのではなかろうか。

29

私の説明を聞き終わると、淳子はしばらく無言だった。

眉間に小さな皺を寄せ、俯《うつむ》き加減で部屋の灰色の絨毯《じゅうたん》を睨《にら》むようにしていた。そういうときの彼女は、持ち前の緻密な頭脳で深く考えているのだ。

美千代が亡くなる前後に何度か顔を合わせ、言葉も交わしたが、離婚以来、こんなふうに一つの部屋で二人きりになったことはなかった気がする。

別れて十年だが、淳子はちっとも変わらない。

今年で四十二歳。考えてみれば、私と関係を持ったときの美千代の方がいまの淳子より一つ年上だった。顔立ちは余り似ていないが、若々しさは母親譲りなのかもしれなかった。

「あの人、そんなことをしているの……」

顔を上げて、淳子は感情の籠もらない声で言った。

「きみは聞いていなかった？」

知らないふりなのか、本当に初耳だったのか、表情からは読み取れなかった。

「全然」

「だけど、株の所有者はきみだろう。幾ら宇崎さんでも、きみに一言の相談もせずに、こんな大がかりなことをやるとも思えないけど」

「そういう人よ、あの人は」

やや皮肉めいた物言いで淳子は言う。

「どれほど手ごわい相手だったとしても、最後は自分のいいなりになるって思い込んでいる人だから」

淳子に電話したのは十五日の日曜日だ。

水曜日に近藤常務と会い、週末まで悩み抜いた末、徳本産業の大株主である淳子をまずは説得することだと考えた。

二年前に知った携帯番号に電話すると、彼女はちょっと驚いた声を出した。できるだけ早く、どうしても会って話したいことがあると告げると、あっさり了解したのだった。どういう用件なのか問い質《ただ》してくることもなかった。それもあって、すべての事情を飲み込んでいるのだろうと予想していたのだ。

今日の午後六時に新東京国際ホテルで落ち合うことにした。

「内密の話なので、部屋を取りたいんだけど」

という提案にも、

「その方がいいわね」

迷う気配もなく、同意してくれた。

そうやって、最上階のスイートルームで、こうして私は彼女と向かい合っているのだった。

「あなたの話はよく分かったわ」

淳子はコーヒーの入った紙コップを持ち上げる。コーヒーは、あの水甕ボトルの水を使って私が淹れたものだ。会社を出るときに、新しく挽いた豆でこしらえたものをポットに詰め、紙コップと一緒に持ち込んでいた。

「おいしい」

一口すすって淳子が言う。

結婚しているあいだも、コーヒーだけは私が淹れていた。

「私の株をあの人の自由にさせなければいいわけでしょう。そうすれば、あの人だって手も足も出ないんだから」

「だけど、事態がここまで進んでいるのに、いまさらノーだなんて言えるのかな」

「だって、徳本産業の株は私のものなのよ。あの人の好きなようにはできないわ」

「ただ、そんなことになれば、やまとに対する宇崎さんの信用は丸潰れだよ」

「あの人には、それくらい、いい薬なのよ」

淳子は冷ややかに言う。

「あなたが言った通り、あの人にセラールを再建するだけの手腕はないわ。まして徳本産業と一緒になるだなんて、まるきり筋が通らない。UZAKIはもともと徳本の商売を食うようにして大きくなってきたのよ。それがいまさらネット販売とリアル販売を両立させるなんて、誰が見たって無理に決まってるわ。UZAKIには、一緒に連れていけるような人材なんて一人も育ってないし、セラールや徳本産業に単身乗り込んだって、あの人の言うことを聞く人間なんて誰もいないわよ」

さすがに淳子の飲み込みの早さは相変わらずだった。

「だけど、宇崎さんはどうしてこんな無謀なことをするんだろうか？　しかも、株を持っているきみにさえ、ろくに相談もせずに……」

かねての疑問を私はぶつけた。

「あの人は、すべてを手に入れたいだけなのよ」

「すべて?」

淳子が大きく頷く。

「そう。何もかもすべて」

そのすべての中にきみや舜一も入っていたというわけか、と私はかつての妻を目の前にして思う。

「彼はね、最初からそういう人間だったの。あなたとは正反対の人ね」

「あの人」が初めて「彼」になった。

「あなたには、いまでも本当に申し訳ないことをしたと思っているの。この十年、それを忘れたときはないわ。今回は、宇崎が何をどう言っても、私の持っている株に指一本触れさせない。約束するわ」

「よろしくお願いします」

私は頭を下げ、

「僕もそうそう長く、いまのポストにいる気はないんだ。正直なところ、十年社長をやって疲れも出てきている。僕の持ち株は、いずれはタカノブ君に返そうと思っている。もともと、死んだ社長もそういうつもりで僕に譲ってくれたに違いないからね」

「母はそんなつもりであなたに株を譲ったわけじゃないわ。徳本産業を任せられるのはあなたしかいないと思ったから一番大事なものを譲ったのよ」

と言い添えた。

私は黙って淳子を見た。

「私は、彼女のことを母親だと思ったことはないの。子育てなんてシッターさん任せで、ほとんど家にいない人だったし。だけど、母が必死になってあの会社を守っていたのはよく知ってる。死ぬ間際に彼女が私に会ったのも、結局は会社のためだったのよ。あなたのあとを舜一に託したかったんだと思う。だから、最後の最後で私とも和解しておくことにしたのよ、あの人は」

そこは恐らく淳子の言うとおりだろうと私も思っていた。淳子からの手紙によって私たちが別れたことを知った美千代はこう言った。

「修一郎君、私はね、淳子よりあなたの方がずっと大事なのよ」

もしもあのとき、彼女が「淳子や舜一」と言っていれば、私は、勘当同然だった淳子を美千代に引き合わせるような真似はしなかったかもしれない。

美千代は淳子を捨てて、私を選んだわけではなかった。彼女は実の娘と会社とを天秤《てんびん》にかけて、ためらうことなく会社を選択したに過ぎなかった。

私は紙コップを持ち上げ、コーヒーをすする。

こんなにスムーズに話が進むとは想像だにしていなかった。すんなり行き過ぎて信用ならない心地もしたが、しかし、淳子の表情を見る限り、口から出まかせを吐いて私を煙《けむ》に巻こうとしているようには思えなかった。

「タカノブ」を昔のように「舜一」と呼んだのも意外ではあった。

「私もグルだと思ってたんでしょう」

するど、こちらの心底を見透かすような目つきになって淳子が言う。美千代もよくこういう目をした。

「どうだろう……」

言葉を濁す。

「私たち、ずっと別居してるのよ。だから、私は何も聞かされていなかったわ」

「別居？」

手にしていた紙コップをテーブルに戻し、彼女の目を見返す。

「ずっとって、いつから？」

思わず口にしていた。

「母が死んだ直後だから、もう二年になる。私と舜一は代官山のマンションで暮らしているの。彼の方は東京と熊本を行ったり来たり。と言っても、東京にいるあいだも、日本橋のマンションで一人住まいしてる。代官山には滅多に来ないし、舜一ともたまに外で会うくらいなのよ」

「別居の理由は？」

　率直に訊いてみる。

「母親とも呼べないような母親だったけど、死なれてみるとショックだったの。彼女の死に顔を見たとたん、こんなに強くて身勝手な人の娘のはずなのに、私は、なんでいつも我慢ばかりしているんだろうって思ったのよ。それで、あの人に出て行って貰ったの」

「我慢？」

「そう」

　淳子は肯いて、小さなため息をついてみせる。

「あの人、前の奥さんと切れてないのよ。ＵＺＡＫＩが熊本に本社を置いたままなのも、一番の理由はそれなの。熊本に帰るたびに前の奥さんの家で寝泊まりしてるわ」

　私には、淳子の言っていることがよく分からなかった。

　宇崎がなぜ、離婚した妻といまだに続いているのか？

「だったら、彼はどうしてきみと一緒になったんだい？」

「私と一緒になったのは、舜一が自分の息子だと分かったからよ。前の奥さんと別れないのは、彼女が自分のためにいのちを張ってくれた人だからだって言ってるわ」

「いのちを張った？」

「そう。俺のためにいのちを張ってくれたのはあいつ一人だ。だから、俺には生涯あいつの面倒を見続ける義務がある、って開き直ってるのよ」

呆れるような話だった。

「きみは、そのことを一体いつ知ったんだ」

「舜一を連れて熊本に行った直後よ。籍を入れる前だった。許して貰えるなら、本当はあなたのところへ帰りたかったけど、とてもそんなこと、あなたが許してくれるはずもなかったでしょう。だから、私はあの人と一緒になる道を選んだの」

淳子は表情も変えず淡々と喋っている。

「だったら……」

私は、混乱した頭を整理するように言葉を区切る。

「だったら、どうして告白なんてしたんだ。ずっと舜一を僕の子供だと思わせておいてくれればよかった」

淳子が口角をやや切り上げて、こちらを見た。

「舜一が生まれて、あなた、一度も私を抱いてくれなくなったじゃない。それで、私たちはもう駄目だと思ったの。もっとちゃんとあなたと話し合えばよかったと、いまになって後悔しているわ。でも、あのときのあなたは、ただ黙り込んで、私の話なんて何も聞いてくれようとしなかったでしょう」

この子はあなたの子供ではない、といきなり告白された夫が、妻に対して一体どんなふうに話を聞けばいいというのだろう？

「本当は、私は、あなたに許してほしかった。私があなたを許していたように、あなたにも私を許してほしかったのよ」

しかし、淳子は、最後に、まるで駄目押しするかのようにそう付け加えたのだった。

30

奇妙な梅雨が続いている。

一昨日は、真夏のような青空が広がり、気温も三十五度近くまで上がった。昨日は日中は厳しい暑さだったが、夕方からは雨になった。

そして、今日は朝から雨で、気温もぐんと下がっている。長袖にしないと風邪を引きそうな肌寒さだった。天気予報によれば、七月としては過去最大規模と予想される台風が、来週は日本列島を直撃しそうな気配らしかった。

いつもの神楽坂の寿司屋のカウンターで、花江と席を並べていた。

絹江と交代というわけではないが、毎週金曜日は花江と夕食を共にするようになった。

それも必ず寿司、場所もこの店と決まっている。

カウンターの向こうの大将も、すっかり花江の顔を覚えてくれた。親子にも、兄妹にも見えず、といって私がここに女性を連れて来ることはなかったので、最初は私たちの間柄をはかりかねているようだった。先週、

「僕が学生時代にものすごく世話になったバイト先のおばさんのお孫さんなんです」

と説明しておいた。一条についた嘘を流用したのだが、そう言うのが一番しっくりする気がしている。

就職祝いをしようと、初めてこの店に誘ったのが六月五日。絹江が亡くなったのは、そのたった十一日後だ。絹江の面倒をちゃんと見たいという理由で花江は転職した。当の絹江が亡くなってしまい、彼女の落胆はいかばかりだろう。

それでも、花江は、引き続き新しい職場に通っていた。意外だったのは、絹江の葬儀を終えて四日後、先月二十二日の日曜日に、例の神田和泉町のアパートを引き払い、浅草橋の社員寮に引越してきたことだ。絹江が使っていた五階の角部屋にそのまま入居した。

てっきり、公私ともに一条の膝下に舞い戻ると思い込んでいただけに、私はその選択に驚いたのだった。

「おとうさんとばあちゃんの両方の葬式を師匠に出して貰って、それで何だかせいせい

しちゃったの」

先週この店で会ったとき、花江はそう言っていた。

「だけど、一条さんは、あいつには実演販売の仕事が一番似合ってる、他に生きる道なんてないんですよ、と僕にはっきり言っていましたよ」

通夜の席での一条の言葉を伝えると、

「師匠は、すぐそういう断定的な言い方するのよ。癖みたいなもんなの」

まったく取り合わない様子だった。

「だけど、おじさんたち、一体、どこに行っちゃったんだろ……」

刺身の盛り合わせに箸を入れながら花江が呟くように言う。

今夜は二人とも日本酒だった。花江は獺祭、私は例によって天狗舞である。

「あのあと警察からは何の連絡もありません」

私は前を向いたまま言った。

堀越夫妻が姿を消して、すでに二十日が過ぎている。管理人室を調べたところ、部屋から持ち出されたものはなさそうで、といって何か書き置きのたぐいが見つかったわけでもなかった。ただ、冷蔵庫は空っぽで、洗濯物もなく、屑入れの中にはゴミ一つ見当たらなかった。計画的な家出であるのはほぼ間違いなかった。それでも一週間、二人の帰りを待ったのち、翌週の月曜日に警察に届け出たのだ。

警察の方で、すぐに堀越夫妻の長女と連絡を取ったようだった。その報告によると、長女も両親の行方については何も知らないということだった。

それからさらに十日が経っている。

「もう一回、詳しくあの部屋を調べた方がいいんじゃないかしら」

花江がこちらに顔を向ける。

「ただ、すでに警察に届け出てますからね」

「でも、だからって現場を保存する義務はないでしょう。あの部屋で何か事件が起きたわけじゃないんだもの」

堀越夫妻の部屋に入ったのは、警察に連絡する前の六月二十一日の土曜日だ。私一人でというわけにもいかず、たまたま引越しの準備で絹江の部屋に来ていた花江と一緒に家捜しをした。

「たしかにそう言えばそうですね。警察があらためて検証に来たわけでもないし」

「だから、もう一度調べてみましょうよ。この前は、ちょこちょこって部屋の中を覗いただけだったでしょう」

失踪から一週間近くが過ぎていたものの、ひょっこり帰ってくるような気がして、二十一日は室内をざっと検《あらた》めるだけに留《とど》めたのだった。

「じゃあ、今度は念入りに調べてみましょうか」

「明後日の午後とかどう？　日曜日だったら昼過ぎに仕事を切り上げられるから」

花江はショールームで働いているので、土日はおおかた出勤のようだった。

「分かりました。それなら、明後日の三時頃、花江さんの部屋に迎えに行きます」

「了解。明後日は、引き出しとか押入れの中とかも見てみましょうね」

「ええ」

花江とやり取りをしながら、私は、世羅純也の記者会見があった日の晩、堀越さんと一緒に「絵島」で飲んだのを思い出していた。あのときもこうして二人でカウンターに座り、日本酒を注文した。堀越さんが飲んだのは、今夜の花江と同じ獺祭ではなかったか。

堀越夫妻の抱えている事情については、部屋を一緒に調べた折に花江に話してあった。花江も事件のことはよく憶えていて、あの犯人が夫妻の長男だという事実にはさすがに息を呑んでいるふうではあった。

明後日、押入れの中を探ったら、堀越さんが話してくれた例のアルバムが出て来るのだろうか……。

「アイツの子供の頃のアルバムが出て来たんですよ。……つい咲子と二人でページを開いてしまったんですよ。……可愛い顔して写ってるんですよ。ニコニコ笑ってね。……でも、ふいに気づくんです。殺された方の親御さんは、こうやって死んだ娘さんのアルバムを開いたときにどういう気持ちになるんだろうって」

　堀越さんは言っていた。さらには、こうも言っていた。

「そんなとき、私は、咲子に『おい、死のうか』ってつい言いそうになるんです。いまだったらきっと死ねるだろうって確信が持てるんです」

　もしかして、と私は密かに思っている。

　堀越さんたちは、押入れの中で、そのアルバムとはまた別種の〝アルバム〟を見つけたのではないか？

　それを見て、「いまだったらきっと死ねるだろう」という「確信」を改めて持ってしまったのではあるまいか？

　ウニの茶碗蒸しが出てきた。

「うわー、おいしそう」

　花江が嬉しそうな声を上げる。

「お客さん、これお好きですよね」

　毎回、花江が喜んでみせるので大将も心得てくれたようだ。

「今日のは、利尻《りしり》のエゾバフンウニだから味は最高ですよ」

「ありがとう」

　花江は朱塗りの小匙《こさじ》でさっそく茶碗蒸しをすくって口許に運んでいる。

しばらく二人とも黙って匙を使った。

「ねえ、社長さん」

茶碗蒸しをようやく食べ終え、花江が口を開く。

「何ですか」

私は、手にしていた盃の酒を飲み干し、顔を向けた。

「私たち、一緒に暮らしたらどうかなあ？」

当たり前の口調で言う。

「私たちって、誰と誰がですか？」

「そんなの決まってるじゃない。私と社長さんがだよ」

「どうして？」

突拍子もない話に、やや面食らってしまう。

「別に理由はないんだけど、そうした方がいいような気がするのよね」

「絹江さんの部屋だと、却ってつらいですか？」

「そんなことないんだけどね。あの部屋に引越してよかったと思ってるし、社長さんにはとても感謝してるよ」

酒を注ごうとして二合徳利が空になっているのに気づく。急いで天狗舞を追加する。

「ただね……」

花江も空になったグラスを持ち上げ、「同じもの」と大将に伝えた。

「あの部屋に独りでいると、ずっとぼーっとしちゃうの」

「ぼーっと、ですか」

「そう。何時間でもぼーっとしてるの」

「そうですか……」

先にグラスが届いた。「ありがとうございます」と大将に花江が会釈をする。

「社長さんも、おんなじでしょう？」

獺祭を一口飲んで、彼女は言った。

「おんなじ？」

「そう。ここんとこ、社長さん、心ここにあらずって感じするから」

「そうですか？」

「違う？」

「そう言われれば、たしかに……」

「でしょう」

「しかし、花江さんと僕がぼーっとしてるからといって、どうして僕たち二人が一緒に暮らす必要があるんですか？」

「だから、さっきも言ったけど、そうした方がいいような気がするのよ」

「どうして？」

質問を重ねると、花江はじれったそうな表情になった。

「別に理由はないけど、なんだろ、何だかこのままじゃヤバイような気がするのよ」

「ヤバイ？」

「そう。少なくとも私はね。ただ、社長さんも、近くで見てるとそんな気がする」

「僕がですか？」

「なんか心当たりあるでしょう」

心当たり、と言われて、少し考え込んでしまう。

自分が「ヤバイ」と思う心当たり？

宇崎隆司とやまと銀行がグルになってのセラール再建案は、私の苦肉の策が奏功し、白紙に戻った。先月二十七日の株主総会も無事に切り抜け、いまもまだ私は徳本産業社長の地位にある。

ただ、花江の言うように、会社と自分とを繋いでいた最後のロープがついに千切れて落ちてしまったような、そうした感触は確かにあった。

やはり淳子と会ったのが、かなりの痛手になっていた。

徳本産業存続のために、自分の持ち株を宇崎の勝手にさせなかった点は、大いに感謝している。だが、十年ぶりにじっくりと話してみて、淳子は、あの唐突な別れを切り出してきたときとほとんど何も変わっていないと分かった。

舜一を連れて宇崎のもとへと奔ったにもかかわらず、肝心の宇崎が前妻と別れられずにいると知り、彼女が激しく失望したのは事実だろう。だが、だからといってその責任を私に押し付けるような物言いには、さすがに啞然とせざるを得なかった。

彼女は、自分が一体何をしたのか、いまもって理解していないのではないか？

口では「申し訳ないことをした」と言いながら、その一方で、見込みが外れて東京に舞い戻ろうにも、こちらの不寛容な態度のせいで、それも叶わなかった、と彼女はいまでも私のことを恨んでいるようだった。

自分は許していたのに、なぜあなたは許さなかったのか、と。

それが、仮に私と美千代との関係を示唆しているにしても、結婚後、宇崎と交情を持ち、彼の子を身ごもった彼女が、私に対して一体何をどう「許していた」と言うのだろう？

少なくとも私は、淳子と一緒になる三年前に、美千代との関係を断っていた。彼女のようなあからさまな裏切り方をしたわけではなかった。

やまと銀行の近藤常務が、徳本産業とセラールとの合併案を取り下げたのは、宇崎が淳子の株を自由にできないと知ったからだけではない。

あの日、新東京国際ホテルで淳子の意志を確かめた私は、彼女を帰したあと、もう一人の、そして淳子よりもはるかに大事な客である三輪春彦をスイートルームに迎えたのだ。

そこで徳本産業とセラールが陥っている苦境について縷々《るる》説明を行い、三輪の力で今回の再建案の撤回をやまと銀行側に働きかけてほしいと依頼した。

三輪は、ほとんど問い返してくることもなく、

「セラールの再建について徳本産業にご負担をおかけするのは、私としても忍びない。純也君をはじめ世羅家の人たちも御社との合併など望まないでしょう。前々から少し考えていたのですが、やはり、この際、大日本セメントの力を借りようと思います。セラールは、私と大日本セメントが責任をもってお引き受けします。近藤さんだけでなく、頭取の星野さんとも会って、その線で、きっちり話をつけますよ。高梨さんには無用なご心労をかけてしまい、誠に申し訳ありません」

と頭を下げてきたのだった。

その一週間後、近藤常務に呼び出されてやまと銀行に出向いた。役員応接室に入ると、近藤は満面の笑みで出てきて、あろうことか私の手まで握り、

「いやあ、やっぱり高梨さんに相談してよかった。大日本セメントがついてくれればセラールも安泰です。今回の高梨さんのひとかたならぬご尽力には、私のみならず頭取の星野も感謝感激の気持ちでいっぱいなんですよ」

と言ったのだった。つい二週間前に問答無用で社長交代を迫ったことなど、彼はすっかり忘れてしまったかのようだった。

これまで私は、弱く愚かで、誰のことも幸せにできない高梨修一郎という男をずっと嫌い続けてきた。しかし最近は、高梨修一郎本人ではなく、彼を取り巻く世界そのものがむしろ諸悪の根源だったのではないかと考えをあらため始めている。

もしかすると、高梨修一郎は、そうした醜悪な世界の小さな一犠牲者に過ぎなかったのではないか？

「ねえ、どうしたの。急に黙り込んじゃって」

花江の声に我に返る。

「すみません。ぼーっとしていました」

「やっぱり」

我が意を得たりという感じで彼女は笑みを浮かべ、「ねえ」と肩を寄せてきた。

「社長さん、最初の頃、私とは浅からぬご縁のような気がするって言ってたでしょう」

「ええ。それは今でもそう思っています」

「だったら、私と社長さんが一緒に暮らすのだって、別に全然構わないんじゃないかなあ」

花江が、不思議そうな目になって私の顔を覗き込んでくる。

31

リビングで鳴っている電話の音で目が覚めた。

アイフォーンは寝室に置いているが、固定電話はリビングにある。最近では滅多に鳴ることがないので、最初は何が鳴っているのか判然としなかった。

ベッドから飛び起き、リビングに向かう。

薄《う》っすらと頭痛がしていた。明け方寒かった気がする。風邪でも引いてしまったのだろうか。それとも、昨晩、神楽坂で花江と飲んだ日本酒がまだ残っているのか。

多分後者だろう。

ここ数年、固定電話にかかってくるのは、何かのセールスや銀行、証券会社からの案内くらいのものだ。

どうせ、そのたぐいの電話だろうと思いつつ、サイドボードに置いてある子機を取り上げる。

「おはようございます。滋賀の三枝幸一《こういち》です」

耳に届いてきたのは、特徴のある懐かしい声だった。

「ああ。お久しぶりです」

三枝幸一はかつての総務部長で、堀越さんを社員寮の管理人に推挙してきた人物だった。退職後、故郷の滋賀に戻って悠々自適の暮らしをしているという。

「社長、すっかりご無沙汰いたしております」

社員時代も折り目正しい男だった。私より少しばかり年長だが、相変わらず丁寧な言葉遣いを守っている。

「こちらこそ、ご無沙汰しています」

答えながら掛け時計の針を読む。午前九時。土曜日とはいえ、ずいぶんと寝坊してしまった。

それにしても、三枝はなぜ連絡を寄越したのか？　二年ほど前に退職して以来、一度も彼と話したことはなかった。

「実は、堀越さんの上のお嬢さんからさきほど電話がありましてね。至急、社長に連絡が取りたいので電話番号を教えて欲しいと頼まれたんです」

案の定、堀越夫妻に関わる用件のようだった。

「堀越さんの上のお嬢さん？」

失踪の件も含めて、三枝がどの程度承知しているか分からないので、まずは問い返す形にしておく。

「はい。彼女のところに堀越さんから連絡があったようで、そのことで社長さんに話がしたいということでした」

「三枝さんは、堀越さん夫婦が行方不明なのはご存じなんですね」

「ええ。上のお嬢さんはマナミちゃんというんですが、先週、彼女から連絡を貰いました。おじさんのところには何か言ってきていないかって訊かれたんですが、知らないとしか答えようがなくて」

「そうですか……」

「どうやら、昨日、マナミちゃん宛てに手紙が届いたみたいなんです。それで、どうしても社長とお話がしたいということでした。この電話の番号を教えても差し支えありませんでしょうか」

　てっきり堀越さんがその長女に電話を寄越したのだろうと思っていたので、手紙というのは少し意外だった。

「もちろんお願いします。ところで、手紙には何て書いてあったんですか」

「詳しい内容は聞いていないんですが、どうやら堀越さんも咲子さんも元気にしているようです」

「そうですか。それはよかった」

　手紙と聞いて、一瞬、遺書のたぐいではないかと疑っただけに、ほっと胸を撫で下ろす。

「じゃあ、とりあえずこの番号を伝えておきます」

「あ、ちょっと待ってください。だったら、いまから言う、僕の携帯の番号にして下さい。そちらの方が何かと便利でしょうから」

私は慌てて訂正した。

「そうですね。携帯の方がいいかもしれませんね」

三枝も同意する。

アイフォーンの番号を伝えると、彼は復唱しながらメモ用紙に書き取っていた。

「いまからマナミちゃんに電話しますんで、じき社長の携帯に電話があると思います。土曜日なのに朝から、本当にお騒がせしました」

三枝はあくまで律儀だった。

「ところで、三枝さんはお元気ですか？」

堀越夫妻の無事を聞きつけ、私にも気持ちに余裕ができていた。いつの間にか頭痛もすっかり取れている。

「はい。おかげさまでのんびり暮らしております」

「そうですか……」

「社長も、関西方面にいらっしゃることがあれば、ぜひ大津にお立ち寄りください。といってもご多忙の中、わざわざ滋賀まで足を運ぶのは難しいかもしれませんが」

「いえいえ、ぜひ、一度お邪魔させてください。そのときは前もって、遠慮なく三枝さんに電話させて貰いますので」

「そうですか。こちらこそ連絡をお待ちしております。徳本産業時代、社長にはひとかたならぬお世話になった身ですから、ありったけのもてなしをさせていただくつもりです」

三枝はそう言って、「本当にお騒がせしました」と繰り返してから電話を切った。

堀越マナミから着信があったのは、そのちょうど十分後だ。

昨日の夕方、父親からの手紙がポストに入っていたという。管理人室の鍵と私宛ての手紙も同封されていたそうだ。マナミ宛ての手紙には、「自分たちは元気でやっているが、決して探さないでほしい」という旨が簡単に書かれていたようだった。

「マナミさんには、ご両親が急に姿を消すような理由は何か思い当たりますか？」

私が訊くと、

「そのこともあるので、もしよければ明日にでもお目にかかることはできないでしょうか？」

と言ってきたのだった。

現在、彼女は名古屋に住んでいるらしく、明日であれば上京できるという。

「手紙と鍵もお渡ししなくてはなりませんし……」

遠慮がちな物言いだったが、両親の身の上を案じている気配が強く伝わってきた。

「でしたら、明日の三時に、堀越さんたちが暮らしていた浅草橋の社員寮にきてくださ い。私も、明日、管理人室をもう一度覗いてみようと思っていたんです。もし、マナミさんがいてくだされば、いろいろ詳しく調べることができます」

「ありがとうございます。では、明日の三時に社員寮をお訪ねします」

「マナミさんは、浅草橋には来たことがありますか？」

「ありませんが、住所は知っていますので」

「じゃあ、社員寮に着いたら、この携帯に電話を下さい。玄関まで迎えに行きます」

「よろしくお願いいたします」

「こちらこそ、よろしく」

私は、花江のことには触れずに電話を切った。

明日は、予定通り、花江も交えて三人で管理人室に入ればいい。女性がもう一人いてくれた方が、堀越マナミも安心だろう。

私の質問への反応からして、彼女には両親の失踪について心当たりがあるふうにも感じられた。むろん、そうでなくとも、直接会って私宛ての手紙の文面を知りたいと思うのは娘として当然の願いではあろう……。

32

差し出された名刺には、「堀越真奈美」と記されていた。

「株式会社イトダ　総務部総務担当」という肩書が添えられている。長女は保育士、次女は美容師だと聞いていたが、事件後、さすがに保育士の仕事を続けるわけにはいかなかったのだろう。

細面に涼しげな目元、鼻筋が通り、唇も薄く、品がある。欠点のない顔立ちはどことなく、先月川崎で会った戸叶律子を彷彿させる。

三時ちょうどに社員寮の玄関で出迎え、管理人室の前は素通りして、五階の花江の部屋に案内したのだった。

四人掛けの小ぶりのダイニングテーブルを挟んで私と花江、向かいに堀越真奈美が座った。

堀越武史が事件を起こしたのが、いまから十三年前。当時、二十一歳だった武史より真奈美は二歳上だから、今年で三十六歳ということになる。次女は武史の一つ下で、花江の一つ上の三十三歳。刑務所にいる武史もすでに三十四歳になっている。

目の前の真奈美は、年齢よりはだいぶ若かった。隣の花江より年下に見える。容姿は真奈美の方がずっと整っているが、華やかさは花江が優っている。そういう点は、戸叶律子と篤子との間柄に似ている気がした。

「堀越さんたちととても親しくしていた女性が上に住んでいるんです。管理人室を調べるときも彼女と一緒に部屋に入りました。まずは、その人を紹介させて貰ってもいいですか」

と訊ねると、

「もちろんです」

真奈美はあっさり首肯《しゅこう》してくれたのだ。

花江が淹れてくれた緑茶が三人の前に置かれている。最初に一口すすったのは真奈美だった。

「おいしいです」

と笑みを浮かべて花江を見る。

「私、お茶淹れるの得意なの」

花江が言い、

「咲子さんの淹れてくれたお茶もすごくおいしかったですよ」

と付け足した。

「そうだったんですか。私はもう長いこと一緒に暮らしていないんで、母のお茶がどんな味だったか忘れてしまいました」

　真奈美はそう呟いたあと、

「ごめんなさい。別に、なんていうか、そういう意味じゃないんです。父と母の行方が分からなくなって、そのことばかり考えてるものですから……」

　胸の前で掌をひらひらさせながら、困ったような顔になった。

「ご心配ですよね」

　花江がぽつりと言う。

「手紙には一応、元気にやっていると書いてはあったんですが……」

「住所はなかったんですか？」

「ええ。消印は大阪になっていました」

「大阪」

　二人のやりとりが続く。

「仕事とか、いま何をしてるとか、そういうことは何も書いてないんですか」

　花江の言葉に、真奈美は隣の椅子に置いたバッグからクリアホルダーを取り出した。テーブルに載せて中身を抜く。封書が二通、それと別に分厚い紙袋が一つ出てきた。

「こちらが、高梨さん宛ての手紙です。そして、これが私宛ての手紙で、こっちは管理人室の鍵だと思います。大きな封筒にこの三つがまとめて入っていたんです」

開封された封筒にも、私宛ての未開封の封筒にも宛名が記されているだけで、住所などはなかった。

「失礼します」

私は言って、自分宛ての封筒を手に取る。それほど分厚くはなかった。指で慎重に開封して手紙を抜き出した。

二人の前で文面を追う。すぐに読み終え、そのまま目の前の堀越真奈美に差し出す。

「よろしいんですか？」

と口にした後、彼女は便箋二枚の手紙を受け取った。

私が、真奈美宛ての封書を指さすと、

「そちらもいいですか？」

「もちろんです」

彼女が返事をする。

花江は黙って私たちを見ていた。

真奈美宛ての手紙も便箋二枚きりですぐに読み終わった。ほどなく、真奈美も私宛ての手紙を読了した。彼女は私に目くばせしたあと、手にしていた便箋を花江に差し出す。

私も真奈美宛ての手紙を折り畳んで、花江の手元に置いた。

花江は小さくお辞儀したあと、二通の手紙を順々に読んでいった。

真奈美も私も無言だった。最後に読み終えた花江もしばらく何も言わなかった。

「とにかく……」

私が口を開く。

「一番気になったのは、私宛ての手紙の末尾にあった貴重品のことです。まずは、その貴重品を確かめに行きませんか？」

「そうですね」

真奈美が言い、

「それがいいと思う」

花江も同調する。

三人とも思いは一緒のようだった。

真奈美宛ての手紙には、彼女が言っていた通りのほかは、管理人室の鍵を私に返してほしいこと、私にくれぐれも詫びを伝えてほしいこと、そして、管理人室の荷物については私と相談して処置するようにといったことが書かれているだけだった。

私宛ての手紙には、これまでの私への感謝と謝罪の言葉が長々と綴《つづ》られ、最後に、管理人室の寝室のクローゼットにある青い衣装ケースに「貴重品類」をまとめているので、それを二人の娘、真奈美と小百合《さゆり》に引き渡して貰いたいと記されていた。

エレベーターで一階に降り、エントランスを入った突き当たり正面のドアの前に立つ。

そのドアの奥が管理人室で、一階には車二台分の駐車場、自転車置き場やごみ置き場、機械室などが設置されているため、居室はこの管理人室だけだった。

私は用意してきたマスターキーでドアを開錠した。

一歩足を踏み入れた途端、むっとした熱気が顔にふりかかる。私、真奈美、花江の順に部屋に上がった。

半月のあいだ放置されていた部屋には濁った空気が充満している。

カーテンを引き、すべての部屋の窓を開けて、まずは風を通すことにした。五分ほど通気すると、部屋が生き返ってくるのが分かる。沖縄に接近しつつある大型台風の影響なのだろうか、雨にはなっていないものの今日は朝から強い風が吹いていた。

真奈美は、両親が長年起居した２ＬＤＫの室内を歩き回りながら、物珍しそうにいろんな場所を眺めていた。

部屋の中はきちんと整えられ、ちり一つ落ちてはいない。

「冷蔵庫も空っぽですし、洗濯物も片付いているんです。御覧の通りで、ほとんど何も持ち出された気配がありません」

私の言葉に真奈美が頷く。

十畳ほどのリビングダイニングの隣が和室で、そこには仏壇が置かれている。その仏壇の位牌もそのまま残されていた。

「ただ、お位牌さんがあるので、もしかしたら戻って来られるのかも、と思っていたんですが……」

そうやって説明しているうちに、私はあらためて堀越夫妻の失踪が単なる失踪とは思えなくなってくる。

「寝室に行ってみましょうか」

二人に声を掛けた。

寝室は玄関の脇に独立して設けられている。四畳半ほどの狭い洋室で、そこにクローゼットとベッドがあるのは前回確認していた。

先に立って寝室に入る。

クローゼットの白い扉を私は開けた。右の隅に青いプラスチックの衣装ケースが置かれている。他には青いケースは見当たらなかった。

しゃがんだあと一度振り向き、背後の二人に目で合図してから、衣装ケースの引き出しを引いた。

きちんと納まったセーターやカーディガンの上に、大きな茶封筒が一つ載っている。

「貴重品類」というのはきっとこの茶封筒の中身に違いない。

封筒を手に取って私は立ち上がる。真奈美に差し出すと、彼女は両手で受け取り、大事そうに胸に抱いた。

「書類か何かのようですね」

貴重品というからには、通帳や証券類かもしれないと思う。それらを置いたまま家を出たとなれば、堀越夫妻は一体そのあとどこへ向かうつもりだったのか？

「上に戻りましょうか」

重苦しい空気を察してか、花江が言う。

「そうしますか」

私が促すと、「はい」と堀越真奈美は小さく頷いた。

33

花江の部屋に戻り、さきほどと同じ席にそれぞれ腰を下ろした。

腕時計の針は三時五十分を指している。

真奈美と初めて顔を合わせてから、まだ一時間と経っていない。

それでも、花江と真奈美はすでにすっかり打ち解けた雰囲気を醸し出している。不思議なものだと私は感じていた。

花江がコーヒーを淹れてくれる。

彼女の淹れるコーヒーを飲むのは初めてだったが、なかなか深みのある味わいだ。

「おいしい」

真奈美が言う。

「私、コーヒーも得意なんだ」

花江はちょっと胸を張り、

「そういえば、咲子さんにコーヒーを飲ませて貰ったことはなかったかも」

と付け加える。

「母は、コーヒーは苦手だったんですよね」

「そうなんだ」

「ええ。父は大好きだったんですけど」

「じゃあ、堀越さんは自分でコーヒーを淹れてたんですね」

私が口を挟む。

「父は、母が飲まないんで家では我慢していました。そのかわり、一人で出かけたときは外でよく飲んでいたようです」

「へぇー、昔から仲がよかったんですね」

花江が感心した声を出す。

「というか、うちの両親は駆け落ちして一緒になったらしいんです。二人とも故郷は岡山で、父と知り合ったとき、母はすでに結婚していたんだそうです」

「ていうことは、不倫?」

「そうですね。母の実家は岡山では名の知れた食器問屋で、二人姉妹だったので、長女だった母が若いときにお婿さんを迎えたらしいです」

「そうだったんですか」

私が言う。

「当時、父は中学校の理科の新米教師だったんですが、母の実家の近くに住んでいて、何かのきっかけで出会って、それから三ヵ月もしないうちに駆け落ちしたんだそうです。その後は、父も母も自分たちの実家とはずっと絶縁状態で、だから、私や妹は、父方と母方両方のおじいちゃんの顔もおばあちゃんの顔も知らないんです」

真奈美の話を聞きながら、かつて堀越さんが言っていたことを思い出していた。夫婦円満で羨ましいというようなことを私が言うと、「別に仲良くなんてありゃしませんよ」と苦笑いを浮かべ、「お互い、他に代わりがいないもんだからこうしてずっと一緒にいるだけの話です」と話していた。

その感懐は、息子の事件を下敷きにしたものだろうと思っていたが、実は、知り合った最初から二人は「他に代わりがいない」関係だったというわけか。

「本当に深く繋がったご夫婦なんですねえ」

花江がしみじみとした口調で言った。

「そうかもしれないですね」

真奈美がテーブルの上に置いていた封筒のふちに手を添えながら言う。

「じゃあ、そろそろ封筒の中身を確かめてみましょうか」

私は促す。なんとか心の準備も整っただろう。

「はい」

彼女は封筒を取り上げ、糊付《のりづ》けされていないフラップを開いて手を差し入れた。

生命保険証券が二通と、預金通帳が一通、印鑑、それにキャッシュカード一枚がテーブルの上に出てくる。

通帳の名義は「堀越讓」となっている。堀越さんの名前だった。キャッシュカードの名義も「ホリコシ　ユズル」だ。

通帳と印鑑、カードをとりあえず脇に避《よ》け、真奈美は生命保険証券を一通ずつ広げた。

私と花江は覗き込むように身を乗り出す。

「被保険者」はどちらも「堀越咲子」となっている。保険契約者も咲子だった。

異なるのは死亡保険金の「受取人」の名前で、一通は「堀越真奈美」、もう一通は「堀越小百合」となっている。

死亡保険金額は、主契約の死亡保険金三百万円のほかに、平成十九年五月一日から平成二十九年四月三十日までの十年間の定期保険特約が二千七百万円加算されている。

つまり、「故意による事故、指定伝染病以外の死亡事由」の場合、受取人が手にする保険金額はそれぞれちょうど三千万円に設定されているのだった。

一通を手に取って、私は仔細《しさい》に読み込んでみた。

主契約および定期保険特約の契約日は、同じ平成十九年五月一日。平成十九年といえば今から七年前、長男武史の無期懲役は確定しており、堀越夫妻がこの社員寮の管理人に応募してきた年だった。

契約からすでに七年が経過していることから、たとえ被保険者の死亡事由が「自殺」だったとしても、娘二人に保険金は支払われることになるだろう。

通帳類一式と二通の生命保険証券を置いたまま姿をくらまし、後日、手紙を使って、それら「貴重品類」が二人の娘たちの手にちゃんと渡るよう段取りをつける……。

だとすると、堀越夫妻がこれから辿《たど》るであろう道筋は一つきりなのではないか？

私は知らず深い吐息を洩らしていた。

目の前の真奈美も、途方に暮れたような表情でテーブルの上を見つめている。

「社長さん……」

花江が口を開いた。

真奈美と私が彼女の方へ顔を向ける。

「とりあえず、こういうものを二人が残していたことを、警察に知らせた方がいいんじゃないかしら」

「私もそう思います」

真奈美もすぐに同調した。三人とも思いは同じなのだ。

「そうですね。明日一番で、僕の方から警察に電話しておきます。真奈美さんも、連絡をくれた警察の人に、この生命保険証券のことを伝えておいてください」

「そうします」

「ただ、まだ二人がそういうことをすると決まったわけではないし、警察としてもこの材料だけで事件化して二人の行方を追うというのは難しいかもしれませんが……」

「たしかに、証券は誰が持っててもいいし、ていうか受取人の真奈美さんたちが持ってた方がいいくらいだからね。それで置いて行ったのかもしれない。真奈美さんは、この保険のことは全然知らなかったわけでしょう?」

花江の言葉に、真奈美は深く頷く。

「通帳には幾らくらい残ってるんですか?」

私は訊いた。真奈美は思い出したように手元の通帳を持ち上げる。

「五百万円も入っています」

開いて数字を確かめ、驚いた顔で私たちを見た。

「たぶん、父と母の全財産なんじゃないでしょうか……」

そこで三人とも黙り込んでしまった。

「たしかに……」

しばらくして、私が沈黙を破る。

「たしかに、咲子さんが生命保険に加入したのは間違いない。でも、だからといって自分のいのちを絶ってまで、真奈美さんたちにお金を残そうとしたとは思えない。仮に、いつかはそういうことをしようと考えていたとしても、どうしていま急に決心をつけたのか？　その理由が分かりません。最近の二人にそんな気配はちっともありませんでした。それどころか、二ヵ月くらい前に堀越さんと飲んだとき、堀越さんは、娘たちのことを思うと死ねないって言ってたんです。自分たちが罪を背負って死んでしまったら、残された娘たちがどうしようもなくなる。もしかしたら、彼女たちまで後を追うかもしれない。そう考えると、親の身勝手かもしれないけれど、どうしても自分たちは死ねないんだってはっきりおっしゃっていました」

私は喋りながら、しかしそれでも、堀越夫妻は死を決意してこの社員寮を出たのではないかという気がしていた。

何か、娘たちを残してでもこの世を立ち去りたい特別な理由が二人の間に持ち上がったのではないか？

たとえば、どちらかに致命的な病気が見つかったというような……。

俯き加減だった真奈美の顔が持ち上がり、私の方をじっと見た。

「あるんです」

間があって、彼女が呟く。

「何が？」

訊いたのは花江だった。

「父と母がそういう決心をつけてもおかしくない理由があるんです」

真奈美は小さな声で言い、

「どうしよう……」

顔を両手で覆って絶句した。

それからずいぶん長いこと、私と花江は真奈美の告白を聞いた。彼女は涙まじりの声で、それでも気丈に話してくれた。

発端は、次女の小百合の自殺未遂だったという。

六月八日の深夜、小百合は自宅アパートで手首を切り、訪ねてきた恋人に発見されて病院に担ぎ込まれた。傷は相当の深さで出血量も多く、彼女は生死の境をさまようことになった。それまでも何度かリストカットをしたことはあったようだが、ここまで深刻な事態は初めてだった。

「お医者さんに万が一もあり得るから、ご親族に連絡を取って下さいって言われたんです。ものすごく迷ったんですが、それで、十日の午前中に父と母に電話を入れました」

小百合の自殺癖は、武史の事件が起きてからのことで、真奈美はそうした次女の状態を一切両親には告げていなかった。事件直後に姉妹は大津を離れ、名古屋市内に転居した。小百合の精神不安もあって、ずっと一緒に暮らし、別々のアパートで起居するようになったのは、ここ数ヵ月のことだったようだ。

「江口《えぐち》さんっていうバイト先の上司と付き合うようになって、小百合の方から自分で部屋を借りたいって言ってきたんです。それで、近所ならいいよっていうことで、別々の生活を始めました。江口さんは、それまでの彼氏たちとは全然違って、とってもちゃんとした方で、この人なら小百合のことを任せられるかもしれないって思ったんです」

唐突に次女の自殺未遂を知らされ、堀越さんたちは慌てて名古屋市内の病院に駆けつけたという。その頃には、小百合はかろうじて死線を脱していた。

「病院で父と母を出迎えたんですが、仕事が残っていたので、途中で病室に二人を置いて会社に戻ったんです。そしたら私がいないあいだに江口さんがお見舞いにやって来て、もちろん彼のことは小百合の恋人で、最初に発見したのも彼だというふうに話してはあったんですが、初めて三人が会って、そこで、江口さんが本当のことを両親に話してしまったんです」

「本当のこと？」

真奈美の一言に、私と花江は同時に訊き返した。

「そうです。小百合がどうして、兄の事件のあとから自殺未遂を繰り返すようになったのか、その理由を江口さんが父と母に打ち明けてしまったんです。私も、まさかそのことを小百合が江口さんに喋っているとは思わなくて、完全に油断していました」

親にとっては驚愕《きょうがく》するしかない事実を次女の恋人から突きつけられ、堀越さんたちは半ばパニックに陥ったらしかった。

「遅くに病室に戻ってみたら、父も母も顔面蒼白《そうはく》で、もうそのときは江口さんは引きあげていたんですが、私が何を訊いても返事ができないような有様でした。母はずっと泣いていました」

何があったのかと執拗に問い詰めたところ、小百合の幼少期からの体験を江口さんに告げられたのが分かったという。

「小百合は一歳違いの兄である武史からずっと性的な虐待を受けていたんです。武史は高校から全寮制の学校に入ったんですが、それまでいろんないたずらをしていたようです。私が気づいたのは小百合が中一のときで、言われるまでまったく気づかなくて……。お父さんとお母さんに話そうかって訊いたら、そんなことしたら死ぬって言うので、両親には何も言えなくて。当時私は、実家を離れて大阪の女子校に通っていたので、武史の監視はできなかったんですが、二年後には彼も高校進学で家を出たので、それで何とかなったと思い込んでいました。小百合も元気になっていましたし、彼女が実際に武史からどんなことをされていたのかよく分からなかったので。東京の大学に進んだ武史があの事件を起こして、私たち姉妹も大津にいられなくなって、その頃から、小百合の様子がおかしくなっていったんです。最初は、好きな美容師の仕事を続けられなくなったことや、両親のいない新しい環境に放り込まれたせいだろうと思っていて、まさか、武史から受けた虐待が原因だとは想像もしてなかったんです。初めて彼女がリストカットをしたときに、本人から本当の理由を聞きました。『私も、もしかしたら被害者の女性と同じ目にあってたのかもしれない』と小百合は言って、その一方で、『でも、もしもそうやって私が殺されていたら、あの被害者の人は死なずにすんだよね』って……。『私が、お兄ちゃんのことをお父さんやお母さんに話していれば、せめて、お姉ちゃんが話すって言ってくれたときに私が止めなければ、お兄ちゃんだってあんな事件を起こさなくてすんだよね』って。虐待のことは、ずっと私たち姉妹の間ではタブーみたいになっていたんですが、そのとき初めて、彼女がどんなことを武史にされていたのか具体的に聞きました。それはもう、とても他人様に言えるようなものではなくて、あまりのことに胸が潰れてしまいそうなくらいでした。妹があれほど隠したかった理由もようやく分かった気がしたんです」

兄の事件を知って、小百合の心は、甦ってきた恐怖と自責の念で次第に蝕《むしば》まれていった。その一方で、小学生の頃からずっといたずらされている自分のことにまったく気づけなかった両親に対して、彼女は深い絶望と憎悪を抱き続けていたのだという。

「お父さんもお母さんも、あんな悪魔みたいなお兄ちゃんに騙されて、私のことなんていつも見殺しだった」

小百合ちゃんは、そう言って僕の前で号泣したんです——江口は堀越夫妻に向かって言い放ったという。

二人は、「何も気づけなくて、本当にすまなかった」と土下座せんばかりの謝りようだったという。だが、真奈美には、

「お願いだから、小百合には何も言わないで」

と口にするのが精一杯だった。

堀越さんたちがいるあいだ、小百合は意識を回復しなかったようだ。

「私たちみたいな人間は、もっと早くに死んでいればよかった。被害者のご遺族にとっても、小百合にとっても、私たちがこうして生きていることそれ自体が罪なのかも知れない」

真奈美の部屋に一泊しての帰り際、堀越さんがぽつりと呟いた一言が、いまも真奈美の耳朶《じだ》には焼き付いている。

「警察の人から父たちが行方不明だと聞いた瞬間、その父の言葉を思い出したんです」

真奈美は、涙を堪《こら》えながら私と花江に言ったのだった。

34

「もう二十二年になるのね……」

島田富士子が感慨深げに言う。

「もう二十二年なのか、まだ二十二年なのか、よく分からないけどね。一昨日、巣鴨の寺でお坊さんのお経を聴きながら、二十二年というのはいかにも中途半端な時間だと思ったよ」

私は、最初に頼んだビールをあっという間に飲み干し、いつもの赤ワインを注文してから言った。

今日も凄《すさ》まじい暑さだった。都心の日中の体感温度は四十度近くに達したと夕方のニュースで言っていた。

「身内にとってはそうかもしれないわね。でも、二十二年はやっぱり長いと思うな。保育園児だったうちの長男がもう二十六歳で、秋には結婚するんだもの。あげく、来年は人の子の親になっちゃうって言うんだから……」

今日は八月五日。篤子の二十二回目の命日だった。二十三回忌の法要は、一昨日の日曜日に巣鴨の菩提寺で済ませてきた。法要と言っても、寺の和尚さんに頼んでお経をあげて貰っただけのことだ。列席者は私のほかに誰もいなかった。

平日にもかかわらず、「ロベルト」はいつもながら客で一杯だ。

セラールをめぐるごたごたもあって、島田富士子を誘うのは半年ぶりくらいだった。普段は、三ヵ月に一度はこうして一緒に食事をするよう心がけている。

別に仕事の一環と心得ているわけではない。若くして社長の立場になったこともあり、入社年次の近い同輩や後輩連中と肩書抜きで語り合うといった経験が私にはほとんどできなかった。社内で仕事の悩みや会社の愚痴を黙って聞いてくれる相手は、美千代を除けば、この島田富士子くらいのものだったのだ。

富士子に対しては、部下たちには話せないような会社の事情や私自身の悩みなども相談してきた。役員に昇格した時期からの習慣なので、すでに十数年になるだろうか。

今現在、私が胸襟を開いて語り合えるのは、目の前の富士子と坂崎悦子の二人きりと言ってもいい。

若い頃から、年齢も一つしか違わない彼女とは不思議とうまが合った。

彼女は早くに結婚したので、子供たちはもうすっかり大人になっている。長女は二十八、今秋結婚するという長男が二十六、それに大学生の次女がいる。長女はすでに嫁ぎ、二人の子供をもうけているので、富士子は五十一歳にして歴としたおばあちゃんだった。

夫は高校時代の後輩だと聞いている。三十半ばで脱サラし、現在は江戸切子の職人になっていた。

私の家にも、その夫が作った切子のタンブラーが何個かあるが、なかなか腕のいい職人のようだ。ただ、三子を抱えた暮らしを賄《まかな》うには姉さん女房の経済力が大いに必要とされているらしい。

「ロベルト」にはしばしば案内するので、彼女も勝手が分かっていた。

前菜は、イサキのカルパッチョといかのビアフリット、それにハムとサラミの盛り合わせを頼んだ。富士子はいつものように箸を使っておいしそうに食べている。お酒には余り興味がないらしく、いつも私と同じものをオーダーする。といっても、顔色一つ変えずに何杯でもついてくるから酒量は私以上なのだろう。

料理を楽しみながら、このところ考え続けていることを彼女に切り出してみた。

自分でもなかなかふんぎりがつけられず、気持ちを固めるためというより、彼女の忌《き》憚《たん》のない意見をぜひ聞いてみたかったのだ。

「私は、それもいいんじゃないかと思うな」

話を聞き終えると、富士子は言った。

「高梨さんは社長とはいっても、まだまだ若いんだもの。いまなら、まったく別の新しい人生を始めることだって不可能じゃないと思う」

と付け加える。

「実はそう思ってるんだ」

私は素直な気持ちを口にする。

「ただ、今後の社の行く末を思うと、そんなに簡単に辞められないような気もしてね」

「でも、もう十年でしょう。後進に道を譲っても罰は当たらないわよ」

「それはそうなんだけど、いざ、誰に譲るかと考えると、なかなかこれという人物が見当たらない」

「大庭さんでいいじゃない」

富士子はあっさりと言った。大庭は一昨年専務に昇格させたときから、後継候補の筆頭という位置づけにはなっている。

「人が好《よ》過ぎないか？」

大庭に関しての一番の不安材料を一言で要約すればそういうことになる。

「でも、あの人、笑顔も素敵だし、笑い方もきれいよ」

「笑い方？」

「そう。豪快でもないし、上品でもない。大庭専務はのびのびとさわやかに笑うことのできる人よ。高梨さんみたいに滅多に笑顔を見せない社長の次は、そういう社長がきっといいのよ」

「僕はそんなに笑わないかな？」

「ええ。前にも言ったと思うけど、高梨さんは顔の筋肉を節約しすぎよ。笑顔だけじゃなくて、いろんな顔を出し惜しみしてるでしょう」

「そうでもないけどなあ」

富士子には受付で顔を合わせるたびに「社長、もっと笑顔、笑顔」と言われ続けているので、こういう批評も別段気にはならなかった。

「大庭さんなら、この厳しい時代でも、あの持ち前の笑顔で乗り切っていける気がする。その人を信じないと何も任せられなくなるわよ。美千代会長だって、四十歳そこそこの高梨さんに会社を任せると決めたときは不安だらけだったと思うし」

「あのときは、会長が上にいてくれたからね。僕はこのまま退任しようと思っているから」

「だけど、美千代会長は経営については高梨さんの好きにさせていたでしょう」

「それはそうだけど」

「だったら、そういう意味の重石《おもし》はなかったようなものじゃない。今回と何も変わらないと思うわ」

「まあ、そう言われればそうかな」

「高梨さんがいなくなるのは本当にさみしいけど、でも、高梨さんみたいな人が辞めると決心をつけたのなら、私は、大賛成するしかないわね。これまで苦労してきたんだから、そろそろ自分らしい人生を歩き始めてもいいわよ。まだ今からでも、結婚したり子供を作ったりだってできるんだから」

「そんなことは端から考えもしてないけどね」

「でも、身体のことだって、仕事を辞めてしまえば変わってくるかもしれないでしょう」

富士子には淳子とのことも、自分の身体の問題についても包み隠さず話していた。

「高梨さん、何かやりたいことってないの？」

仕事以外に取り柄がないと知っている富士子だからこその質問だった。

「何かしなくちゃとは思ってるけど、これというのはないよ。ただ、いまの仕事を続けたいとは思わない。もう、大勢の人たちと一緒に働くようなことはしたくないんだ」

「じゃあ、お店でも開けばいいじゃない」

「まあね」

「高梨さんのコーヒーは本当に美味しいから、カフェとかどうかな。焼酎好きだから、夜は焼酎バーなんかにしてさ」

さすがに富士子は勘が鋭いと感心してしまう。父の修治のことは何も話していないのに、こうやって図星をついてくる。

「そういうのもいいかな、とは思ってるよ」

「そうねえ……。でも十年も徳本産業の社長をやった人がいまさら客商売を始めてもなかなかうまくいかないかもしれないわね」

「そんなことはないだろう」

「長年身にまとってきた雰囲気っていうのは、案外消えないものなのよねえ」

面白そうな顔になってこちらを見る。

「だから、やっぱりパートナーになってくれる人が必要なんじゃないかなあ」

富士子はにやりと笑って、ワイングラスを持ち上げた。

神保町駅の出入口で彼女と別れ、私は酔い醒ましも兼ねて靖国通りをしばらく歩くことにした。

富士子が私の退任に賛成してくれたのは、ちょっとばかり予想外だった。長引く不景気の真っ最中に会社を投げ出すのは高梨さんらしくない、とでも言われるのではないかと想像していた。専務の大庭に対する評価にも蒙《もう》を啓《ひら》かれるような心地がした。

なるほど、たしかに大庭は誰に対しても大らかな笑顔を向ける男だった。

あの持ち前の笑顔で厳しい時代を乗り切っていけるはずだ——という富士子の知見は意外ではあるが、案外正鵠《せいこく》を射ているのかもしれない。

この十年で私はずいぶんと歳を取ってしまった気がする。その分、鮮やかな直感や思い切りの良さを余計に失ってしまったのではなかろうか。

年齢は五十に手が届いたばかりだが、社長をやるようになって一年で三年分の歳を加えたような実感がある。だとすれば、すでに七十歳。なるほどそっちの方が自分としてはしっくりくる。

可能か否かはともかく、そろそろいたずらに失ってしまった若さを取り戻す努力を始めるべきなのだろう。そう考えると、今が最後のチャンスであるような気もしてくる。

風が出てきたせいか、体感温度がぐんと下がっている。

この分ならいっそ両国まで歩こうか。

ちょうど「駿河台下」の交差点に差しかかったところだった。

ここからマンションまでは四十分程度の距離だろう。花江が住んでいた神田和泉町、社員寮のある浅草橋近辺を横目に通り過ぎ、隅田川にかかる両国橋を渡ればいい。道は真っ直ぐだった。

今月一日付けで社員寮の新しい管理人を採用した。

堀越さんたちの荷物はとりあえず寮の空いた部屋に移し替えておいた。お盆休みに真奈美と小百合の姉妹がやって来て片づけてくれる手筈になっている。小百合は退院し、いまは元気にやっているらしかった。

堀越夫妻が失踪して五十日が過ぎた。花江の部屋で真奈美と会ってからでもすでに一ヵ月が経っている。彼らの行方はいまも不明のままだった。

もしも、娘に保険金を残す目的で死を選ぶとするなら、自分たちが死んだことが何日も世間に知られないような場所を選択するとは思えない。だとすると、まだ堀越さんたちはどこかで生きているのではないか？　私や花江、それに真奈美もそう考えているようだ。

大金が入った通帳一式を置き去りにして、一体、堀越さんたちはどこをさまよっているのだろう？

死を決意して、この世の見納めと日本中を歩き回っているのか？

それとも、人里離れた場所でいのちを絶ち、誰かが見つけてくれるのを夫婦でじっと待っているのか？

保険金云々《うんぬん》は別としても、私には、この先に悲劇が待ち構えているとはどうしても思えないのだった。

まだ二人は生きているという感触がある。

かつて篤子がバリの海で行方知れずになったときは、何一つ手がかりを得られずに日本に戻って来たが、バリの土を踏み、篤子が消えた海の景色を初めて目にするずっと前から、私にはもう彼女がこの世にいないことが分かっていた気がする。

夜風が火照った頰に気持ちよかった。まだ九時を回ったばかりとあって、靖国通りは行き交う人と車でにぎやかだ。

身を退《ひ》きたいという漠然とした思いは、美千代を見送った二年前からずっと抱えてきた。だが、明確に意識し始めたのは、この一ヵ月足らずのことだった。むろん、セラールに絡むごたごたを乗り切ったのもきっかけの一つではある。

だが、一番の理由は別にあった。

このところ、私の意識はそのことでほとんどが占められている。気づいてみるとそのことを考え、そして、もうこのへんが潮時だろうという深い思いに必ず行き着いてしまう。

美千代に託された徳本産業という会社を、ようやく自分は捨て去ることができる――それは確信にも似た強い思いでもあった。

戸叶律子と会った週の土曜日、私は押入れにしまってあった篤子の遺品を引っ張り出してきた。それは五つの段ボール箱にまとめられていたが、整理をつけてからこの方、一度も開封したことなどなかった。その五つの箱を、私は二十二年ぶりに開き、中の物を一点一点あらためて検分し直していったのだ。ことに、篤子が短大時代からつけていた日記や、会社時代の手帳のたぐいは一頁《ページ》ずつていねいに捲《めく》っていった。

律子によれば、父の修治は三鷹で独り暮らしをしていた篤子のアパートを突然訪ねてきたのだという。だが、三鷹時代の日記をつぶさに読んでも、修治について触れた個所は一行も見つからなかった。

「お父さんのことは私が何とでもするから、その代わり、絶対にお兄ちゃんに喋っては駄目よ。お兄ちゃんが知れば、父子でとんでもない大喧嘩になるに決まっているから」

篤子の相談を受けた美千代が、恐らくはそんなふうに釘を刺したのだろう。だから篤子は、もしかして私に見られるかもしれない日記には父のことを記すのをやめたのに違いない。

父の連絡先らしきものが見つかったのは、会社時代の手帳の中だった。篤子が亡くなる半月ほど前の欄に「S氏連絡先」という記載があり、そこに板橋区の住所と電話番号が残されていたのだ。

「宇津井さんの奥さんとの話し合いも始まっていて、あっちゃんは、私に相談するみたいにお父様にも宇津井さんのことを喋ってしまったんです。そしたら、それで大事になってしまって……」

と律子は言っていた。それがバリに行く直前の出来事だったというから、この「S氏」が修治であるのは、ほぼ確実に思われた。

私は、二十二年ぶりに、以前修治の捜索を頼んだ探偵事務所に連絡を取ってみた。すると、当時調査を担当してくれた長瀬《ながせ》という調査員がまだ在籍しているという。さっそく彼を会社に招き、この「S氏連絡先」を手がかりに再度調査を行ってほしいと私は依頼したのだった。

「手帳の住所と電話番号がお父上のものであれば、その後の行方を探り出すことは充分可能だと思います」

かつてのように何の材料もない調査とは異なり、二十年以上前とはいえ、失踪人の一時期の正確な住所や電話番号が分かっているだけで事の成否は大きく変わるらしかった。

「人間というのは、意外なほど動かないものなんです。二十年くらいだと同じ場所にいる可能性も決して低くはないですよ」

と長瀬氏は言った。

前回は、結局、父の足跡は失踪直後までしかつかめなかった。東京を出た父はしばらく大阪で暮らしていたようだが、その後の足取りは杳として知れなかったのだ。

依頼から約一ヵ月後の七月九日、再び会社を訪ねてきた長瀬氏から詳細な調査報告を受けた。

その三日前に堀越真奈美と会い、行方の知れない堀越夫妻のことを花江も交えて話し合ったばかりだった。私は、堀越さんたちの失踪を知った最初から今回の調査で修治の足跡が明らかになるだろうと直感していた。さらには、絹江の死を知らされたときにも、ふと頭に浮かんだのは修治のことだったのだ。

修治は一九九四年の八月五日に亡くなっていた。

篤子の遺体が見つかった日、私が彼女の命日と定めたその同じ日付に彼は死んだのだ。篤子がバリの海で消息を絶ってから三年後、決めた命日からはちょうど二年後のことだった。

享年六十。

絹江の葬儀の最中になぜか修治のことを思い出し、その折に、もう彼は生きていないだろうという予感が生まれていた。それもあって、父の死を告げられてもさほどの驚きはなかった。しかし、篤子の葬儀からわずか二年後、しかもその命日に、まるで娘のあとを追うように死んでいった父のことを思うと胸が塞がる気分にさせられた。

母も篤子も亡くなり、そして、後に残った父もとうの昔に死んでいた。

絹江の死を知ったときに膨らんだ心の真ん中の空洞が、二倍にも三倍にも一気に広がるのを私ははっきりと感じた。

長瀬氏の報告で何より意外だったのは、父の亡くなった場所だった。

なんと、彼は、私たちと共に暮らした川崎の町で死んでいたのだ。

修治は、篤子の葬儀から三ヵ月後には板橋のアパートを引き払い、川崎に転居していた。私たちの住んでいた地区とは東海道本線を挟んで反対側、ＪＲ川崎駅西口から徒歩十五分ほどのところに部屋を借り、さらに意外なことには、その部屋があるマンションの一階の店舗スペースを借りて、彼は転居後すぐに喫茶店を始めたというのだ。

喫茶店の名前は「楽園の樹」。

かつて川崎市役所のそばで営んでいたのは「樹」という喫茶店だった。「樹」と書いて「いつき」と読ませた。その「樹」に「楽園」という文字を乗せて、彼は、新しい店の名前としたのだった。

「楽園の樹」を開いて二度目の夏、父は脳溢血《のういっけつ》であっけなく死んだ。

通夜、葬儀一切や残された店舗の後処理は、当時一緒に暮らしていた女性が全部引き受けてくれたらしい。

女性の名前は香田美智子《こうだみちこ》。父より十五歳も年下の人だった。

長瀬氏は、この香田美智子を見つけ出し、彼女から詳しく父の最期を聞き取ってきてくれていた。

「高梨さんのことはご存知でした。生前にお父様からよくお聞きになっていたそうです。もしも依頼人である高梨さんがあなたに会いたいと望んだ場合、会っていただくお気持ちはありますか、と訊ねましたら、喜んでとおっしゃっていました」

当時四十五歳だった美智子もすでに六十五歳。父の死と同時に「楽園の樹」は畳んでしまったものの、いまでも川崎の町で暮らしているとのことだった。

「お父様が亡くなった後、別の男性と一緒になられたようですが、その方とも数年前に死別されて、現在は駅前に新しくできたタワーマンションで猫二匹と一緒に暮らしておられます」

と長瀬氏は言っていた。

美智子の家の電話番号を受け取った私は、すぐに彼女に連絡を入れた。

そして、その週の土曜日に、彼女に会うために再び川崎の町を訪ねたのである。

35

靖国通りと神田川は並行して走っている。

浅草橋を過ぎたあたりから次第にこの二つは接近し始め、隅田川をまたぐ両国橋のところで折り重なる。つまり、神田川は両国橋が架けられている地点で隅田川と合流するのだ。この両国橋の脇は、台東区、中央区、墨田区の三区のちょうど境界にもなっている。

浅草へとのびる江戸通りを渡ったあたりで腕時計を覗いた。

もうすぐ十時だ。

「両国橋西」の交差点とその先に橋の入口が見えていた。

歩き始めて五十分ほど経っている。夜風に吹かれつつ、あっちこっち眺めながらの暢《のん》気《き》な散歩である。

「ロベルト」で、島田富士子と赤ワインを二本空にした。

そのワインが全身を巡って、足裏を数ミリ地面から浮遊させるような酔い心地だ。視界はくっきりしたままだが、意識には薄ぼんやりとした霧がかかっているようでもある。

気分は悪くなかった。どちらかと言えばウキウキした感じだ。

富士子は私のことを滅多に笑わない人間だと言った。笑わないどころか表情そのものが乏し過ぎるのだと……。

自分ではよく分からないが、そういうものかもしれないと納得はしている。

いつから笑わなくなったのだろうとたまに考える。

父がいなくなったときからなのか、母に死なれたときからなのか、篤子を失ったときからなのか、それとも、淳子の裏切りを知ったときからだろうか。そのどれでもあるように思えるし、どれでもないようにも思える。

最も心当たりがあるのは、美千代にいきなり社長職を譲られたときだ。

五百人を超える従業員とその家族を守っていかねばならなくなって、

――決死の覚悟を持つしかない。

と腹を括《くく》った。「常在戦場」という四文字が自然に頭に浮かんできた。それまでそんな言葉を想起したことさえなかった。

笑わなくなったかどうかはともかく、笑えなくなったのは確かにあのときからだった気がする。

両国橋は太鼓橋のように真ん中が一番高くて、左右の端が低くなっている。

上がって下るゆるやかなアーチ型だった。

「りようごくばし」と記された橋の親柱には大きな球体が載っていた。国技館の屋根を模《かたど》ったものだと聞いたことがあるが、まるで地球儀が載っかっているように見える。

橋のたもとに着いて、私は一つ深呼吸した。夜風が体内に浸み込んでいく。足元のふらつき感が鎮まるのを待った。

社長を退任すれば、笑顔を取り戻すことができるのだろうか？

島田富士子は「そろそろ自分らしい人生を歩き始めてもいい」と言ってくれた。だが、返す刀で、「長年身にまとってきた雰囲気っていうのは、案外消えない」とも言ってい た。「だから、やっぱりパートナーになってくれる人が必要」なのだと。誰か一緒に生きてくれる相手を見つけない限り、私には自分らしい人生を始めることができないのだろうか。

そう考えると、堀越さんがいつぞや口にした「いのちの支え」という言葉が自然と脳裏に甦ってくる。

支え合う伴侶がいなくては、人生を新しくも自分らしくもできないのか？

先月会った香田美智子から聞いた父の話も、そのことを裏付けているようでもある。

美智子によれば、篤子の死を父に伝えたのは美千代だったそうだ。篤子がバリで行方を絶ったことも、その一年後に腐乱死体として発見されたことも、父は美千代からの連絡で知った。通夜にも念入りに変装して出席したのだという。

「社長さんが手引きしてくれたと言ってたわ。今後絶対に修一郎さんの前に顔を見せないという約束で、まとまったお金も受け取ったみたい。それを元手にお父さんはこの川崎の町でお店を開いたのよ」

美智子はそう言っていた。二人は、父が「楽園の樹」を開いたあとからの付き合いだったようだ。美智子は父の店の向かいで花屋を営んでいて、たまに口をきいているうちに父と親密になっていったのだという。

「娘さんを亡くしたことをずっと悔やんでいたわ。自分が代わりに死ねばよかったって口癖みたいに言ってた。もとは、市役所の近くで『樹』という喫茶店をやっていたんだそうね。新しいお店の名前は、篤子さんが死んだバリ島のことを忘れないようにと『楽園の樹』って付けたのよ。コーヒーを淹れるのが本当に上手で、お父さんのコーヒーの味に惹《ひ》かれて集まるお客さんが大勢いたわ。私も最初は、彼のコーヒーが飲みたくてお店に入り浸っていたんだから」

美智子は懐かしそうな顔で父との思い出を語ってくれた。

父はなぜ、妻や子供たちとかつて暮らした川崎の町に舞い戻ったのだろうか。妻も娘も、そして息子もすでにいない町だったというのに……。

失《な》くした故郷に逃げ込んで、時間を巻き戻したかったのだろうか？

家族と共に「樹」を営んでいた頃が、父にとって一番幸福な時代だったのか？

――楽園の樹か。

両国橋のとっつきに足を掛けながら私は心の中で呟く。緩やかな勾配を一歩一歩確かめるように上がっていく。

娘が死んだバリ島を、それでも「楽園」と表現した父は、篤子は死んだのではなく楽園に帰ったと信じたかったのかもしれない。

そこまで考えて、ふと気づいたことがあった。

そういえば、この「楽園の樹」という言葉を、最近どこかで耳にしたような気がする。一体、どこで何をしているときに耳にしたのか。それとも街中の看板か本や雑誌の中で目にしたことがあったのか。

楽園の樹、らくえんのき、ラクエンノキ……。

口ずさみながら歩く。

足が止まったのは、橋を渡り始めて十メートルにも満たない場所だった。

「そうだ。パラダイス・ツリーだ」

思わず小さな声を発していた。

例のパラダイス・ツリー・スネークの「パラダイス・ツリー」が、まさしく「楽園の樹」ではないか。

どうして、そのことにいままで気づけなかったのだろう?

長瀬氏の報告を受けたときも、それから三日後に香田美智子を訪ねたときも、「楽園の樹」という言葉は何度も長瀬氏や美智子の口の端に上っていたというのに。

二十八年ぶりに訪ねた川崎の町で、「ダブル・エンジェル」という名前だったラブホテルが「海蛇」に変わっているのを知った。「海蛇」という看板を見つけて、いっそ「パラダイス・ツリー・スネーク」にでもすればよいものをと思った。あの折は「エンジェル」が「蛇」に変身していることに何かしらの意味合いを感じ、すると直後に、戸叶律子と鉢合わせしたのだった。

そして、今度は父が最後に経営していた喫茶店が「パラダイス・ツリー（楽園の樹）」だということを知った。この驚くような偶然の一致に一体どんな意味が籠められているのか？

足腰はしゃんとしていたが、頭の中には依然薄ぼんやりした霧のようなものが立ち込めている。まだ十分に酔っているのだと思う。

熱帯雨林の森で樹から樹へと身体の形を大きく変えて滑空するパラダイス・ツリー・スネーク。あんなふうに人生も一気に変転する瞬間がきっとあるに違いない――そう思ったのはいつのことだったろう……。

私は両国橋の欄干のそばで立ち止まり、足元を睨んだまま物思いに耽っていた。

ふと強い川風を感じて面を上げる。残っている酒気を吹き払ってくれ、という気分も胸をかすめていた。

暗い川面《かわも》は風の勢いで波立っている。視線を持ち上げていくと、遠くの方に何艘《そう》かの屋形船の明かりが見えた。ここはかつて花街として栄えた界隈なので、船宿や屋形船の船着場が幾つもある。

対岸を川沿いに走る首都高速六号線の高架の向こうには、晴れた夜空を背景に白く発光する巨大な東京スカイツリーの姿があった。

タクシーや電車の窓からたまにその姿を望むことはあったが、こうして夜の両国橋で直にスカイツリーを眺めるのは久方ぶりのことだった。

今夜のツリーはひときわ大きく、そして、美しく見える。天望デッキの上と下が明滅を繰り返しながら青白く輝いていた。

私は欄干に凭《もた》れて、思わず見とれてしまう。

まさしく、パラダイス・ツリーとはあのスカイツリーのことではあるまいか。

と、そのときだった。

スカイツリーの天望回廊と細長いアンテナとの間に、何か長いロープのようなものがぶら下がっていることに気づいた。それはゆらゆらと風に揺れながら、金色の光を放っている。この距離だとまるで紐《ひも》かリボンのようにしか見えないが、スカイツリーの巨大さを考慮すれば太い工業用ケーブルや電線のたぐいだろうか。アンテナのどこかが壊れ、内部にあるべきはずのものが飛び出してしまったのか。

だとすれば、大きな事故につながりかねない。

周辺の住民たちや施設の従業員、電波塔の保守作業員たちは気づいていないのだろうか？

それにしても不思議な光景だった。

目の錯覚ではないかと、幾度か瞬《まばた》きを繰り返す。

そもそもあのような紐状の発光体がスカイツリーのてっぺんから垂れ下がっていることと自体が奇妙だった。たとえケーブルだったとしても、それが自ら光っているというのは解《げ》せない。といって新種のイルミネーションというわけでもあるまい。

――あれは、幻覚なのか？

川風のおかげで酔いは抜け、頭の中の霧も薄くなっていた。

間違いなく、光る紐状のものがスカイツリーのアンテナの根本あたりにくっついて、ゆうらゆうらと揺れ続けている。

私は視線を逸《そ》らして、橋の上にいる人々を眺めやる。前後、二、三人ずつ散らばって歩いていた。時折、スカイツリーの方へ顔を向けている通行人もいた。

だが、誰もこの異変には気づいていないようだった。

どうしてだろう？

再びツリーの方へ目をやると、揺れていた紐状のものの振幅が大きくなっていた。風に流されているというよりは自律的に運動しているようだった。

どこかで、これと似たような映像を見たことがある。

今度はすぐに思い当たった。

YouTube の中のパラダイス・ツリー・スネークの飛行シーンだった。

あの空飛ぶ蛇は、天敵のトカゲに遭遇するや否や、枝からひょいと首を持ち上げ、ためらう素振りもなくあっという間に中空へと身を躍らせた。

そんなことを思い出していると、何としたことか、眼中の紐状の物体もまた、パラダイス・ツリー・スネークさながらに我が身を夜空へと放り出したのである。

私は唖然とした心地でその光景を眺めていた。

アンテナから離れた発光体は、身体を鞭《むち》のようにしなやかにくねらせながら、しばらくスカイツリーの周囲を滑空し、そのうち東の方角へともの凄いスピードで飛び去って行ったのである。

36

四月十九日の夜、堀越夫妻が見つかったという連絡が入った。

一報をくれたのは警察ではなく、大津に住む三枝幸一だった。

律儀な三枝はいつも自宅の固定電話に掛けてくる。堀越夫妻の失踪以来、何度か電話でやりとりをしてきたが、彼が携帯に掛けてきたことは一度もなかった。それがこの日は、私のアイフォーンに連絡してきた。ディスプレーに表示された「三枝幸一」という文字を見た瞬間、私は全身がこわばるのを感じた。

日曜日とあって、「絵島」でのんびり独り酒を楽しんでいるところだった。

「社長、堀越さんたちが見つかりました。二人とも生きています。元気です」

画面にタッチし、アイフォーンを耳に押し当てたとたんに興奮気味の三枝の声が響いてきた。

その第一声に触れて、極まった緊張が一気にほどけていく。

二人が姿を消したのは昨年の六月十五日日曜日。ほぼ十ヵ月ぶりに生存が確認されたのだった。

日曜日に消えて、日曜日に現れたのか……。

なぜだか、そんなことをふと思った。

夫妻の安否については、時間が経つにつれて意見は二分されていった。すぐに遺体が発見されないことからきっとどこかでまだ生きているのだろうという見方と、これだけ時間が経っても姿を見せない以上、きっともうこの世にはいないに違いないという見方の二つだ。

私は一貫して前者だったが、堀越姉妹や花江は半年もするとすっかり後者の見方に立っていた。

日曜日は仕事なのでいまどこにいるのか分からなかったが、私はすぐに花江に電話を入れた。せめて留守録にメッセージを残しておこうと思ったのだが、本人が出た。

「さっき、二人で一緒にいるところを三枝さんが見つけたらしい。いまは、大津の三枝さんの家にいて、真奈美さんや小百合さんも名古屋から駆けつけたみたいだ。とにかく、堀越さんも咲子さんもとても元気らしいよ」

そう言うと花江はしばし絶句していたが、

「ほんとうによかったね」

と鼻声になった。

「さっそくこれから、僕たちも祝杯をあげないか」

「そうね。まだ新宿なんだけど、すぐ行く」

いつもの「絵島」で飲んでいることを伝えて私は電話を切った。花江はいまも変わらず浅草橋の社員寮住まいで、最近は神楽坂だけでなく、浅草橋や両国界隈でも一緒に食事をしたり、酒を飲んだりしていた。

ショールームでの仕事もすっかり板につき、絹江を失った痛手からも徐々に立ち直ってきている気配だ。

私の方は、年明け早々に社長退任と後継社長に大庭大作《だいさく》専務をあてる人事を決定し、内外に発表した。私自身は空席の会長職には上がらず、六月の定時株主総会を区切りにすべての役職から身を退くことにした。

年初の臨時取締役会で社長職はすでに大庭に譲っており、いまの私はただの取締役の立場だが、目下のところ多岐にわたる社長業務の伝達や取引先や金融機関、官公庁、同業他社への挨拶回りなどを新社長とともにこなしている。といっても、そういった引継ぎも三月中にはあらかた片付き、四月に入ってからはさながら楽隠居の身分だった。

社長室も明け渡したので、空室のままだった会長室を臨時に使っている。会長室も同じ七階だが、広さは社長室の半分程度でミニキッチンなどの設備もない。コーヒーは毎日、その日の分を保温ポットに詰めて持って来ているが、来客もないし、役員会の開かれない日は半ドンで切り上げることもままあったので、別に不都合は感じなかった。

最後の一年と心に決めて過ごした今年度は業績が著しく持ち直していた。

数年ぶりの大幅黒字達成は確実で、ずっと削り続けてきた株式配当金も百パーセントに戻せそうだった。株価も急回復している。

ことに大庭に社長を譲ると決めて本人にも伝えた昨年の十一月以降、大きな受注が立て続けに飛び込んできて、黒字予想額が一気にふくらんだ。それもあって近頃の大庭はすっかり自信をつけていた。

なるほど島田富士子の言ったとおりだったと、彼女のアドバイスに感謝している。

私の所有している株式は、全株を会社に譲渡することにした。セラールの一件に鑑みて、それまでの考えを改めたのだ。舜一に株式を譲ればふたたび宇崎の野心を刺激するのは目に見えている。妻と息子の株式を合算すれば、今度はやまとのような第三者の手を借りることなくすんなりと、彼は徳本産業を手中におさめることができる。一度は踏みとどまってくれた淳子も、息子の行く末が絡んでくれば夫と意志統一を図る可能性は高いだろう。去年、彼女と話してみて、私はそのような感触を持った。

淳子も宇崎同様、心の底では美千代や私に対して激しい敵愾心《てきがいしん》を抱いているのだ。

徳本京介や美千代の遺志を継ぐという意味では、徳本産業の維持繁栄が何よりも優先されるべきだ。ひとたび宇崎が徳本を支配すれば、それこそ社名から何からすべてが変えられるに違いない。三歳まで慣れ親しんでいた「舜一」という息子の名前でさえ、さっさと改名してしまう執拗さが宇崎隆司という男にはある。

持ち株は額面価格で会社に売却する。そのかわり、退職慰労金は規定通りに受け取ることにした。「それではいくらなんでも申し訳ないですよ」と大庭は難色を示したが、私は頑として受けつけなかった。とはいえ、十年に及ぶ在任期間からして慰労金の額はかなりのものになる。

今後の算段をつける上で、それだけあれば私には満足過ぎるくらいだった。

私と花江が大津に向かったのは、四月二十二日水曜日だった。すぐにでも堀越さんたちの顔を見に行きたかったのだが、花江の定休日を優先せざるを得なかった。九時四十分発ののぞみ２１９号の車内で待ち合わせにしたところ、花江はどぎまぎした様子で九号車に乗り込んできた。

「新幹線のグリーン車なんて生まれて初めてだよ」

窓際に座ると、開口一番そう言った。交通費はこちらで負担すると彼女にはあらかじめ伝えてあった。

「僕も、あと二ヵ月で浪人ですからね。グリーン車もこれがたぶん最後です」

「やっぱり社長さんって、ほんとに社長さんだったんだねえ」

花江は妙に感心したように隣の私を見た。

桜もとうに散って、花冷えの時期も終わり、東京は春本番を迎えている。軽めのジャケットにしてきたのだが、それでも汗ばむくらいのあたたかさだった。都内は夕方から雨の予報だが、これから向かう関西は昨夜のうちに雨雲も通り過ぎ、今日、明日と快晴らしかった。

花江はベージュのスプリングコートにいつものカットソー一枚だ。例によって下はジーンズだった。一泊の予定なので、私も花江も旅の荷物は小さなバッグ一つきりだ。今夜の宿は琵琶湖沿いに建つ「びわ湖ホテル」で、これも私が予約を入れたが、宿代は自分で出すと言って花江はきかなかった。ツインの部屋を隣同士で二つおさえてある。

足代のかわりのつもりなのだろう、弁当は花江が用意してくれることになっていた。てっきり駅の売店で買ってくるのだと思っていたが、彼女がバッグとは別に提げてきた紙袋から取り出したのはお手製の弁当だった。

えびしんじょう、とりのつくね、うどといんげんの胡麻《ごま》和《あ》え、出汁巻き卵にたけのこ御飯という取り合わせだったが、薄めながらも味はしっかりときいていて、ほとんどプロの腕前だった。花江の料理を味わったのは、ウニ尽くしのつまみを私のマンションの卓に並べて焼酎を酌み交わしたあの一度きりだったが、料理上手の印象はどうやら間違いなかったようだ。

「花江さん、料理がうまいですね」

私が言うと、

「いっつもお金がなかったから自分で作るしかなかったのよ。嫌なことがあっても鍋とかフライパンとかに触ってると不思議と忘れられたしね。でも、私のは節約料理だから全然駄目。本当に上手な人はやっぱり贅沢《ぜいたく》料理を作る人だから」

「でも、これすごく美味しいですよ」

「まあね。今日はこれでも私なりに贅沢流なわけよ」

そう言って花江は照れたような笑みを浮かべる。

流れ過ぎていく車窓の景色を眺めながら、私は花江の弁当をゆっくりと味わった。

「やっぱりグリーンだと味が違うね」

花江も時折窓の外に目をやりながら箸を使っていた。

「これがお葬式なんかじゃなくてまじよかったよね」

箸を止めて、彼女がふとそう呟く。

私も無言で深く頷いた。

正午前に京都に着き、京都駅で琵琶湖線に乗り換えた。京都から大津までは二駅、十分足らずの距離だ。

駅前にとまっていたシャトルバスを使ってホテルまで行き、まずはチェックインを済ませた。予約は二時からだったが部屋は空いていた。

広々とした十一階のツインルームに入ると、正面の大きな窓の向こうには鏡面のように輝く琵琶湖が広がっている。彼方《かなた》に見えるはずの琵琶湖大橋が、強い日差しのせいですっかり霞《かす》んでしまっている。湖面は手前から青、金、銀、そして真っ白と段々に色を変えていた。

窓に向かって据えられたソファの一つに腰を下ろし、さっそく携帯で三枝幸一に連絡する。腕時計の針は十二時四十五分を指している。

一度の呼び出し音で三枝が出た。

「お着きになりましたか」

「はい。いまホテルの部屋に入ったところです」

「いつでもお迎えにあがれますが」

「ありがとうございます。では、十五分後でいかがでしょう」

「一時ですね」

「申し訳ありませんが、よろしくお願いします」

「ところで、社長はお昼ご飯はどうされますか。もしまだでしたら用意させていただきますが」

「三枝さんたちはもう食べたんですか」

「私たちもまだなんです。社長が召し上がるのであれば、ご一緒させていただくつもりでおりました」

「じゃあ、遠慮なくご馳走になります」

「そうですか。そりゃあよかった。堀越さんも喜ぶと思います」

「こちらこそありがとうございます」

「じゃあ、一時にはホテルの玄関に車を寄せておきます。では、のちほど」

そう言って、三枝は自分から電話を切った。

37

三枝幸一の家は、滋賀銀行本店前の路地を大津駅方向に二百メートルほど進んだ場所に建っていた。住所は中央二丁目。年季の入った雰囲気の店舗や板塀の家屋が点在する古い町並みの一角だったが、そこだけ場違いなほどに新しくモダンに見える広壮な邸宅だった。

通りを挟んだ向かいには「液晶バックライトのスペシャリスト　三枝電子工業株式会社」という看板を掲げた五階建てのビルがあり、そこが三枝の父親が興した会社であるらしかった。

車中の説明では、

「私が長男なんで本当は会社を継ぐべきだったんですが、死んだ親父とは若い頃からいろいろありましてね。それで、東京の大学に進んだあと、結局こっちには帰らなかったんです。いまは親父の右腕だった人が社長をやってくれていて、私や妹たちは株だけ持たせて貰ってるんですよ」

とのこと。わざわざ車で迎えに来てくれたのだが、五分もかからずに三枝家の広い駐車場に到着した。

車から降りて、三枝の後ろについて門扉《もんぴ》をぐると大きな玄関ドアが内側から開き、サンダルをつっかけた堀越さんが姿を現した。玄関ポーチの階段を降りてきて私たちを出迎えてくれる。懐かしい顔に私も花江も思わず立ち止まった。

白いポロシャツにグレーのズボンをはいた堀越さんは少し痩せていたが、血色もよく、元気そうに見える。穏やかな笑みを浮かべ、そして、彼は私たちに対して深々と頭を下げたのだった。

「おひさしぶりです」

私の方から近寄って両手を差し出した。顔を上げた堀越さんが、その手をぐいと摑んでくる。

「高梨社長、本当にご迷惑をおかけしました。誠に申し訳ありません。娘たちにまで親身にしていただいたと聞いて、私も咲子も御礼の言葉が見つかりません」

そう言いながらも、堀越さんは頰をゆるめたままだった。悲愴《ひそう》な感じはなく、言葉つきもしっかりと力強かった。以前の堀越さんとはどこかしら雰囲気が違っていた。

「とにかくお二人ともお元気で何よりでした」

堀越さんは大きく頷き、自分から手をほどくと、今度は私の後ろに立っていた花江の方に歩み寄る。

「真奈美から絹江さんが亡くなられたと聞きました。お悔やみ申し上げます。何のお手伝いもできなくて本当にごめんなさい」

そこで初めて、彼は顔つきを引き締めたのだった。

三枝家の広いダイニングルームに六人で集まった。咲子さんも溌剌とした様子で三枝夫人の章子《しょうこ》さんを手伝って食事の支度をしている。

卓上フライヤーを大きなダイニングテーブルに置き、章子さんと咲子さんが目の前で揚げてくれる天ぷらを頬張る。その前に久々の再会を祝して全員で乾杯した。初夏を思わせるような陽気とあって、冷えたビールが胃の腑にしみわたる。

天ぷらの主役は近江牛のロース肉だった。大きめの拍子木に切ったそれに薄い衣をつけてさっと揚げ、塩を振って食べる。

「おいしすぎてどうにかなりそう」

という花江の感想に私も思わず頷く。

一緒に揚げている幾種類かの近江野菜も濃厚な味で、どれも絶品だった。特に鮎河菜という菜の花に似た葉物は茎がブロッコリーのように柔らかで甘く、いままで食べたことのない食感だった。とにかく香りが素晴らしい。鮎河菜と書いて「あいがな」と読むのだそうだ。

失踪中の堀越夫妻がどこで何をしていたのかはまだ聞いていなかった。「徳本の社員寮を出たあと、日本中を放浪していたみたいです」と電話で三枝に言われたきりで、詳しくは直接会ってやりとりするつもりだった。

元気な姿で見つかったからといってすんなり安心するわけにはいかなかった。長年暮らした町に舞い戻り、たまたま旧知の人物に出くわしたとはいえ、夫妻の存念がどこにあるかは依然として謎だった。隙をついて再び姿をくらます可能性だってあるし、こちらが危惧していた行動に踏み切る可能性も決して皆無とは言えない。油断は禁物だし、そこは自宅に引き取って面倒を見ている三枝もよくわきまえているはずだと思っていた。

ところが、こうして実際に本人たちと対面してみると、そういう私の懸念が完全な杞《き》憂《ゆう》に過ぎなかったことがすぐに察せられた。

二人からは、およそ心中するような気配は感じられなかったのだ。

食事をし、ビールの杯を重ねているうちに堀越さんの口から問わず語りにいろんなことが明かされていった。失踪した理由は、真奈美の推測の通りだったようだ。次女の小百合が長男から執拗な虐待を受けていたことに、あの日、名古屋に駆けつけるまで堀越さんも咲子さんも一切気づいていなかったのだという。

「息子が事件を起こしたとき、自分たちに親の資格なんてこれっぽっちもないと思い知りましたが、小百合のことを知って、私たちには人間の資格さえなかったのだと痛感したんです。私たちが生きている限り、被害者のご遺族だけでなく娘たちまで苦しめ続けることになる。そのことが骨身に沁《し》みて分かった気がしました」

　堀越さんはそう言い、

「それで、この一年近く、ずっと死に場所を求めて日本中を歩き回っていたんです」

　と淡々と付け加えた。隣で咲子さんも静かに肯いている。

「ところがね、情けない話なんですが、その肝腎の死に場所がなかなか見つからない。最初は、わがままな話かもしれないけれど、この世の見納めに、せめていろんな土地を回って、それでどこか適当な場所を見つけて死のうと思っていたんです。何しろこの十数年、つらいことばかりでしたからね。ほんの少しでいいから咲子には楽しい思いもさせてやりたかった。でもね、実際にそうやって全国の町を流れ歩いているうちに、人間というのは、死に時だけじゃなくて、死に場所というのもちゃんと揃っていなくちゃ容易には死ねないんだとだんだん気づかされていったんです。私たちの場合、死に時は充分すぎるほどでしたから、あとはどこで死ねばいいかだけでした。しかし、いざ探し始めてみると、歩いても歩いてもこれという場所にぶち当たらない……」

　そして、結局、捨てたはずの大津に舞い戻るしかないと気づいたのだという。

「私も咲子もこの町で新しい人生を始めたもんで、やっぱり最後の最後は、その生まれ変わった場所で死ぬほかないと思い定めたんです」

　そうやって二人が十四年ぶりに大津に帰って来たのは、なんと、三枝に見つかるその前日の夜のことだった。

「市内のビジネスホテルに泊まって、翌朝早くに部屋に荷物を残したままホテルを出たんです。常夜燈のところからなぎさ公園に出て、湖畔をゆっくり歩きました。夜は明けていましたが雨がぱらついていて、琵琶湖沿いは釣り人の雨合羽《あまガッパ》姿がぽつぽつ見えるくらいでしたね。近江大橋の方角に進んで、三、四十分でサンシャインビーチに着いた。その頃には雨足も強くなっていて、ビーチには人っ子ひとりいませんでした。私たちにしてみれば好都合でした。とにかく、私も咲子も琵琶湖を一目見たとたんに、すーっと気持ちが落ち着いて、それまでになかったくらいに覚悟が決まったんです。お互い口には出しませんでしたが、やっぱりここだったんだと深く納得していました。自分たちはやっぱりこの場所で死ぬしかないんだって。ためらいも逡巡《しゅんじゅん》も一切なかった。ビニール傘をたたんで、靴を脱いで、しっかりと手を繋いで、静かに波打ち際まで歩いて行きました」

彼らが不思議な体験をしたのはその直後だった。

「裸足《はだし》の足を湖水に浸そうとしたら、不意に湖面が光り出したんです。それはもう眩《まぶ》しいくらいで、急いで空を見上げました。雲が割れてちょうど目の前に日光が射しこんできたんだろうと思ったんです。だけど、そうじゃなかった。空は相変わらず雨雲に覆われていて薄日すら射していない。顔を戻すと、それはもうきらきらと湖が光り輝いている。目の錯覚じゃないかと疑って、思わず二人で顔を見合わせた。水が透き通って、無数の硝子《ガラス》片が水中にちりばめられているみたいでした。前に進もう、水に入ろうと思ってもとてもできないんです。その輝きがあまりに神々しくて、私たちのような汚れた人間が近づける雰囲気じゃない。五分かそこら水際に二人で佇んでいたでしょうかね。一歩も進めないまま呆然とした気分で透明に輝く湖を眺めていました。そしたら、『夜にしようか』って咲子が呟いたんです。私もそう思いました。これは、暗くなってからにしろって神様が言っているんだろうってね」

堀越さんはそこまで喋って咲子さんの顔を見た。

「主人の言う通りなんです」

その先は咲子さんが言葉を引き取る。

「それで、一度ホテルに戻って、誰にも見つかるわけにはいかないから半日以上部屋で時間を潰して、夕方、もう一度サンシャインビーチに行きました。ちょうど日没手前くらいの時刻で、浜辺の草地でじっと日が暮れるのを待っていたんです。雨はもうやんでいて生ぬるい風が吹いていました。朝とおんなじで、誰も通りかかる人もいなくて、試しに靴を脱いで波打ち際に近づいても、今度は、湖が光るなんてこともありませんでした。やっぱり夜だったんだねって主人と言い合ったんです。ようやく日が沈んで、そろそろいいかなって一緒に立ち上がろうとした、ちょうどそのときでした……」

「私が声を掛けたんですよ」

今度は、三枝が口を開いた。

堀越夫妻が同時に大きく頷く。

「週に二度か三度はなぎさ公園を走るようにしていましてね。普段は朝なんですけど、十九日は雨だったんで夕方から走り始めたんです。砂地は走りたくないんで、いつもはビーチの手前で折り返すんですが、その日はどういうわけか、久しぶりにビーチまで行ってみようと思ったんです。日もとっぷり暮れて十八号線の街灯の明かりしかなくて、ビーチは真っ暗に近かったですよ。足首を痛めないように速度をゆるめて砂の上を走っていたら、おとなが二人、浜の草地に体育座りして湖の方角を眺めているじゃないですか。その後ろ姿が目に入った瞬間に、私にはピンときました」

「突然、背後から声が掛かって、しかも『堀越さん』って名前を呼ばれて、私も主人もそれはもうびっくり仰天ですよね。慌てて立ち上がって振り返ったら、ランニングウエアをきた三枝さんがすごい形相で立っていたんで、なおさら肝を潰しちゃったんです」

咲子さんは三枝の顔を見ながらおかしそうに言う。

「びっくり仰天だったのは、私の方ですよ」

すかさず三枝が言い返した。

「あんたら一体何してるんだ、って彼が怒鳴るみたいに言うから、私らも何と返事していいか分からなくてね」

堀越さんもおかしそうに笑っている。

「まさか、これから琵琶湖に入って死ぬつもりだとも言えないしねえ……」

咲子さんが案外真顔で呟いた。

そこで堀越さんは、なぜだか不意にこちらに顔を向け、見据えるような瞳で私を見た。

「だけど、あのときの三枝さんの一喝で、私も咲子もいっぺんに目が覚めたんですよ」

そしてそう言うと、こちらに視線を寄越したままグラスを持ち上げ、残っていたビールを一息で飲み干してみせたのだった。

38

ホテルに戻ってきたのは三時過ぎだった。

久々の対面にやはり張り詰めるものがあったのだろう。さほど飲んだおぼえもないのだが、部屋に辿り着いてみると存外酔っ払っているのに気づく。酔い醒ましもかねてシャワーを使い、備え付けのバスローブに身をくるんでベッドのへりに腰を下ろした。

窓外の光は幾分やわらいでいる。部屋を出るときよりも水の色が青々として見える。波間に浮かぶカモたちや、まばらに散ったボート、遠くには白い遊覧船らしき姿もいまはっくきりと望むことができた。

そのままベッドに横になって目を閉じる。室内はぬくもっていて寒くはなかった。

——裸足の足を湖水に浸そうとしたら、不意に湖面が光り出したんです。

そう語ったときの堀越さんの真剣な表情が瞼の裏によみがえってくる。

——水が透き通って、無数の硝子片が水中にちりばめられているみたいでした。

隣の咲子さんは夫の言葉を聞きながら一種恍惚《こうこつ》とした表情を浮かべていた。

——その輝きがあまりに神々しくて、私たちのような汚れた人間が近づける雰囲気じゃない。一歩も進めないまま呆然とした気分で透明に輝く湖を眺めていました。

堀越さんの言葉を反芻しているうちに次第に意識がかすれてくる。

昨夜は余り眠れなかった。やはり堀越さんと会うことに何かしらの緊張を私は感じていたのだろう。

不意に睨みつけるような目をした堀越さんの顔が浮かぶ。

彼はなぜ、あんな目で私を見たのだろうか？

光る湖の話を聞いてすぐに、篤子と最後に食事をした晩のことを思い出していた。

そのこととあの鋭い眼光とのあいだには何らかの関わりがあるのだろうか？

「ときどきだけどね、プールの水が光って見えるの」

バリの海の話をしている最中、ふと篤子は言った。

「そんなの当たり前だろう」

　と私が笑うと、

「そうじゃなくって、何かの明かりを反射してるわけじゃなくてね、水そのものが発光しているっていうか、水が光そのものになったように感じることがあるの。そんなときはね、水の中にいると全身が光に包まれているみたいで、もう二度とこの水の中から出たくないって本気で思うの」

「なんだそれ」

　何となく彼女の雰囲気にただならないものを感じて、私はわざと茶化すように返した。

「水はね、お兄ちゃん、生きてるんだよ。その水のいのちの光がね、きっと私には見えるときがあるんだよ」

　あのときの篤子のうっとりとするような表情を、私はいまでもありありと脳裏に再現することができる。


　目を開けると部屋の中が黄色に染まっていた。

　しばらく横になったままあたりを見回し、ゆっくりと上体を起こす。

　いま何時だろう？

　いつの間にか寝てしまった。ずいぶん長い時間眠った気がした。

頭を左右に動かし、肩をゆすって眠気を追い払う。あたたかいコーヒーが飲みたかった。夢の残滓《ざんし》が意識にまだ残っている。

広い寺の本堂で私はお経を聴いていた。目の前に金色の豪華な袈裟《けさ》をまとった恰幅《かっぷく》のいい導師が座り、周囲には十人を超える役僧が控えている。だが、経をあげているのは中心の導師だけだった。一体誰の法要だったのか？　そこがよく思い出せない。美千代だったのか、篤子だったのか、それとも絹江の法事だったのか。会葬者は数人だった。私と花江、淳子と舜一、それに新社長の大庭がいた。もう一人。そうだった。一条龍鳳斎がしかつめらしい面持ちで末席に連なっていた。

読経が終わり導師一行が姿を消すと、私たちは一斉に立ち上がった。体育館のような本堂で、出入口の扉はたくさんあった。それぞれが別々の扉に向かって歩き始める。私一人がそうやってばらけていく五人の後ろ姿を見送っていた。とそのとき、グレーのズボンに紺色のブレザーを着た舜一がこちらを振り返り、急いで私のもとへ駆け戻ってきたのだ。目の前に立つと、舜一はすっかり大きくなっている。それはそうだろう。彼ももうとっくに中学生なのだ。

「僕、憶えているよ」

思い詰めたような瞳で舜一が言った。

「忘れてなんかいないよ」

彼が何を言いたいのか私には分からない。怪訝な顔を作っていると、舜一は声のトーンを一段高めて、

「お父さん。僕、忘れてなんかいないんだよ」

そう言うなり抱きついてきたのだった。

私は唖然とした心地で舜一を受け止める。その身体は細くて華奢《きやしや》だった。ちゃんと食べているのだろうか。小さい頃はよく風邪を引く子だったが、いまは元気にしているのだろうか。さまざまな心配がみるみる胸中に広がっていく。

「お母さんに思い切り甘えるんだぞ。お父さんにたくさんわがままを言うんだぞ。がまんしたり、しんぼうしたりなんて、これっぽっちもしなくていいんだからな」

そう言いながら、腕に力を籠めて舜一を抱きしめる。彼が小さいとき、一体何度この身体を強く抱きしめたことだろうか……。

ちょうどその場面で、私は目覚めたのだった。

舜一の夢を見るのは久し振りだった。美千代の通夜、葬儀で顔を合わせてからしばらくはしきりに夢に出てきたが、それもここ一年くらいはなかった気がする。

私はベッドから降りると用を足し、顔を洗った。時刻はちょうど五時。二時間近く眠ったことになる。

着替えると気分はすっきりした。花江とは七時にホテル一階の日本料理屋の前で待ち

合わせにしていた。近江牛は三枝家で堪能したので、夕食は花江の好きな寿司にしようと思っている。まだだいぶ時間がある。それまでに足を運んでみたい場所があった。

外は未だ明るかったが、湖畔から吹きつける風は日中よりも涼しかった。上着を羽織ってちょうどいいあんばいだ。

ホテルの真裏がなぎさ公園の始まりだった。水上警察とホテルとのあいだにコンクリート敷きの広場があり、そこを起点に右方向に遊歩道や芝地、岩浜などが続いている。フロントで貰った観光地図によれば、この細長い公園の総延長は五キロ近くに及び、公園沿いには多くのスポーツ施設、文化施設が建ち並んでいるらしかった。

湖沿いに途切れることなく整備された遊歩道を辿れば「サンシャインビーチ」には四、五十分で着くだろうとフロントマンは言っていた。なるほど地図で確かめると、遠くに見える琵琶湖文化館の先に「石場の常夜燈」というのがあった。

「常夜燈のところからなぎさ公園に出て、三、四十分でサンシャインビーチに着いた」とさきほど堀越さんが言っていたから、距離的にはそのくらいなのだろう。往復二時間弱。七時には何とか戻れる勘定だ。

私は広場を抜けて湖岸へと進んで行った。

岸辺から望む琵琶湖はまさしく海と見紛《みまが》うばかりだ。湖面に立つ波は、足もとの岩浜に向かって寄せては返しを繰り返している。湖に向かって張り出したデッキには、平日にもかかわらず結構な数の釣り人が群れて長い竿《さお》をのばしていた。

県道側の緑地帯は、手入れの行き届いた林や芝地、花壇などが設《しつら》えられていた。花壇ではいまを盛りと芝桜が咲き誇っている。

週に二度か三度はここを走ると三枝が言っていたが、たしかにこんなにうってつけのジョギングコースは滅多にないだろう。東京だと多摩川べりや隅田川沿いはかなり整備されているが、それにしてもここまでの景観は望むべくもない。

岩浜に沿ってのんびりと歩く。散歩コースとしても絶好と言っていい。

週末に娘たちが迎えに来て、堀越夫妻は名古屋へ移るとのことだった。

とりあえずは真奈美の部屋に落ち着き、今後の身の振り方を考えるらしい。

「もう二度と家族がばらばらにならないようにするつもりです」

堀越さんはきっぱりと言っていた。

臨時取締役会で大庭に社長の椅子を譲った翌週、私は川崎に出かけた。父が営んでいた「楽園の樹」があった場所を確かめ、「まんぷく」が入っていた銀座街の外れの黄色いビルをあらためて見に行った。別にこれといった目的があったわけではなかった。香田美智子の話を聞いて、もう一度あの界隈を訪ねたいとずっと思っていたのだ。

二十八年ぶりの訪問からたった半年余り過ぎただけだった。

だが、大きな変化が起きていた。

黄色いビルは、一階の「あゆみ印房」がなくなり、錆の浮いたシャッターには「貸店舗」の張り紙さえなかった。ビル入口の郵便受けを見ると他の部屋も空室ばかりのようだった。

さらに驚いたのは、「海蛇」と名を変えていたあのラブホテルが取り壊されていたことだ。ロープで囲われた敷地はすでに更地と化していて、いささか呆気にとられる気分になった。

会社に戻ると、懇意にしている不動産業者を呼んで、黄色いビルの権利義務関係を調べてくれるように依頼した。ビルの持ち主は誰で、どんな業者が管理を請け負っているのか。テナントにはどのような店子が入っているのかなどが知りたかった。半月足らずで業者からの報告が届いた。ビルの所有者は、管理も行っている川崎市内の不動産会社で、築年数も相当に経っていることから四月までにすべてのテナントとの契約を打ち切り、建物の解体を考えているらしかった。跡地にはとりあえず有料駐車場を設置する計画だという。

さっそく私は、不動産業者を通じてビルの買い取りを打診した。遠い昔、母親があのビルで食堂を営んでいた時期があり、ビルごと譲って貰えるなら、念入りなリフォームを施した上で、その店を私自身の手で復活させたいのだと正直に先方に伝えて貰った。相場を上回る買値を付けたこともあって売買交渉はあっさりと落着し、ゴールデンウィーク明けの五月九日にビルは私の手に渡ると決まった。来週中には契約書類一式も届けられる手筈になっている。買い取り資金については株の売却金で賄うつもりだ。大庭ともとっくに話がついていた。

すでに改装業者に発注も済ませている。「まんぷく」同様、一階を店舗とし、二階以上はテナントを入れずに私と従業員たちの住居とする予定だ。

客商売をやるにしては社長業を長く務め過ぎた、と島田富士子には危惧されたが、儲ける気もないのだから食堂の一軒くらいは何とか切り盛りしていけるだろうと楽観している。小さい時分から父や母の店を手伝ってきた経験もある。私だってまるきりの素人というわけでもないのだ。

フロントで教えられた通りで、ちょうど五十分でサンシャインビーチに着いた。それまでの岩浜がここで初めて砂浜に変わった。日はだいぶ傾いていたが、まだ空はほの明るかった。浜辺には誰もいない。腕時計の針は六時五分前。夕餉時を迎えてみんな砂浜をあとにしたのだろう。

すぐ目の前に巨大な近江大橋が見える。橋の上で車が数珠《じゅず》つなぎになっている。家路を急ぐ車列に違いなかった。右手の県道も交通量はあるが、車の音は浜までは届かない。目をつぶると琵琶湖の波音が風音に混じって聞こえてくる。

砂浜の真ん中あたりまで歩いて、私は足を止める。足元にはまばらに草が生えている。

堀越さんたちはこのあたりで体育座りをして日が沈むのを待っていたのだろうか。

ジャケットからアイフォーンを取り出し、「琵琶湖　日没時間」と検索バーに打ち込んでみた。「十八時三十五分」と表示される。あと三十分余り。帰りはタクシーを拾えばいいだろう。

草地に尻をつけて座った。膝を抱えて光を失いつつある湖を見る。見れば見るほど海のようだった。打ち寄せる波の音も海のそれと同じだ。

十五分ほど座っていただろうか。

波打ち際に小さなひらひらするものが現れた。何だろうか、と目を凝らしてみる。蝶《ちょう》だった。黄色い小さな蝶だ。ここに着くまで一度も見かけなかったが、季節柄、蝶が飛んでいても不自然ではない。浜辺ではあるが、草地にはタンポポらしき花もぽつぽつ咲いているのだ。

蝶が私の方へと近づいてきた。立ち上がり、私も蝶の舞っている方へと歩み寄っていった。

よく見ると羽に小さな斑点《はんてん》が散っている。おそらくモンキチョウだろう。

蝶は私を認めたのか、ぷいと反転して左右にゆらゆらと漂うようにしながら波打ち際へと戻っていく。まるでおいでおいでをしているようだ。私は上着を取って砂地に置き、靴と靴下を脱ぐとズボンの裾を急いで巻き上げて蝶のあとを追った。

足裏にあたたかさを感ずる。砂はまだ日中の熱をたくわえている。蝶は風に舞うような飛び方をやめて、やがて真っ直ぐに湖上へと突き進んでいった。

私は、その一匹の蝶からどうしても目が離せなくなった。

砂が次第に熱を失って湿り気を帯びてくるのも構わず、顔を上げたまま蝶を追いかける。足先が水に触れるのを感じた。水の冷たさに全身がびくっとふるえる。

蝶はいまや薄暮の中で形を失い、黄色い点となって中空で揺れていた。

そういえば……。

私は足首のあたりまで湖水に浸して立ち止まり、

――そういえば、海を渡る蝶というのがいたな。

と思い出していた。以前テレビでそういう蝶の姿を観たことがあった。わずか数ヵ月の生涯で、その蝶は実に二千キロの距離を移動する。千キロの海を集団で渡る。たしかそんなふうに言っていた。なぜそれほどの距離を飛ぶのか、どうやって高波や暴風の待ち受ける海上を越えてゆくのか、謎はまだ解明されていないらしい。

あれはなんという名前の蝶だったろう。いま目の前を舞う黄色い蝶がその蝶なのだろうか？

日は、すとんと音でも立てるように沈んだ。

あたりがあっという間に暗くなる。

蝶の姿はもう見えなかった。

私は一つ息を吐いて空を見上げた。月はどこにもなく、明かりは県道から洩れてくるかすかな灯火だけだ。それでも次第に夜目がきいてくる。

ふと湖面に視線を下ろした。何かが光ったような気がしたのだ。たしかにちらちらと湖の表面が小さく点滅していた。一体なんだろう。先ほどの蝶が着水してしまったのか。しかし、そんなはずもない。

再び空を見上げたのは月のありかをもう一度確かめたかったからだ。さざ波が月光に照らされているとしか思えなかった。だが、やはり月はどこにも見えない。

そのうち、一ヵ所が明るく光りはじめた。私は仁王立ちのように足場を固め、腰を折って湖面に顔を近づける。よく見れば、それは水の中をくねるようにして動く細い紐状のものだった。光る紐がくねくねと形を変えながら小さな円を描くように泳いでいた。

そしてその紐自体が金色に発光しているのだ。

日曜日の朝、堀越さんたちがここで見たものはこれなのか?

そうではないと私には最初から分かっていた。

この紐状の物体は以前にも見たことがあった。

島田富士子と「ロベルト」で食事をした晩、私は両国橋のたもとでこれを見た。

東京スカイツリーの先端にゆらゆらとぶら下がっていたのが、まさしくこの物体ではなかったか。

大きさはもちろんまるで違っている。だが、形状といい色合いといいまったく同じに見える。

これは何だろう？

この生き物は、この金色の蛇のような生き物は一体何なのだろう？

金色の蛇はだんだんと近づいてくる。ウツボか海蛇のように身をくねらせて上手に泳ぎながら私の方へと接近してくる。ほんの手の届くところまでやってきたとき、私ははっきりと知った。それはやはり蛇だった。金色の鱗《うろこ》でびっしりと覆われた細長い蛇に間違いなかった。蛇が全身をくねらせるごとにキラキラと小さな光の玉が水中にまき散らされていく。そのたびに湖水の一部分が、ちりばめられた硝子片が光を弾いたときのように一瞬輝く。

目の前まで泳いできた蛇は尻尾のあたりをゆすって、先ほどの黄色い蝶と同じように私を誘っていた。二メートル足らず前方でゆうらゆうら漂い、おいでおいでをしている。

「さあ、私についてくるのよ」と言っているみたいだ。

私は意を決して一歩を踏み出した。

足首までだった水がまたたく間に膝に届いた。

蛇は波間に光を放ちながら私の前を泳いでいる。目の前まで来たかと思えば、すーっと遠ざかり、そしてまた近づいてくる。

これ以上進めば捲《まく》り上げたズボンが水に浸かってしまうが、一度動かし始めた足は止められなかった。爪先で砂をつかむようにしてじわじわと前に進んでいった。

視線は金色の蛇に吸い寄せられている。後ろを振り向くことも、首を回すことも、顔をほんの少し動かすことさえもできなかった。

さざ波が作り出すきらめきを感じながら、私は美千代を看取《みと》ったときのことを思い出していた。

美千代はこの腕の中で死んでいったのだ。

あの晩、広い病室には私と美千代の二人きりだった。苦しい息遣いのなか、薄くなった胸を上下させながら、目を開くたびに美千代は私の顔をじっと見つめた。もう彼女に口をきく力はなかった。それでもときどき、唇を動かして何か言おうとした。私は耳を寄せて彼女の声なき声を聴きとろうと努めた。

最期の時、どこにそんな力が残っていたのか、美千代は突然のように両手を持ち上げた。びっくりした私がその手を握ろうとすると彼女はそれを静かに制し、ほんのわずかに手招きするような仕草をしたのだ。

彼女が何を求めているのかはすぐに分かった。

ちょうどいまみたいに、私は上着を取り、靴を脱いでベッドに上がった。狭いベッドに身を横たえ、美千代の痩せた身体をそっと抱きしめた。美千代は首を傾けて私の胸のなかに顔を埋めた。

しばしそうしたのち、今度は私の方に面を向けて何か言いたげに唇を開いた。

「何？」と口の形で訊くと、彼女は何も答えずに私を見つめ、両の瞳から一筋ずつの涙を流した。

美千代が呼吸を止めたのは、その直後のことだった。

あれ以来、私は何度も何度も思い続けてきた。

本当ならば、自分はあのとき、美千代と一緒に死んでしまいたかったのだと。

そして、その思いはいまも何一つ変わってはいないのだと。

水の冷たい感触が全身に広がってきていた。私の歩みは止まらない。徐々に徐々に湖の中へと身を沈めていく。もう、金色に輝く蛇はどこにも見えなかった。

見失ったのか？

それとも最初からそんなものはいなかったのか？

もはやそれはどうでもいいことだった。

私は、ただ、この冷たい水の中を真っ直ぐに進めばいい。もうそれだけで、他のことは何一つ考えなくていい。

「社長さーん」

という声が聞こえた。

「社長さーん」

女性の声だった。と同時に、背後で派手な水音が立った。

慌てて私は後ろを振り返る。すでに水は胸のあたりまできていた。もう少しで足裏が湖底から浮き上がるところだった。

誰かが大きな叫び声を上げながら近づいてくる。

あの人は誰だろう?

いつから、私のあとを追いかけていたのだろう?

「社長さーん」

という声だけがくっきりしていた。迫ってくる人影は遠くの街灯の明かりのせいで真っ黒にしか見えない。

彼女の立てる水音とともに湖岸の景色がぼんやり見えた。

県道を走り抜ける車のライト。道沿いに建つ紳士服店やガソリンスタンドやコンビニの看板……。

あの海には光がない、と私は思った。

解　説——白石さんが会社員だったころ

下山　進

私が一九九二年に月刊文藝春秋の編集部に異動してきた時に、ひときわめだつ編集者として在籍していたのが白石さんだった。まずこの人は、圧倒的に原稿が読めた。私がまとめた原稿について、「ここが優れている」と指摘してくれる点が、実にツボをついていた。作家や政治家、新聞記者など文藝春秋で原稿を書こうとしている人たちの間で、白石一文信奉者が多いのもむべなるかな、と思った。作家は、自分の原稿をよく読めている人を一番信頼する。

そして白石さんは、社内政治についても、感覚ゼロの私にとっては信じられないくらい精緻に考えている人だった。私がぼんやりと「先輩」としか認識していない人たちのことも、入社年次が何年で、そうなると、どの時期に編集長になる年齢に差しかかるか、人事権のある立場に昇格するのか、そうしたことを複雑なパズルを解きあかすようにして解説してくれたりした。

そんなスーパー編集者の白石さんに、秘密があると知ったのは、いつだったか。ノンフィクションの世界でばりばりに幅をきかせ、将来の社長候補と目されている人が、「小説」を書いているという。

読みたい。

白石さんに聞いてもそのペンネームを教えてはくれないので、どうにかこうにか探し出し、名古屋の出版社から出ているその本を手にとって読んでみた。

が、これが面白くなかった。

〈あえて付言するなら作中で本郷が語る大蔵官僚への批判は、私にとって真実である。私は現在ある総合月刊誌の編集部にいるのだが、取材を度重ねてみて、この国の高級官僚たちの無責任ぶりに相当にうんざりしている〉

こんな気負った一文があとがきにあるこの本は、日本経済新聞とおぼしき新聞にいる記者が大活躍するのが、後輩の視点から描かれている。しかし、そこに描かれている世界が、そのまま白石さんが会社でやっている精緻な社内ゲームの精神構造そのままのように読めた。こんなふうに枠の中におさまった「正義」など吹けば飛ぶようなもので、この人は本当に小説を書きたいのだったらば、そうした出世志向の「常識」は一度捨てないと、面白い小説は書けないのではないか、そう思った。

で、まだ若かりし私は、そのことを、ホテルニューオータニのバーで当の白石さん本人に言ってしまったのだった。

それまで、余裕の態《てい》で社内の権力構造について解説していた白石さんの顔が、はっとした顔になり、あきらかにショックをうけている感じだった。沈黙のあと、白石さんはこう言ったのだ。

「そうだよな」

それから四年の月日が流れる。会社も家庭も目一杯引き受け、首が回らなくなった白石さんは、パニック障害を起こし、社の業務も全て放り投げ、そのまま郷里である福岡に単身引き上げてしまった。

一年に近い休職のあと復職したが、配属先は「資料室」。かつての飛ぶ鳥を落とす勢いの「エリート編集者」が嘘《うそ》のような日々を過ごしていた。寒々とした年末の資料室で惚《ほう》けたようにしている白石さんに「これからどうするのか？」と聞いた。

「実は小説を書いているんだけどうまくいかなくてね。担当がいる二社に持ち込んだけれど突き返されたんだ」。そうぼそぼそっと言った。そのうち一社は、電話をしてきて「この小説が駄目だということは白石さん自身が一番よくわかっていますよね」とまで言ったという。

私は、「ちょっと読ませてくれませんか」とお願いして、フロッピーごと原稿を預かった。年末に家で読んでみた。

驚いた。かつてとはまったく違うものが、そこでは展開されていた。入ったバーでバーテンダーをしている女性が、昼間面接をした短大生とわかるそのオープニングから、緊張感のある筆運びで、ぐいぐい引きこまれた。が、何よりも感心したのが、もう「会社」も「出世」も徹底的に相対化されて描かれており、そうした組織を信じないというところから著者は冷徹にかつ自由に物語をつむいでいた。

正月休み、私は長い感想の手紙をつづり、その末尾に、「私はこの原稿が本にならないということが信じられません」と書いた。

出版社では、たいがいの編集者は、その人の過去実績から本を出すかどうかを決めている。新人のしかも一〇〇〇枚以上ある原稿を本になどできない、ということなのだろう。しかし、そうした新人の中から才能を発掘するごく少数の編集者がいることで、この業界は前に進んでいる。そうした編集者を探して売り込めば、必ず本になる。こう思って売り込んだ。ただし、文春の編集者が書いているということは隠して。

その原稿の真価を認めて出版してくれたのは、角川書店の郡司聡さんで、二〇〇〇年に出た『一瞬の光』は、単行本・文庫本をあわせて、三五万部を超えるベストセラーとなった。映像化もされていないのにこの数字だから、純粋に原稿の力でここまでの読者を惹《ひ》きつけたということになる。

白石さんは、二〇〇三年七月一日に社をやめる。その時白石さんに出した手紙の文面がパソコンに残っていた。

〈会社をやめるというのはどのような気分なのでしょうか。不安ももちろんあるのでしょうが、つきぬけた青空のような解放感も、ふとしたおりに感じられているのではないかと思います。

　私はと言えば、実は、白石さんが会社をいずれやめるのではないかと感じたのはずいぶんと前のことなのです。それは、一九九八年の暮れに『一瞬の光』の原稿の最後のページを読み終わったときに、そう感じたのでした。香折の布団を焼き、その煙が空のかなたに薄く細く消えていったシーンを読み終わったときに、この人は書き手として力強く飛翔していくのだということを強く感じたのです〉

　その『一瞬の光』から数えて、二四作目になるのが、本作『光のない海』だ。

「徳本産業」という会社を入り婿の形でついだ高梨修一郎が主人公となり、修一郎の師にして愛人でもあった二〇歳以上も年上の先代の社長美千代、その娘で修一郎と結婚するが不倫相手宇崎のもとへ子どもをつれて出ていった元妻淳子、修一郎が知り合った実演販売を生業とする花江とその母絹江、「徳本産業」の社員寮の管理人堀越夫妻、そして「光の海」に消えていった妹の篤子。

　これらの人々の四〇年におよぶ物語を巧みな構成で編み上げる。それは見事としか言いようがない。白石さんの小説には、『私という運命について』など、長いスパンの月日を描く作品も多いが、この『光のない海』では、群像劇の中で、様々な人生が交差する。四〇年という月日の中で、それぞれの人生の意味を考えさせる仕組みになっている。そして、私は小説の中にある「警句」ともいうべき一節、一節を今回もしみじみとする思いで読んだ。

〈三十八年前に小学二年生の少女がここで車に撥《は》ねられたことも、その少女が成長し、南の海で死んでしまったことも、少女を撥ねた車の持ち主が徳本産業の創業者だったことも、その妻が、夫の死後、ここを訪れて少女やその兄の面倒を見るようになったことも、さらにはその兄がその未亡人と関係を結び、挙句、妹に怪我《けが》を負わせた男と未亡人との間に生まれた一人娘と結婚したことも、その一人娘が不実を働き、実母の愛人だった夫を奈落の底に突き落としたことも、そういう一切合財が、かつて私たちが住んでいたアパートが跡形もなく消えてしまったように、早晩、誰の記憶にも残らぬままに消滅していく。

母も篤子も、京介も美千代も、淳子も宇崎も、そして私自身も、あと数十年もすれば、そういう人間が存在していたことでさえ定かではなくなってしまう。歴史上に名前を刻むことのできた者以外のすべての人間が、いずれは存在の有無さえ確認不可能な黒々と

〈……かなしみ、こんな物語をすることの意味を否定するかのような一節を凄味《すごみ》と言わずに何と言おうか。人々の喜びも悲しみも憎しみもすべてがいずれは、忘却のかなたに去っていく。だからこそ、それらのひとつひとつを慈しむようにして描くことが、逆説的に私たちの心を揺さぶるのだ。

私はこうした「凄味」のある文章を読むたびに、白石さんはなるべくして小説家になったのだと思う。白石さんを知っている社の人間の中にはいまだに、白石さんがノンフィクション的な情報小説を書くべきだ、と言う人がいる。それは社で編集者でいた時代があまりにも有能であったために、その残像が今もそう言わしめているのだ。が、それはまったく白石一文という作家を理解していないことだと私は考えている。

あの「会社員」だった時代に、後輩編集者が生意気にも口にした一言に、はっと立ち止まる感性は、彼らの考えるのとはまったく別の方向に白石さんの豊かな鉱脈があったことを意味している。

もう一度時計を一九九二年に巻き戻しても、やっぱり白石さんは、どこかで会社員でいることはできなくなり、全てを失って、その中から、作家としての白石一文がきらめくようにして登場してくるのだと思う。

小説新潮に現在連載中の『ひとりでパンを買いに行く日々に』は、まさに会社員だったころのことを初めて描いている。緻密な構成を追うことを一切やめ、初めての「私小説」をためそうとしているようにも思える。

その「私小説」を読みながら、白石さんを理解していたように思った自分も、実はまったく理解していなかったんだな、といい意味で裏切られている。まさかと思うような人物が、複雑な陰影をもって描かれたり、意外な一瞬を、鮮やかに蘇《よみがえ》らせて描写しているのだ。

『光のない海』は、最近の白石作品の中でも、出色の出来だ。『一瞬の光』で感じられる触れれば手が切れてしまうような緊迫感は、この作品では、もっと鳥瞰《ちょうかん》する視点によって描かれる。専業の作家となりはや一五年、山本周五郎賞や直木賞を受賞してもなお、変化し続ける作家の筆を堪能してほしい。

（しもやま・すすむ　編集者）

本書は、二〇一五年十二月、集英社より刊行されました。

初出
「すばる」二〇一四年八月号〜二〇一五年十月号

集英社文庫

光《ひかり》のない海《うみ》

2018年5月25日　第1刷　定価はカバーに表示してあります。

著　者　白石一文《しらいしかずふみ》
発行者　村田登志江
発行所　株式会社　集英社
東京都千代田区一ツ橋2-5-10　〒101-8050
電話　【編集部】03-3230-6095
【読者係】03-3230-6080
【販売部】03-3230-6393（書店専用）

印　刷　大日本印刷株式会社
製　本　大日本印刷株式会社

フォーマットデザイン　アリヤマデザインストア　マークデザイン　居山浩二

ISBN978-4-08-745736-0 C0193